私のいない部屋

レベッカ・ソルニット　東辻賢治郎 訳

RECOLLECTIONS OF MY NON-EXISTENCE

REBECCA SOLNIT　左右社

私のいない部屋

私のいない部屋―目次

RECOLLECTIONS OF MY NON-EXISTENCE

REBECCA SOLNIT

鏡の中の家

Looking Glass House

1

遠い昔のある日、姿見を覗いていると、映っている自分の姿が暗く翳り、柔らかくなってふっとどこかにいってしまうように思えた。世界に背を向けるというよりは私がただ消えてしまうようだった。部屋の戸口にもたれた瞬間、両脚がくず折れるのを感じた。幽霊になってしまったように私の姿は私にも見えなくなり、私を離れて暗がりに紛れてしまった。

その頃は目の前が暗くなることがときどきあり、ひどい眩暈を感じることもあった。けれど何かが違った。私の意識から周りの世界が消えるのではなく、私の方が世界から消えていくように感じたのだ。消えていく私と、体から抜け出して、少し離れたところから見ている私。両方とも私で、どちらも私ではない。その頃は身を隠そうとしたり、目立とうとしたり、身を守ろうとしたり、別の誰かになろうとしたり、ちぐはぐに自分を振り回す日々だった。自分の姿を眺めながら私は、一体私は何者になれるだろうと思っていた。自分は何かに値する存在だろうか。自分について人が言うことは本当だろうか。鏡の中にその答えがないだろうか。そんなことを思っていた。

若い女であること。それは数え切れないほどさまざまに姿を変えて出現する自分の消滅に直面することであり、その消滅から逃避し、否認することであり、時にはそのすべてだ。「美しい女の死はこの世でもっとも詩的な主題である」と書いたエドガー・アラン・ポーは、むしろ生きようとする女の身になって考えたことはなかっただろう。私は誰かの詩に謳われたくはなかったし、死ぬのも御免だった。私は私自身の詩を見つけようとしていたのだ。地図もなく、誰かに指し示されることもなく、ほとんど身ひとつだった。その詩はどこかに転がっていたはずなのだが、まだその在処を知らなかった。

　敗北ではなく、生き延びることを讃える自分の詩を見つけるという厄介な仕事。ほぼすべてといっていい多くの若い女がそれに直面する。自分を支えてくれる自分の声を見つけるために、あるいは少なくとも、誰かの消滅や挫折を娯楽のように待ちかまえる世の中で生き延びる術を見つけるために。始めたばかりの頃、私はそのことをはっきり分かっていたわけでも、うまくやれたわけでもなかった。ただ死にもの狂いでやっていただけだった。

　自分が何に抗っているのか、なぜ抗っているのか、よく分からないままでいることが多かった。だから私の反抗は輪郭も一貫性もなく、無軌道に、ひたすら屈服に抗う年月だった。いま身の周りで同じ戦場に立つ若い女性たちを見ていると、何かに圧倒され、沼へ沈み、もがいて抜け出し、何度も何度もそれを繰り返す、そんな時間のことが私によみがえってくる。その戦いはただ五体満足で生き延びるためではなく（それだけでも十分過酷なものだったけれど）権利をつかんだ人間として、すなわち参画する権利と尊厳と自らの声をもつ人間として生き抜くための戦いだった。つまりそれはただ生き延びるためではなく、生きるための戦いだった。

映画監督で、作家で役者でもあるブリット・マーリングが最近こんなことを語っていた。「あなたはその部屋から出て行かず、席を立とうともせず、その場を支配している男のハラスメントや暴力に耐えようとする。その理由のひとつは、女性のあなたはそうではないやり方をほとんど見たことがないからです。読んできた小説、見てきた映画、生まれてこの方ずっと聞かされてきた物語では、女はいつだって悲惨な末路を迎えていたのですから」。

消滅する私を映した姿見は、私が十代の終わりから四半世紀住んだアパートに置かれたものだった。そこで暮らし始めてからの何年かは、私にとってもっとも苛烈な戦いの時代だった。勝ったこともあれば、今も痕が残る傷を負ったこともあった。幾多の戦いの中で育てられた私には、もはやその時代が全然違うものであればよかったと思うことはできない。もしそうだったら私はまったくの別人になったかも知れないけれど、そんな人はどこにも存在しない。いるのは私だけ。そんな私がもつことのできる希望は、私の後から来る若い女性には昔からある障害物を飛び越えて欲しいということだ。私の書いてきたもののうち、少なくとも一部にはそんな目標があった。せめて障害物を指し示すことはできるのではないか、と。

2

鏡といえばもう一つ思い出すことがある。十一歳の頃、母と訪れた靴屋でエンジニアブーツを買ってもらったときのことだ。あの「女の子」なんて呼ばれるものではなく、もっと自立して、丈夫で、気構えと覚悟のある存在になりたかったその頃の私はそういう靴をよく履いていた。でもその店を記憶に刻んだのは別のものだった。店の真ん中に、両側が鏡張りになった通路があった。その中へ足を進めると、自分の姿、試着用の腰掛け、そのほかの雑多なものがどこまでも続く鏡の世界が視界に飛びこんできた。奥へ進むごとに水に沈むような鈍い色になり、遠くへ、さらにその先へ無限に伸びていくようだった。鏡のような水面を湛えた海があり、青緑の色をした深みを覗き込んでいるようだった。私は自分の姿ではなく、その先の彼方に目を凝らしていた。

そんな風に、物事の始まりにはいつもまた別の始まりがあり、その向こうにはさらに別の始まりがある。けれど、それから八年後に私が初めて乗り込んだ五番線フルトン行きのバスはたしかに何かが始まった場所といってもいいかも知れない。この路線は中心市街からサンフランシスコ湾を経由し、フルトン通りの西から太平洋まで、街を横切るように走っている。ここからの物語の主な出来事は、この路線のなかほどを占める街の中で起こるのだが、今はそのままバスを乗り過ごして、朝日を浴びるイエズス会教会の鐘楼を過ぎ、坂を上り、南側の大きな公園に沿ってさらに進み、何本もの通りを横切り、家が少しずつまばらになり、いつの間にか大地がただの砂に変わり、砂浜がひらけるところまで行く。そこにあるのはこの惑星の三分の一を覆う太平洋だ。

大海原は、銀箔を貼った鏡のように見えることはあっても、何かをそこにじっと映し留めているほど穏やかなことはない。空の反映を留めていられるのは湾に抱かれた海だ。サンフランシスコ湾とその上の空がいちばん美しい姿を見せる日、その色を表す言葉はどこにもない。あるときには空は鉛と金の色をしていて、青と緑と銀の色をした水が鏡のようにその鉛と金を映している。さざなみの間に温かい色から冷たい色までさまざまの色彩を浮かべた水は、そのすべての色を湛えながら、そのどれでもない色を見せる。私たちの掌中にはそんな細やかなものに比肩する言葉がない。時折、その水の鏡に水鳥が飛び込み、自分の影に消えてゆく。水面はただ映し出すだけで、その下に潜むものを見せようとしない。

一日が生まれようとするとき、あるいは日が没しようとしているときにオパールの空が呈する色もまた、私たちの言葉にはない。黄金の空が青みのある翳りを帯びているが、その間にあるはずの緑色はどこにもない。杏とも臙脂《えんじ》とも金とも異なる、火炎のような熱を帯びたさまざまの色がある。刻一刻と光は姿を変え、数えようのない青の色みを見せながら空は遠ざかってゆく。そして太陽が去ってゆく先にまた別の色が生まれようとしている。ほんの一時目を離せば見逃してしまうほどに目覚ましく姿を変える、名指す言葉のない色たち。時として、色の名前はそこにないはずのものを閉じこめる檻となる。どんな言葉でもそんなことはよく起こる。女、男、子ども、大人、安全、強さ、自由、真実、黒、白、富、貧しさ。私たちは言葉なしでは生きられない。しかし、せいぜいその容れ物からあふれ出すものや漏れ落ちるものが永遠に尽きないと知りながら言葉を使うのだ。そこには常に逃れてゆくものがある。

3

ギフトというものは、時として贈った側も受け取った側も、その本当の大きさを知らないことがある。受けとったものが初めの印象とは違うものに姿を変えることもある。始まりと同じように、終わりにもまたどこまでも遠ざかってゆく物事の連なりがあり、幾重にも積み重なる層があり、その帰結は波のように広がってゆく。まだ若く、無知で貧しく、ほとんど友人もなかった、そんなある冬の日曜日、私はアパートを探しに出かけた。新聞の通信欄には、灰色の紙面に数行ずつの告知文がびっしりと並んでいたが、そのほとんどは私の予算を越えたものだった。ひと月あたり二〇〇ドルで探していると伝えると人は笑った。当時でさえ、この金額は底の底といったところだった。けれどそれ以上を出すことはできなかった。そのとき私は大学の最終学年で、経済的に自立してから三年目を迎えていた。

　部屋探しを始めたときに住んでいたのは、小さな中庭に面した窓のある狭い部屋だった。長期滞在者向けのホテルの一室で、ほかの部屋はみな廊下の突き当たりの共用バスルームを使っていたことを思えば、専用のバスルームつきの私の部屋は贅沢な部類だった。ホテルのすべての住人が共用する薄暗いキッチンがあり、そこに置いた食べ物は冷蔵庫から盗まれるか、ゴキブリにたかられるか、あるいはその両方の運命を辿ることになった。住んでいるのは、人生がどこかで望まぬ方へ転がってしまったような人びとだった。十九歳の私の人生はまだ転がり出してさえおらず、どんな人間になるのか、どのようにしてなるのか、という誰もがその頃課される問いを考え始めたばかりだった（私は十五歳でGEDを取得し、十六歳で全日制のコミュニティカレッジに通いはじめ、十七歳のときに四年制大学へ転学した。十九歳のときはサンフランシスコ州立大学の学部後期生だった。これは市街の南西の端、強い風の吹く土地に建つワーキングクラスの子女が多く通う大学だった）。

市役所の近くで五番線フルトン行きに乗り込むと、バスは団地を抜け、フィルモア通りの教会を過ぎて走り出した。教会の前には、スーツを着て厳粛な面持ちをした黒人たちが葬儀のために集まっていた。華麗な装飾のある木造の家並みと、角に並ぶいくつかの酒屋を過ぎ、ライオン通りの坂道を上ったあたりで降りると、バスは重そうな音を立てながらそのまま太平洋の方角へ去って行った。探し当てた住所の建物は、通りから奥まったところに玄関があり、その手前に界隈でよく見かける防犯用の鉄門があった。玄関のドアマットは、錆びた鎖と南京錠で郵便箱につながれていた。管理人の呼び鈴を押すとブザーの音がして鍵が開き、私はおそるおそる二階まで階段を上っていった。管理人は自分の部屋の前で待っていた。言われるままに、私は三階の、ちょうど彼の部屋の真上の部屋を見に行った。

それは身震いがするほど美しい部屋だった。キッチンが別になったほぼワンルームの角部屋で、南と東に向いた張り出し窓から光が降り注いでいた。床は明るいオーク材、天井は高い折り上げになっていて、壁には四角い刳り形の装飾が施されていた。ガラス張りの内扉にはクリスタルガラスのドアノブがついていた。独立したキッチンにも東向きの窓があり、通り向かいの建物越しに朝日が顔を見せれば、きっとそこにも光が満ちるはずだった。光にあふれていて、どこかこの世のものでないような、おとぎ話に出てくる部屋のような気さえした。十七歳になったすぐ後に家を出てから身を寄せていた殺風景なワンルームの類いに比べれば、広大で、ほれぼれするほどに素晴らしい部屋だった。私はふわふわと飛び回るような心地で部屋をしばらく見て回った後、階下に下りて、ここに住みたいですと管理人に告げた。ありがたいことに彼は「住みたいなら住むといい」と言ってくれた。私は心の底からその部屋が欲しいと思った。手に入れることを夢見てきたどんなものよりも美しく、その部屋にいられること自体が夢のようだった。

　管理人は六十絡みの大柄な黒人で、がっしりとした長身の体軀に低い声がよく響き、かつてはさぞ好男子だったろうと思わせる面影があり、今でもなお押し出しのよさを残した人物だった。その後私が会ったほとんどの日の装いから察するに、たぶんその日もオーバーオールを着ていたはずだ。彼は私を居間に通した。ちょうどスーパーボウル・サンデーの午後で、得点が入るたびに近所中の家々から吠えるような歓声が聞こえた。そんな中、テレビ台の上の大きなテレビにはブルーズを演奏する黒人たちが映し出されていた。テレビの脇には緑色のフェルトを敷いた六人掛けのポーカーテーブルがあり、出窓の昔風の幅の大きなブラインド越しに外光が差し込んでいた。彼が取り出してきた賃貸契約の申請書類を見て、私の心は沈んだ。用紙の一番上に社名が記された不動産会社にはすでに一度断られたのですが、と私は伝えた。そのやくざな会社の従業員は、いかにも見下すような態度で、私の見ている前で机の脇のゴミ箱に申請書類を捨てたのだ。私の稼ぎは最低基準に満たない、と言って。

管理人は、きちんとした年上の女性がいればその人の名で申請しても黙っておく、と言った。私はその言葉に甘えることにして、普段は私のために危ない橋を渡ることなどしない母に打診した。このときだけは母は話を分かってくれ、用紙に必要なことを書いて提出してくれた。不動産会社は、ゴールデンゲート橋の反対側に自宅のある白人が、こんな場所のアパートを必要とすることを不審には思わなかったようだった。母は中心街の芸能事務所の経理をやっていたので、職場に近い方がいい、とかなんとか言ったのかも知れない。黒人の多い地区の狭小物件としては、おそらく稀にみる懐事情の入居希望者だったはずで、ほとんど機械的に承認されたようだった。

それから八年間、毎月郵便為替を買い、母の名を署名欄に記して家賃を支払った。契約では署名する人間が居住することになっていたため、書類上は私はそこに住んでおらず、その部屋も自分のものではなかった。結局かなり長い間そこに住むことになったが、ずっと、いつか追い出されてしまうのではないか、できるだけ隠れていなければ、と心のどこかで思っていて、子どもの時分から何かと人目を避けがちだった性向がますます深まった。あるとき、契約者と入居者が別人と気づいた不動産会社が、管理人に問い合わせてきたことがあった。問題のない静かな賃借人だと彼が保証してくれたおかげで何も起こることはなかったのだが、心許無さはいつまでも消えなかった。

管理人の名はジェームズ・V・ヤングといい、私はいつでもミスター・ヤングと呼んでいた。何かの折りに、それまでの十七年間でこの建物に住んだ白人の女は私が初めてだと言われた。もう一室あったワンルームにシングルマザーと人懐っこい娘が住んでいたほかは、住人はほとんど年配の夫婦だった。建物の一階は車庫になっていて、その上に二層分の階段室があり、階段室の周囲に全部で七戸の部屋があった。自分が黒人地区に引っ越したということを、その頃はまだよく分かっていなかった。その後、この場所は長い時間をかけていろんなことを私に教えてくれた。そしてあまりに長く住んでいたのか、私が出ていったときにはいつの間にか中流の白人の住む界隈に変貌していた。真新しく塗り直されたペンキを除けば建物はあまり変わらなかったが、それ以外のすべてが変わり果てて、その場にあった生命力のようなものは死に絶えていた。

　私もまた変わっていった。二十一世紀になってそこから出て行ったのは、遠い昔にそこに流れついた人間とは違う誰かだった。細い糸のように続いているものはある。三つ児の魂百まで、というところはある。けれども、あまりに多くのことが起こり、あまりに多くが変わった。あの華奢で、不安そうだった若い女のことを、私はまるでよく知る他人のように思い出す。今その年代の女性に接して感じるように、あの人のためにもっと何かしてやれたらよかったのに、と思うのだ。遠い昔のあの人は、私とはどこか違う。なにか決定的なところで、私とは別人のように異なっている。しかしその不器用なはみ出し者は、夢想家で、落ち着きのない放浪者で、やはり私には違いないのだ。

4

「大人」という言葉には、成人に達した人びとをひと括りにできるという含みがある。しかし私たちは、旅人のように景色とともに変わりつづけている。行く道も、しなやかに伸び縮みしながら幾重にも裂け、分かれてゆく。子ども時代を置き去りにして進んでゆく道もあれば、いつまでも振り返ることをやめない道もある。大人という時代は、果たしてそれが到来する場合には、切れ切れの小さな断片として到来する。人それぞれにその日取りがある一方で、予定にない変化が訪れることも少なくはない。家があるなら、そこを去るときがくる。そんな独り立ちのとき、人はそれまで子どもとして生きてきた何者かになる。子どもであるということがどういうことなのかも、はっきりとはしないのだが。

　誰かに世話をされ、金銭を与えられ、どこかに閉じ込められたように終生を送る人もいれば、少しずつ独り立ちしてゆく人もいるし、突然放り出されて自活を余儀なくされる人も、初めからそうだった者もいる。独り立ちして大人の国に入ったとしても、到着したばかりの異邦人は風変わりな習わしにとまどうばかりだ。そこで人は、人生のさまざまなピースを組み立てることを学ぶ。人生の向かう先を見定め、伴侶を見出し、自らの決断と折り合いをつける術を身につける。

若者時代とは、幾重にも枝分かれした長い道のように、生活の至るところに選択があり、そのどれも重大で思いもかけない結果が待ち構えていて、別の道を辿り直すことは滅多にできない、そんな時代だ。そうやって人生とか、その人自身とか呼ばれるものをつくり上げてゆく。創造にあふれていると同時に、些細なしくじりや、大きな過ちや、痛々しい挫折から致命的な失敗まで、いとも簡単につまづいてしまうものでもある。若さとはハイリスクな仕事なのだ。ミスター・ヤングのアパートに越してきた当時、市役所近くの広場を歩いていて、カルトのメンバーから声をかけられたことがある。一九七〇年代に深い傷痕を残したカルトは、一九八〇年代の初頭にはまだ過去とはなっていなかった。権威への服従を教え込まれて育った人間を放縦の時代に解き放てばどうなるのか、さまざまなカルトの存在はその当然の帰結のように思えた。一見すると、旧時代的な盲目的服従や、強烈なヒエラルキーへ回帰するラディカルな試みのようでもあった。カルトは生き方をめぐる二つのモードの間にぽっかりと口を開けた裂け目であり、そこに落ちてゆく人は少なくはなかった。

鳥籠の戸を開け放っておくと鳥がしばしば自分から戻ってくるように、選択の自由を与えられた人間がそれを手放すことは珍しくない。その広場でのわずかな一瞬に、彼らが一体何を差し出そうとしているのか、なぜそれが私の年代の若者を惹きつけるのか、私は肌身で感じた。それは、大人になると同時にのしかかってくる責務の重みを返上する誘惑であり、不断の決断とその帰結を引き受けることから免除される可能性であり、子ども時代に似た何かへ回帰し、勝ち取らずして何か確かなものへ到達するという誘惑だった。彼らが自由を返上することには主体性からの解放も潜んでいる、そう感じた。けれど私にとっては、自分が独立していること、私だけの生活をもっていること、私の主体性、その深い孤独の一部さえも、私の愛の対象だった。手放すなんてことはありえなかった。

今まで出会った人の中には、恵まれた家庭に育ち、大人としてせねばならないことをほとんどもたない人びともあった。彼らはいわば枝から落ちた場所でそのまま芽を出すドングリのように、教えられてきたことをそのまま続けてゆく。彼らの道に分かれ道はなく、場合によっては道を辿る必要すらない。足を踏み出す前に、もう到着しているのだ。若い頃は、そんな人びとが心地よさそうに抱いている、確信めいた何かを羨むこともあった。年齢を重ねると、自分で何かを問いかけたり、考えたりする必要の希薄な人生にはその正反対の感触をもつようになった。独力で生きることには本当の自由があり、誰の責務も負わずに生きることはある種の安息をくれた。

今、若い人びとに会うと、必要なものも含めて自分自身をよく知っていて、自分の感情にも他人の感情にもとても敏感に生きているように感じる。私よりよほどできていることに驚かされる。かつては私も彼女たちと同じように内面の異邦をゆく旅人であり、挫折や痛みに満ちた試行をのろのろと繰り返しながら、進むべき方角を見出し、胸の内を語る言葉を見つけようとしていた。もし私に幸運があったとすれば、それは私が常に変わりつづけながら、少しずつ何者かになったことだ。あるときは自分の意志で、あるときは自分には理解できない成り行きや動因によって、自分でも気づかないうちに変わりつづけていた。つまり、転がりつづけるドングリでいられた。あの小さなアパートで私が見つけたのは、自分が変容を遂げる場所だった。私が変わり、もっと遠くの世界に居場所をつくるまで身を寄せていられる場所だった。そこに暮らしながら知識や技術を少しずつ身につけてゆくうちに、友人ができ、何かに帰属しているような感覚も生まれた。時につれて入場し退場していく世界と世界の間に渡されている止まり木のような余白、それこそがいちばん豊かな場所なのだということに気づいていった。

人は単に十代の終わりに大人の入り口を迎えるのではない。むしろ、大人であることとは、子ども以外のあらゆる人間が送り込まれ、変化しつづける境遇のことだ。それは、日中という言葉を使うとき、昇り端の太陽が投げかける長い影や朝露と、正午のくっきりした陽光との違いを見過ごしてしまうことに似ている。もし幸運であれば、人は時とともに変わりながら、より強い自己と目的とを身につけてゆく。そうでなくとも、自分のいる場所を少しずつ理解していくにつれ、若い時代のナイーヴさと性急さは水が退くように退潮し、代わりに何か別のもの、たとえば成熟と落ち着きに満たされてゆく。歳を重ねると、私には二十代の人びとも子どものように感じられるようになった。彼女たちが何も知らないということではない。さまざまなものに初めて触れる、その真新しい感触のようなものや、その先に待つ人生の長さや、何よりも、まさに何者かに変化するという壮大な課題に取り組んでいることを感じるからだ。

今では、長い道の始まりに立ち、自らの人生を描こうとする人びとを羨しく思うことがある。その先に待つ、数え切れない分かれ道が見える気がする。何かを選ぶこと、どこに辿りつくかを知らないままに歩み始めることの不安と高揚。そんな気配が漂う、樹々に覆われた仄暗い小径を見ている気がする。

私は自分の辿った道に後悔はない。しかしその始まりの頃、道がはるか遠く先に伸び、若さゆえにあらゆるものに変化することができた人生の一時代への、淡いノスタルジーを感じることはある。私が多くの選択を経て辿ってきた一本の道筋の脇には、無数の別の道があった。可能性の意味とは、かつてなったことのない数多くの存在になれるということだ。それは時に恐ろしく、そうでなくとも冷静さを失わせる。私にそんな多くの分かれ道が訪れたのは、ミスター・ヤングのおかげであの光あふれる部屋で暮らしていた日々のことだった。

霧笛とゴスペル

Foghorn and Gospel

1

アパートから東に二ブロック先にはニュー・ストレンジャーズ・ホーム・バプティスト教会があった。ヴィクトリア朝風の三階の建物で、両脇には十字架を頂いた穀物サイロのような形の塔があった。このあたりの建物には珍しく歩道に面して小さな芝生があり、くたびれたバラの間に教会の名を記した木の札が立っていた。私はしばらくの間、新しい異人《ニュー・ストレンジャー》とは一体なんのことだろうと思いながらその横を通り過ぎていた。ライオン通りの坂の上り口にはソリッド・ロック・バプティスト教会があり、ときどきは足を止めて、聞こえてくるゴスペルに耳を澄ませた。その界隈は私が自由に出歩き、馴染んでいた白人の社会からいえばよそ者たちの住む街だった。そこでは私こそがニュー・ストレンジャー、よそ者だった。

幅五ブロック、奥行き六ブロックの小さな街だった。東と西は大通りで区切られ、南側はゴールデンゲート公園から細長く伸びる緑地に接していて、北側には急な坂道が壁のように迫っている。私の新居はその中の一つのブロックの南の隅にあった。同じブロックの北にはペンテコステ教会の低く目立たない建物があり、そこは私の投票所でもあった。教会の側にはアフリカ系移民の一家が営む酒屋があった。十代の息子がいたが、何年も後、通りがかりの車から銃撃されて亡くなったその子の葬儀に足を運ぶことになった。葬儀が行なわれた教会は一家の酒屋の三ブロック先のエマニュエル・チャーチ・オブ・ゴッド・イン・クライスト・オン・ヘイズといい、そこからはコインランドリー店の前の殺害現場の方が近かった。

その教会は白人が多かった時代にはモルモン教の聖堂だった瀟洒な建物で、葬儀は音楽にあふれた感動的なものだった。あれほどに胸を打つ弔辞は滅多に聞かない。鋭角的で整った形をした、淡い色調の漆喰塗りの教会堂は、いつ見ても聖人譚を描いたルネサンス絵画からこぼれ落ちてきたように思えた。通り向かいには商店を改装した小さな教会があり、越してきた当初には礼拝に参加したこともある。祭壇の上の磔刑像は裏返しにした卵のケースで作られていた。この狭い一画にはほかにもいくつか、黒人たちの通う教会があった。信仰が常に傍らにある街だった。

ヒンドゥー教のブラーマ・クマリス瞑想センターが入居する純白に塗られた邸宅もあった。エイズが世界的に猖獗を極めた八〇年代後半には、私のアパートの向かいにあったヴィクトリア朝風の大きな木造住宅にマザー・テレサの「神の愛の宣教教会」が大規模なエイズ患者のホスピスを開設して、青い縁取りのある白い木綿のサリーを纏った修道女をよく見かけるようになった。マザー・テレサ本人も幾度か来訪していて、修道女に写真を見せてもらったこともある。写真の背景には中東系の住人が経営して黒人が店頭に立つ酒屋が写りこんでいた。東にはムスリム・センターがあり、西にはイエズス会が設立した大学があり、北の端にはカトリックと聖公会の教会があった。界隈から南東の方に出ると、ディヴィザデロ通りに面して、黒人の大天使を描いたロシア正教会風の大きな絵を掲げ、ジャズ・ミサや炊き出しをする聖ジョン・コルトレーン・アフリカ正教会があった。

　つまりその小さな一画には信仰がぎっしりと詰め込まれていて、天国とか、もろもろの神さまとか、そういうものに訴えかける篤い思いを抱いた街だった。越してきた初めの頃は、人びとは歩いてそうした小さな礼拝の場所へ向かっていた。みな見事に着飾っていて、男は少年たちも色とりどりのスーツを、女と娘たちはドレスを着て、年配の婦人には帽子を被っている人が多くいた。帽子の素材はサテン、シルク、ベルベットといろいろで、スタイルも中折れ帽があり、ごてごてしたものがあり、斜めに被っていたり、高々と盛り上がっていたり、ヴェールがついていたり、造花や羽や宝石で飾られていたり。この街の生命力に比べれば、私が育った郊外は死んでいるか引きこもっているようなものだった。大人たちは自動車で移動し、人づきあいは敬遠され、家と家の間には背の高い塀が巡らされている、つまりデザインにおいても精神においても公共空間から引きこもって人との接触を避けるための空間、郊外の町とはそんな場所だった。

　自分の部屋の出窓から眺めているとそれぞれの教会に向かう人びとが見えた。礼拝の前後に挨拶を交わす群れに混じってそぞろ歩いてみることもあった。いくつもの信徒の集団が、互いに入り交じりながらそれぞれの集いの場に向かい、ふたたび歩いて三々五々、それぞれの家へ帰ってゆく。そんな時代には、この街にはまさに生きている命があるようだった。教会が自分の建物に留まりつづける一方で、借家人の多かった信徒は少しずつ散り散りになり、やがて通りの活気は薄れていった。華やいだ歩道のにぎわいは、いつしか、隙間なく並ぶ二重駐車の風景に変わった。やがて信仰の場所もゆっくりと消えてゆくことになるが、私がこの場所と人びとに出会った頃からはまだまだ先のことだった。

古くからの住人は南部からの大移動で移り住んできた黒人たちで、彼らの暮らしぶりには都会生活の活力と同じくらいに、南部の小さな町や田舎暮らしの趣きがあった。彼らの話を聞いていると、そうしたよその土地が、由緒や記憶やひな型の地として影のようにこの街に息づいているのを感じることがあった。サンフランシスコの黒人人口は一九四〇年代に十倍近く増え、新しい住人は市街のちょうど真ん中に近いこの一帯か、造船所のある南東のはずれのハンターズ・ポイントに集中した。

老人たちは田舎の人間らしいゆったりとした時間を生きていて、通りを行き交う人びとに目を配り、知人を見れば挨拶を交わし、破目を外した子どもには小言を言っていたものだった。互いを知らぬ行きずりの者同士の会話も生活の楽しみや温もりになり、それは悪意のない、戯れや祝福や微笑みの贈り物なのだと彼らに教えられた。交わす言葉がささやかな火のように人を暖めてくれるということも知った。ずっと後になってからニューオーリンズなどの南部の街で過ごしたときに、ふと、懐かしいような不思議な感覚に襲われたことがあった。そのとき私は、この西海岸の一隅に築かれたものは、往時の南部の黒人たちがつくり上げた入植地だったのだと悟った。

2

ミスター・ヤングが子ども時代を過ごしたのはオクラホマの田舎で、お向かいの住人で私たちのアパートのガレージに七〇年代の豪奢な大型車を停めていたアーネスト・D・ティール氏はテキサスの出身だった。ミスター・ティールはいつも垢抜けた出で立ちをしている人で、ツイードの上着を着て中折れ帽を被っているのがお決まりのスタイルだった。華やかだった頃のフィルモア通りの話をよくしてくれる粋なおじさんであり、それでいて傍から知れるほどに信心と慈愛が深く、クールさと温かみの両立を生きながら証明しているような人だった。

角を曲がったところのヴェオビー・モス夫人は、その姉が家政婦として働いた蓄えで買った家に住んでいた。齢を重ねて物事を忘れてしまうようになると、よく南を向いた玄関前の木の階段に腰を下ろし、足を止めた私に子ども時代を過ごしたジョージアの果樹園の話をしてくれた。その樹々がどれほど美しいものだったかと。木の階段に座ったまま、まるで二つの時間と場所に生きているように思えた。何事かを語るたびに失われた彼女の世界がそこに呼び起こされて、やがて私たちは二人して彼女の愛した果樹の木漏れ日に身を浸しているようだった。周りの家々で眠りにつく老人たちはきっと自分たちの故郷を夢見ているのだろうという思いがふとよぎることもあった。そんなときには農場や、果樹園や、土埃をあげる道や、まっすぐな地平線の光景が深夜の街頭に幻影のように閃く気がした。

　ミスター・ヤングは第二次世界大戦に出征した退役軍人だった。戦争が彼を地方から引っ張り出してこの地まで連れてきたのだ。軍歴によれば、オクラホマ州チョクトー郡で応召したとき二十二歳、独身の農場労働者だった。その後も軍に留まり、軍人年金をもらえるくらいの年月を務め上げた。毒ガスの実験台にされた黒人兵のひとりだったとも聞かされた。ガスを充満させた倉庫か格納庫のような建物の中でガスマスクをせずに走らされた、死んだ者もいたんだ、と。

　アパートの玄関の左側のガレージの、後ろに幌のある大きな茶色のピックアップが彼の車だった。ガレージの入口で、戸口や車にもたれて顔見知りに挨拶したり、話し込んだり、子どもが飛び出さないように目を配っている姿をよく見かけた。夏にはヴァレーホから運んできたメロンを売っていることもあった。たまにオーバーオールの脇に挟んだ拳銃がちらりと見えた。パイプで甘いタバコを吸い、その香りが換気孔を通って私のキッチンまで上がってくることもあった。ちょうど真下が彼の寝室だったのだ。顔を合わせると世間話になり、そうでなくともいくらか言葉を交わすのが常だった。一言二言で去るのが失礼な気もして、急いでいるときには玄関でばったり出喰わさないかびくびくしたものだ。

　分益小作人の子として育ったミスター・ヤングのオクラホマ南東部の話。いちばんよく覚えているのは、彼が十代になりたての少年の頃、両親といっしょに農場から家に戻るとバロー・ギャング、つまりボニーとクライドの一党が上がり込んでいたという話だ。銀行強盗の一味がそんなところにいたのは、差別の激しい土地で白人のお尋ね者がいちばん見つかりにくいのは黒人の中だったから。聞くところでは、このギャングの一味は少なくとももう一軒、別のオクラホマの小作人の家に潜んでいたことがあるようだ。この時代の銀行強盗はある種民衆のヒーローのような存在で、伝説的ギャングのひとり、プリティ・ボーイ・フロイドも黒人の家に隠れていたという話がある。ヤング家を訪れた悪党一派は、化粧台だか食卓だかの上に一〇ドル分の金貨を残して去った。母親は盗んだ金を受け取りたがらなかったが、父親は「子どもたちに冬用の靴がいるだろう」と言った。訪問は二度あり、どちらのときだったか、農場から戻ってみるとギャングの一行が食卓で勝手に食事を始めていたという。

その話を聞いたのはずっと昔のことだが、聞きながら脳裏に浮かんでいた光景をはっきりと思い出すことができる。どこかの片田舎にたたずむ木造の家、家の中の食卓や食器棚、玄関ポーチ、そして一面に広がるトウモロコシの畑。家のそばにはバロー・ギャングが盗んできた速そうな車が停めてあり、中には黒人一家に迎えられた白人の闖入者。それはミスター・ヤングのアパートに迎えられた私の姿そのものだった。アパートがある土地は、再開発という名目でフィルモア通りから追い出されたたくさんの黒人が移り住んだ場所だった（当時、この事業は黒人排除《ニグロ・リムーバル》と仇名された）。南部から逃れることを余儀なくされた家族の群れはふたたび土地を追われ、市域西側に拡張されたウェスタン・アディションと呼ばれた広大な土地の西の端まで追いやられたのだ。

人びとはあらゆる手段によって土地を追われ、根こそぎにされ、消えていった。おまえが口を出すことではない、もうここはおまえの場所ではない、と言われて。土地には数え切れないほどのそうした経緯《いきさつ》が地層のように積み重なっている。スペイン人が乗り込んでくるまで、サンフランシスコ湾には何千年にもわたってオローニ族の人びとが住んでいた。スペイン人は沿岸一帯の土地を手中に収め、やがてメキシコが独立するとその土地は人影の乏しい辺縁の地となった。カリフォルニアおよび現在の南部諸州にあたる領域がアメリカ合衆国の手に渡ると、メキシコ人たちは広大な牧場を奪われ、賤民か、侵入者か、あるいはその両方として扱われた。しかしその土地には彼らに由来する膨大な数の名前、彼らの聖人や牧場主らの名が残されている。

　十九世紀には、私たちの住んでいた一画のすぐ北と西に巨大な墓地があった。二十世紀の初頭から中葉にかけ、土地の有効利用という名目でそこから何万という遺体が掘り起こされ、亡骸は南にいくつかの界隈を下った集団墓地にまとめて葬られた。墓石は建設資材や埋め立てに充当された。私たちの街のすぐ南の公園には、砕かれた墓石で造られた側溝があり、刻まれた文字をところどころに読み取ることもできた。東に少し歩いた先のジャパンタウンと呼ばれた界隈では、住んでいたほぼすべての日系人が戦中に収容所へ送られ、空き家には造船などの戦時労働の口を求めてやってきた黒人労働者とその家族が住むようになった。私が辿りついたのは、そんな街の過去をすべて抱え込んだ場所だったのだが、そうと知ったのはずっと後のことだ。

　その建物を初めて訪れ、ミスター・ヤングと出会ったのはロナルド・レーガンが大統領に就任した五日後のことだった。高度な経済的平等を達成した後、この国の人びとが票を投じた人物はその逆行を図り、黒人の成長を抑制し、富を一握りの者の手中にふたたび集約し、多くの恩恵をもたらした福祉プログラムの数々を解体し、夥しい数の人びとを路上へ向かわせた。他の街と同じようにこの街にもコカインが忍び込むようになり、やがて私たちの暮らす界隈へ、私たちの住むブロックへと蔓延していった。コカインが生み出す漲るような力や、宿命と一体になるような感覚が人びとを虜にしたのは、それが世の中の逆行が生む絶望や荒廃に抗う術だったからではないか。当時の私自身の感覚を振り返るとそんな風に思う。それは、自分を排除するために立てられた壁にぶつかった人びとが手を伸ばす薬《ドラッグ》だったのではないか。そこには別の壁もあった。近所に住んでいた男の中には、刑務所の壁の向こう側へ、あるいは墓地へ去ってしまう者がいた。ウェスタン・アディションは黒人の住む街だったが、開発業者らは地名を変えるなどして土地のアイデンティティを少しずつ削りとり、やがて黒人たちは地価の吊り上がった選良の街から排除されていった（後になって私はジェントリフィケーションの内実を理解した。白人住人だった私は富裕層の白人向けにこの地区が悪くない街だとアピールする役を演じていたということもようやく悟った。しかし最初の頃はそんな世の中の変化や仕組みは分からなかった）。

美しい木造の建物は十九世紀の終わりから二十世紀の初めに造られたもので、当時の装飾でふんだんに飾られていた。張り出し窓や柱の装飾、挽物の欄干、植物文様を多用した刳り形、鱗張りの外壁、アーチを頂いた玄関ポーチ、小塔、そしてタマネギ型のドームをつけた家もあった。曲線は生き物のような弧を描き、細々と込み入った建物の全体が一つの有機体のようで、建てられたものというより生えてきたもののように見えた。あるミュアウッズ国定公園の管理官は、そんな建物を見ていると、それらを建てるために切り倒されたレッドウッドの森が見えてくると語っていた。沿岸部の南北に広がる背の高い森もまた、そんな風にして幽霊のようにこの地に生きているのだった。

もともとの建物は、使われている材料も注ぎ込まれた職人の技術も見事なものだった。しかし戦後になってホワイトフライトの波が住民を郊外へ流出させ、同時にそれまでとは異なる人びとがこの場所へ流れ込んできた。街を離れた家主たちは非白人、移民、貧困層が住むようになったこの街をスラムのように扱った。建物の装飾は剝ぎ取られ、木材の肌は漆喰やプラスチックに覆い隠された。狭いアパートへ分割された建物群はまがい物の材料を使い、怪しげな技術で施工されたものが多く、やがて荒れてみすぼらしいものになり果てた。

一九五〇年代から六〇年代にかけて、私たちの住む一画の東側にあった建物の多くは「荒廃」という言葉を口実に取り壊された。そうやって都市の組織が切開された傷痕には陰気な団地が建設されることもあったが、あまりにも雰囲気が悪く人が寄り付かないために、建てられてから二、三十年で取り壊されてしまうものもあった。ミスター・ティールの思い出話にも登場する、華やかで文化的なフィルモア通りの中心部にできた空き地は、一九八〇年代を通じて金網で囲われたままのものも多かった。そうやって一つの場所が殺された。殺された場所が完全に生き返ることはなかった。

時間は変化によって測られる、と友人の写真家マーク・クレットはよく言う。変わったのはごく些細なものだった。私がやってきたとき、一つ西のブロックの角にはコダックの写真店があった。みんながフィルムで写真を撮っていた時代だ。家の向かいの角の酒屋の隣にはガラス張りの電話ボックスがあった。やがてそれは木の板にネジ止めされた換気扇のフードのような屋根のある公衆電話になり、携帯電話の隆盛とともにすっかり消え去った。

今、あのかつての生活の感触を伝えるのはとても難しい気がする。あの街を行く人の孤独。みんなひとりでバスやタクシーがやってくるのを待ち、あるいは電話ボックスを探して歩き、そこから電話をかけてタクシーを呼んだり、友人と言葉を交わす。記憶に刻まれた電話番号にかけることもあれば、交換手に問い合わせることもあり、もしそこに金属のケーブルでつながれた黒い表紙の電話帳がぶら下がっていれば、その薄い皺くちゃのページを繰って番号を探すこともあった。インターネットが寝床の中で物のありかを教えてくれるようになる前、チェーン店が少なくいろいろな店が残っていた頃には、欲しいものを探すときにはたくさんの店を回り歩いた。人は予期できない物事がもたらす驚きや不満を感じながらも、それにうまく抗いながら生きる術を知っていた。今にして思えば、時間というものがゆったりと流れていたのだという気がする。やがて速度を上げ、私たちみなを巻き込みながら滝壺へと落ち込んでいく時間は、まだ大平原をゆく河のように流れていた。私たちはいつも心の隅で、見知らぬ者との遭遇を予期していた。それは、デジタルの時代の、守られてしまった私たちの多くにはもはや送る術のない生活だった。予想のできない出会いの可能性を濃密に孕んだ、深い孤独の時代だったのだ。

何事も安上がりだった時代にはそこかしこに風変わりなものも顔を覗かせていた。そのまま何かの博物館になっているような小さな商店も珍しくはなかった。カストロ通りの近くのドライクリーニング店には骨董品並みの古いアイロンが見事に陳列されていた。昔々のこの街を写した古い写真を飾っている店も多かった。ミッション通りの角の店では、ポテトチップスの棚の近くの床に直径が何フィートかある輪ゴムの玉が転がっていた。ノースピーチには古い絵葉書だけを売っているポストカード・パレスという店があった。消印を押されたものが多く、遠い昔の死者から別の死者へ向けた、謎めいた短信や快活な挨拶が達筆で綴られていた。手元にその絵葉書が二、三十枚残っている。夜、パンクのライブ会場から出た後、さまようようにここを訪れては絵葉書を漁り、多くは白黒の、どこかの山道や、教会や、洞窟の絵葉書を少しずつ買い集めていたのだ。

かつてこの街は、皺だらけになった古いもののように、あちこちの窪みや亀裂に埃や宝物をため込んでいた。それがなめらかに均されて掃き清められるときには、一群の人びともまたきれいに消えてしまった。まるで彼ら自身がその埃だったかのようだ。中古品のがらくた屋は高級ピッツェリアに変わり、教会が間借りしていた物件はヘアサロンになり、過激な思想書を並べていた書店は眼鏡のブティックになり、たくさんの場所がスシバーに変わった。チェーン店や自動車が増え、この場所はぼんやりとした当たり障りのないところになっていった。電柱にチラシが貼り重ねられる事はなくなり、家族経営の薬局や、信徒が残っているかどうかお構いなしに説教だけ続けられている古ぼけた礼拝所のような奇態な場所は消えていった。

私のアパートから二ブロックほど西のスカリーアウル薬局の中にはランチカウンターがあった。反差別闘争の舞台になった南部の簡易食堂と同じような、本物のランチカウンターだ。やがてランチカウンターが消え、薬局自体がなくなり、ちょうど千年紀をまたぐ頃に食料品店と酒屋と肉屋とパン屋もろとも一帯が取り壊され、大手のスーパーマーケットの入ったマンションに変わった。ブルーカラー産業の中心地として製造業を支えてきた都市の多くが戦後目撃したのは、その産業が死にゆく姿だった。しかし廃墟を埋める勢いで勃興する新しい情報や金融や観光産業の陰で、その姿があまり目立たないままになる場合もあった。一九八〇年代までのサンフランシスコはまさにそんな経過を辿っていた。当時、シリコンヴァレーではクリーンルームで働く移民たちの手によって、有毒廃棄物を垂れ流しつつ、実際にシリコンチップが製造されていた。やがてそうした仕事は海外へ移り、テック産業の爆発的な成長が始まり、取り残されがちだったのどかな辺境は全世界を動かす一大中心地に変貌した。

時間は変化によって測られる。私が気づいたのは、変化を知るためには自分がそれより遅くなければならないということだ。同じ場所に四半世紀住んで、初めてそれが見えてきた。すぐには見えない。だんだんと見えてくる。私の暮らす建物にも人びとが訪れ、去って行った。変わらない風景を通り過ぎてゆくだけの束の間の住人たちもまた、その実、この界隈を変えてゆくものの一部だった。人びとの波は河のように土地を洗い流し、この場所をより白く、より中流の地区へと変えていった。新しい住人が住む場所は彼らが金銭でしっかりと抱え込む空間となり、かつてのようなみんなの空間ではなくなった。界隈が界隈らしさを失うにつれて、活力もまた翳っていった。

3

ヴィクトリア朝時代の大層な木造建築が居並ぶ中ではあったけれど、私が住んでいた一九二〇年代の漆喰塗りの建物もそれなりに典雅な趣きのある魅力的なものだった。折り畳んで壁に収納する細長いアイロン台とか、広げると部屋一杯になる壁収納式のベッドとか、住んでいた部屋には造りつけの仕掛けがいくつもあり、小さなアパートが広く思えて感心したものだった。ベッドは納戸と思しき場所にあって、私はずっと広げたままで使っていた。頭の方に窓が一つ、脇には大きな扉があり、足を向ける側にも扉が一つあったので、納戸にしては開放的だったがやはり納戸には違いなかった。そこで四半世紀の間、寝起きをした。

貧しさは時に、過去をその腕に抱いて生かしつづける。私が住んだ場所もまた、それが出来た当初からほとんど変わっていなかった。黄金色をしたオークの細長い板を並べた床。スチーム式の暖房。大きなゴミ箱に向けて三階からゴミを落とす裏手の階段のダストシュート。キッチンの流し脇の壁に収まったもう使われない冷蔵庫と、それに向かいあった、天井までの造りつけの食器棚とガラスのキャビネット。いずれも建てられた当初のままだった。

キッチンにはほれぼれするようなウェッジウッド社製のコンロが鎮座していた。クリーム色がかった白い琺瑯製で、黒い縁取りがあり、黒い煙出しが上に伸び、直角に曲がって壁に取り付いていた。口火で点火することができなくなっていたので、バーやレストランから紙マッチを持ち帰って集めていた。そういう場所で煙草が吸えた時代だ。フルサイズの冷蔵庫があって料理ができることは、食料の保管も調理もままならない長期滞在者向けホテル暮らしの後では贅沢なことに思えた。

私は貧乏だった。家具は拾い物で、服は古着屋、生活用品はがらくた市で集めたものだった。当時は古いものを大事にする世の中で、そうしたやり方は私の趣味にも合っていた。持ち物の大半は自分より古く、愛おしかった。あらゆる物が、過ぎ去った時代へつながる手がかりなのだ。時間や歴史や避けられぬ死、その深みや手触り。そんなものに私は飢えていた。それは、ベイエリアの新興郊外住宅地の片隅に育ち、都市の移民の子孫として家系の記憶も物語も祖先にまつわるものもほとんど失くした両親をもつ私にはずっと縁のないものだった。物書きとしての私の仕事は、時として、西部のさまざまな場所の失われ、忘れられた過去をよみがえらせる試みになっていくことがあった。

　年代ものの小さなベルベット張りのソファは、デモに参加するためにカストロ地区に向かう道すがら、がらくた市で見つけたものだった。ソファを一〇ドルで売っていたゲイの男は、デモが終わった後、私の家まで運んで上階へ引き上げてくれた。ソファを動かすと、昔の詰めものに使われていた馬の毛がパラパラと落ち、まるで行儀の悪い年老いたペットのようだった。細々とした土産物や宝物や珍しい物を集めているうちに、私の部屋は珍妙な自然史博物館のようになっていった。奇怪な地衣類に覆われた木の枝。鳥の巣。卵の殻の欠片。鹿の角。石。骨。枯れたバラの花。渡りの途上にネヴァダ州東部に大群で舞っていたオオキチョウを収めた小さなガラスの壜。弟がくれた、角のついた牡鹿の頭骨は今も我が家を睥睨している。

　一時期の窮乏を過ぎると、生活は少しずつ楽になっていった。貧乏暮らしの年月もまた私には未知の新しい経験だったけれど、私はその間に貧しさがどういうもので、どんな影響をもたらすのかを垣間見た。精神的な貧しさという意味での貧困は生まれてから常に傍らにあった。両親は、大恐慌の時代や、何事にも不足していた子ども時代からの根深い欠乏感を胸底に刻んだまま、ようやく手中にした中流生活の安寧を人と分かちあおうとはしなかった。何か恐ろしいことが起こって私が本当に窮地に陥ったとしても、彼らが救いの手を差し延べてくれる気はしなかったし、いずれにせよそれがはっきりするような惨状を自分に許す気は一切なかった。だから私の貧乏暮らしは、周りにいた大勢の白人の若者が送っていたやくざな生活とは少し違っていた。気軽に貧乏暮らしをできるのと同じくらい、彼らは気軽にそこから脱出することもできたのだ。私にも脱出は訪れたが、それは私自身の労働がゆっくりと促してくれたものだった。私の肌の色と生い立ちが、自分や世間の目に高等教育やホワイトカラーの仕事に向いた人間として映っていたことがどれほどそれを助けていたか、そのことは後になってよく分かった。

本を読むときは書店で立ち読みをするか、図書館で借りるか、底値の古書が見つかるまで何か月も何年もかけて探しつづけた。音楽を聞くときはラジオで聞き、友人の家に行ってアルバムをカセットに録音した。何か物を目にすると、それが約束してくれることを思って心が掻き乱された。このブーツ、あのシャツを身につけたら、きっとなりたい自分、ならなければいけない自分の姿になれるだろうとか、自分に欠けているものはきっと物で埋められるのではないかとか、欲しい物に比べれば、今手にしているものは大したものではないとか、物欲しさは所有によって、必需品を越えた何かを手にすることできっと癒されるはずだ、とか。

いつも、手にしているもの以上の何かを欲しがっていた。それを手に入れると、また次のものが欲しくなり、いつまでも何かを欲しがっていた。渇望に苛まれた。ひたすら欲しい、その鋭利な欲望に心を抉られていた。そして現実の人や物よりも、欲しがること自体がはるかに長い時間と大きな内面の場所を占めていることが多かった。空想に浮かぶ物には、現実のそれよりも強大な力があった。何かを手に入れるたび、その渇望は息絶えた。つまり生命力にあふれていたのは渇望の方だった。そしてしばらくすると、また何かを求める気持ちが鎌首をもたげ、次の獲物を求めて執拗な追跡を始めた。恋人や男友だちについて言えば、見通しの不確かさが渇望を生き長らえさせることはあった（そして男が信頼に足る思いやりのある人間であればあるほど、それは愛と呼ばれるまた別種の傾倒へと変わっていった）。

　何にも増して欲していたのは、私の内面の変化ではなく状況が変わることだった。その先、どこに行きたいのかはそれほどはっきりしていたわけではないけれど、やってきた場所から離れたいという自分の気持ちには気がついていた。それは渇望というよりはむしろその反対、つまり何かへの反発とか逃避だったのかも知れない。そしてそれが、私にとって歩くことがとても大事なことになった理由かもしれない。歩いていると、自分がどこかに行けそうな気がしたのだ。

　生きるに値する人生とはどんなものか。抱いているイメージが一つあった。十代の半ばごろ、アナイス・ニンの日記を読みながら、そこに描かれる戦間期のパリの暮らしを夢想していた。親密さや探検への誘惑に満ちた場所とか、互いに絡まりあいお互いに受粉しあう花のような人びとの暮らしとか、篤い友情に幾重にも包まれて生きる温もりのようなもの。孤独な若者時代に私たちが飢えていたのはまさにそうしたものだった——ということは、それから幾年もして、私の家のキッチンで、クロム鍍金《めっき》の脚にリノリウムの天板を載せたテーブルを囲んで友人たちとディナーパーティーをした後、ゲストのひとりだったラディカルな歴史家のロクサーヌ・ダンバー＝オーティズと意見が一致したことだ（後になって、公表した日記ではニンは銀行家の夫に一切触れていなかったと知って落胆した。その日暮らしのボヘミアン生活は、現実というよりは彼女の脚色によるものだった）。

　コンロの横には幅の大きなシンクが二つあった。一つは普通のキッチンの流し、右側のもう一つの方は洗濯用の深さのある流しだった。そちらは備えつけられていた水切り用の古い琺瑯引きの金属皿で蓋をしていた。しばらくするとその下の暗くじめじめした流しから悪臭がしてくるので、ときどき蓋を外してごしごしと磨かねばならなかった。女たちはその流しで衣類を手洗いしていた。越してきた当初、屋上にはまだ木製の物干しがあり、屋上に上がる階段の最後の数段はタール塗りの屋上に撒かれた砂利のせいでざらついていた。

　キッチンの床に貼られていた黄色と緑色のリノリウムはもういくら磨いても綺麗にならないほどひび割れてがさがさになっていたので、私は黒く塗り、剥がれてくるたびに塗り直した。そんなキッチンにも、そして部屋の東向きの出窓にも、晴れた朝には必ず光が流れ込んできた。冬には南向きの出窓から滴るような光が一日中入っていた。この窓はフルトン通りに面していて、居並ぶ街灯がよく見えた。出窓に腰を下ろしたまま、街灯に照らされた霧が、途方もなく大きな走馬灯かタンブルウィードのように重なり、融けあってゆくのをじっと見ていることがあった。冷たい海面のどこかで生まれた霧が、風にのってとめどもなく流れてくるのだった。

　ベッドに横になったまま、夜の静寂に響く霧笛に耳を澄ませていることもあった。真夜中に目が覚めたとき、街中それも中心市街とされているこの場所にも霧笛が聞こえてくることは珍しくなかった。霧笛の音はそのたびに、私を地の果ての向こうのどこかへ、海と空と霧の先へと連れ去るのだった。今思い出すと、時折聞こえてきた霧笛の音は、あの真夜中の心持ち、はっきり目覚めているわけでもすっかり眠っているわけでもなく、心はさまよい、体は巨大な天体のような眠りの重力に縛りつけられている状態に反響しているかのようだった。その音は迷ってしまった船に呼びかけるように私を呼んでいた。そして私を連れ戻すかわりに、海とその果てに吹く風のこと、納戸で眠る私もまたその風に触れていることを思い出させた。

　あまりに長い間住んでいたので、小さなアパートと私はお互いに融けあうように歳を重ねていった。初めは持ちものもほとんどなく、とても広く感じていたものが、終いには本の山や紙を詰めてベッドの下に押し込んだ大量の箱のせいで手狭まで小さく感じるようになった。思い出の中の部屋は、たくさんの小部屋のある真珠色のオウムガイの貝殻のようで、私はとびきり素敵な隠れ家を見つけたヤドカリのようにそこに這い込んで、窮屈になってしまうまで暮らしていたのだ。

　離れて十数年が経っても、未だに隅々まで目の前にあるように憶えている。ふと洗面所の棚に手を伸ばそうとして、それが今住んでいる家にはないと気がつくことがある。その界隈をまた歩くようになった頃、タクシーで思わずライオン通りの住所を告げたこともあった。もう長年そこには住んでいないと思い出して、次に住んだ住所を告げ直し、そのあとにようやく今住んでいる家の住所を口に出した。その住所があの場所のように私の魂に刻み込まれることは決してないだろう。そこに住んでいたとき、一本の道が出てくる夢をよく見ていた。家の脇を抜けて田舎道になり、やがて馬の放牧地で行きどまりになるその子ども時代の道は、鉄条網のフェンスをくぐり抜けていくつもの冒険に出かけた道だった。しかし今では、まさに夢に出てきたあの道のように、私の礎の場所であるライオン通りのあの小さなアパートを夢に見るようになった。

　その部屋がまだ自分のものだった頃、夢の中で現実とは別の部屋や別のドアを見つけることがあった。ある意味でその部屋は私自身で、見つかるものも私自身だった。つまり発見されるのは私の見知らぬ部分だった。子ども時代を過ごした家は、私を閉じ込める場所として繰り返し夢に出てきた。けれどこの場所は可能性に向けて開け放たれていて、私をつかまえようとはしなかった。大きく、いくつもの部屋があり、暖炉があり、隠し部屋があり、目が覚めた後の生活には存在しない美しさに満ちていた。ふと裏口の戸を開けると、そこには現実の灰色のゴミの山ではなく輝くような原野が広がっていた。

キッチンの壁にはかつてレンガ模様のビニールの壁紙が貼られていた。コンロの後ろの壁の白塗りの下にその合わせ目が薄く見えていたので、あるときに思い立って剝がしてみた。傷口から包帯を剝がし取るような心地がした。壁紙は大きなまとまりのまま、その下にある次の壁紙を薄く剝ぎ取りながら剝がれた。その下にはもっと綺麗な、ツタの絡まりあった模様の壁紙があった。その色あせた褐色の文様を目にしたとき、私より前にそこに住んでいた人びとが、彼らの魂がそこにいるように感じた。さまざまな時間を生きた亡霊たちは、戦争が始まる前のこの界隈に、別の人びとが暮らしていた別の地上に、今とは異なる場所だった時代につながっていた。

やがて、私は夢の中でその変奏を繰り返すようになった。夢の世界で発見するのは新聞や雑誌のページや布の切れ端をぎっしりと寄せ集めたコラージュだった。大量の花でバラ色に染まった、甘美で奇妙なスクラップの庭園。夢の中の私は、それが自分よりも前に住んでいた別の女、手芸の才のある黒人の老女の置き土産だということを知っていた。

アパートは街のちょうど中央あたりにあった。今考えると、四方に向けて開かれたその場所は方位磁針の矢印を支える軸のようだ。その場所に私が自分の家をつくり上げたのではなかった。むしろその場所が私に家をつくってくれた。私が世間を眺めたり、ときどきその輪に入ったりしながら、何年かの間に何千マイルか街を歩き回っている間に。知り尽くした道で映画館や書店や食料品店へ通い、時には何かを見つけるために坂道を上り、時には人込みと喧噪から離れるためにオーシャンビーチに下って、そこが夥しい物語の終焉の地だということを、茫洋とした太平洋の向こうでは別の物語が始まっているのだということを確かめたりしている間に。

湧き立つ海、それに延々と続く砂の浜も、また別の家であり、私が何かから逃れて身を寄せるもう一つの場所だった。私の悩みや不安は、空や海、遠い水平線、空を舞う鳥たちの広大さに圧倒された。あのアパートは私の避難小屋、私の孵卵器、私の殻、私の錨、私のスタート台だった。そしてひとりの他人からの贈り物《ギフト》でもあった。

戦時下の生活

Life During Wartime

1

アパートに越してからほどなく、友人のひとりから机をもらった。婦人向けの小さな書き物机か化粧台のようなもので、私は今その机に向かってこの文章を書いている。上品なヴィクトリアン・スタイルの机で、両脇に幅の狭い抽斗が二つずつ、真ん中の膝をいれるところの上にも抽斗が一つあり、いろいろと装飾が施されている。だぼで継がれた脚にはそれぞれ膝のような膨らみがあって、抽斗の下には扇形の装飾があしらわれていて、その把手には涙のような房のような形をした引き手がついている。

正面には左右に脚が二本ずつ、後ろ側にも両側の抽斗の下から二本ずつ脚が出ている。細々と飾り立てられてはいたけれど、この年代ものの机は芯から頑強に作られていて、八本脚の荷運び動物か天板の軛でつながれた二頭の動物のように、何十年にもわたってたくさんのものをその背中に載せてきた。これまでに三度、一緒に引っ越しもした。その上で書きつらねてきた言葉はもう何百万語になるだろうか。二十冊あまりの本、書評、エッセイ、ラブレター。一時期は毎日のように交わしていた友人のティナとの何千通もの電子メール。そのほかの何十万通かのメール。父と母のものを含む幾許かの弔辞と追悼文。学生時代の課題にも、教壇に立つようになってからの準備にも使ってきた。この机は世界の入り口になり、何かへ手を伸ばしたり、自分の内に潜行するためのプラットフォームになってきた。

この机をくれる一年ほど前、その友人は別れを恨んだかつての恋人に十五回刺された。多量の出血で生死の境をさまよい、緊急輸血を受けた。体中に残る長々とした傷痕を見たとき、私は何も言葉が出なかった。何かを感じる能力がもうずっとどこかへ押し込められていたのだ。たぶん、それは家の中で振るわれる暴力に慣れてしまった頃からだ。私たちはそれを平気な顔をしてやりすごすものとされていたからかも知れない。私たちのほとんどがその種の暴力について語る言葉をもたず、それを聞きとる耳をもつ者もいない頃のことだ。

彼女は生き延びた。その頃よくあったように、事の責任を問われたのは被害者だった彼女の方で、人殺しもどきは何の罪科にも問われず、友人は現場から遠く離れた土地に移った。やがて住み処を失くしたあるシングルマザーのために働くようになり、対価の代わりに机を受け取り、それを私にくれたのだ。どこかへ越して何年も交流が途絶えた後でふたたび連絡を交わすようになったとき、彼女はすべてを話してくれた。それは聞く者の心を焼き、世界中を凍りつかせるような話だった。

誰かが彼女を黙らせようとした。そして彼女がくれた机は私の声のプラットフォームになった。これまでに書いてきたすべては、一人の若い女を消し去ろうとした企てに渡りあうためだったかと考えることがある。文字通りの意味ですべての礎になったのはこの机だったのだ。

その机に向かってこの文章を書きながら、多少でも昔の界隈のようすの手がかりがあるかと思って、行きつけの公立図書館のこの街のオンライン写真アーカイブを閲覧してみた。住んでいた通りに関連する写真の四枚目は一九五八年六月十八日のもので、一ブロックほど離れた住宅が写り、以下のキャプションが付記されていた。「ライオン通り四三八番地の脇の小道を訝しげに覗きこむ通行人。この日、ここでダナ・ルイス（二十二歳）の黒い下着のみ身につけた死体が発見された。初動捜査にあたった警察によれば、被害者の喉に挫傷があり、縄で絞殺された可能性があるとのこと」。死体を目にした通行人が動揺するでもなく訝しげと形容される一方、ルイスの死は格好の新聞種だったとみえ、紙面には彼女について書き立てる扇情的な言葉が並んでいた。

彼女にはコニー・サブレットという名もあった。どうやらその死は当時各紙で大いに関心を集めたようだ。大方の記事は当人をとがめる調子のものだった。なんとなれば彼女は気儘な暮らしを送る若い女で、酒を飲み、性的にも奔放だったから、ということだ。ある見出しには、「『行きずりの犯行』と船員が自供」、小見出しには「放縦な被害者」とあった。別の見出しには「遊び人の放蕩生活、殺人で幕」。どうやら「放蕩」とは彼女の性生活や冒険や悲哀のことで、「遊び人《プレイガール》」とは、つまり彼女にはそれがお似合いの結末ということのようだ。年齢は二十歳乃至二十四歳とされていた。記事によればダナ・ルイスすなわちコニー・サブレットの元夫がライオン通り四二六番地に住んでいた。そして彼女はパーティー中の転落事故でミュージシャンの恋人を亡くしていて、慰めを求めて元夫のもとを訪れていた。

アル・サブレットは不在だったのか呼びかけに応えず、彼女は玄関の階段ですすり泣いていた。やがて家主がやってきて彼女を追い払った。ある船員が、タクシーを呼んでやると声をかけ、その後彼女を殺した、と自供した。新聞はその男の言を買っているらしく、彼女は恋人を亡くして自暴自棄になっていて、裏道で性交することに同意し、殺害は不慮の出来事だったということだ。まるで誰かを絞め殺すことも月並な出会いの一環だったとでもいうように、「ビート娘、交際を求めた船員に殺される」との見出しもあった。元夫は「彼女はいつも夢見心地で、四六時中出歩きたがっていた」と語っている。アレン・ギンズバーグはコニー・サブレットではなくアルの写真を撮ったことがあった。そしてジャック・ケルアック宛ての一九五八年六月二十六日の手紙でコニーの死に触れているが、特にコメントは付していない。彼女の名は知られていたが、ほとんど悼まれることはなかった。

ライオン通り四三八番地の出来事は知らなかったが、自叙伝で有名な詩人のマヤ・アンジェロウが少女の頃、北東のそう遠くないところに住んでいたことは知っていた。八歳で繰り返しレイプされて五年間の緘黙に陥り、その後あまり時間が経っていない頃だ。それから、私の家から別の方角に何ブロックか行った先にある、ゴールデンゲート通り一八二七番地のアパートで起こったことも知っていた。一九七四年の初めごろ、共生解放軍と名乗る少数の血迷った革命家きどりが当時十九歳だった新聞王の一族の娘パティ・ハーストを誘拐し、三〇ガロンのごみ袋に押し込めて運び込んだアパートなのだ。本人の証言によれば、何週間かの間そのアパートともう一箇所で、目隠しされ縛られたままクローゼットに監禁されていて、誘拐犯のうち二名にレイプされた。やがてこの二つの事件はニュースにもなった。しかし、大半の出来事はまったく報じられることもなく、そうでなくとも目立たないページでわずかに触れられるだけだった。

　目撃することもあった。ある夜、向かいの酒屋の入り口で大きなナイフを持った男が女を追い詰めているのが窓から見えた。パトカーがサイレンを鳴らさずにゆっくりと近づき、警官が隙を突こうとすると、男は道路の遠くへナイフを投げ捨て、コンクリートに当たる音にかぶせるように「何でもない、俺の彼女だよ」と叫んだ。

　作家のビル・ドビーズがある本の冒頭に記している。「たった一つの物、あるいは現象や要素でも、よく見つめていればそのすべてをはっきりと見通すことができて、その理解の光は人生の先行きをも照らしてくれるかも知れない。その可能性にはある種の希望が宿っている」。続けて、そう書いている松の木でできた机から始めて、その木肌の木目や色から樹々へ、さらに森へと筆を進め、愛や喪失や、場所との出会いについて語ってゆく。それは美しい旅路だ。私の祖母が生まれるより昔に切り倒された木で作られているに違いないこの机から旅を始めるならば、女という性への暴力に分け入るのではなくて、むしろたくさんの森の方を目指してみたい気もする。

しかし、今私が向かっているのは男に殺されかけた女から譲りうけた机なのだ。だからここでは、私にとってこの社会で大人になることがどういうことだったのかを語ることにしよう。つまり私のような者の沈黙や死を多くの人間が望む社会に育つことが、どんな意味を持っていたのかということを。そして、私がどうやって自分の声を身につけたのか。どんな経緯の末に、ひとりで机に向かい、静かに手の指に語らせるときいちばん雄弁になるその声を使って、語られないままの物語を伝えようと試みるようになったのかということを。

回想というジャンルでよくあるのは、克服や勝利への軌跡を語るもの、個人の成長や意志によって個人的な課題が解決に向かう物語だ。かつて、そして今も少なくない数の男が女性、とりわけ若い女への加害を欲望し、そこで加えられる危害を娯楽にする多くの人びとがいて、さらに多くの人びとがそれに気を留めずにきたこと、このことは私にきわめて個人的で深い衝撃を与えたが、私をそこから回復させたものは個人に属することではなかった。自分の魂とか自分の人生にどう折り合いをつけてもこの問題を受け容れたり無かったことにはできなかったし、そのままにして先に進もうにも行ける場所はなかった。

それは社会の中に、おそらく私の生きていた世界に根深く埋め込まれた問題だった。その中を生き延びるためにやってきたことは、この世界について理解することでもあり、やがてこの世界を、自分ひとりだけではなくあらゆる人のために変えてゆくことだった。ただし、沈黙を破ることにはいくつもの道があった。それは時に苦痛の一部であり、時に反抗であり、時に何かに目を開くことであり、そして自分と自分以外の人びととの物語を語る力を得ることだった。樹々の代わりに物語の生い茂る森の中で、書くことを通じていくつかの小道を見つけることだった。

2

それはいつもどこかで感じていることだった。その感触は未だに変わることがない。軽、、く傷つけられるかも知れないということ、つまり安全や自由や侵すべからざる権利が自分にはないのだと脅され、侮蔑を受けて思い知らされること。あるいは、もっと痛めつけられ、すなわちレイプされるかも知れないということ、さらにはレイプされ、誘拐され、拷問され、監禁され、切り刻まれること。そして、殺されること。あらゆる暴力には死の影があった。あなたは少し消されて、存在や自信や自由の幾許かを奪われるかも知れない。あなたのいろいろな権利も、押し流されるように失くなってしまうかも知れない。体にも侵入されて、その一部が奪われ、自分のものでなくなるかも知れない。拭い去るようになにもかも消されてしまうかも知れない。そんな可能性のすべてが、どれ一つとして自分に縁遠いものとは思えなかった。女であるがゆえに誰かの身に振りかかった恐ろしいことは、あなたの身にも起こり得た。女であるがゆえに。仮に殺されはしなかったとしても、あなたの中では殺されていたのだ。あなたの自由や、対等であることや、自信の感覚が。

　最近、友人のヘザー・スミスに言われて気がついたのは、若い女は「自分が殺される場面をひたすら想起する」ように強いられているということだ。小さな頃からずっと、私たちはやってはならないことを教え込まれてきた。ここに行ってはいけない。あそこで働いてはいけない。この時間帯は出歩いてはいけない。あんな人たちに話しかけてはいけない。こういう服を着てはいけない。こんな飲み物を飲んではいけない。冒険も独立も孤立もあなたには許されていない。何かを我慢することが、身の安全のために虐殺者から与えられているただ一つの選択肢だったのだ。十代の終わりから二十代の初めにかけて、街の通りで、あるいはその他の場所で、常に性的な嫌がらせを受けていた。そこに存在していた脅威は、嫌がらせという言葉では表現することができないものだった。

元海兵隊員で、心的外傷後ストレス障害（ＰＴＳＤ）について著作のあるデヴィッド・Ｊ・モリスによれば、レイプ被害者は戦闘経験者に比べてはるかにＰＴＳＤの割合が高く、かつ申告されることははるかに少ない。モリスは次のように教えてくれた。「その件は研究ではっきりしています。『ニューイングランド・ジャーナル・オブ・メディシン』によれば、レイプが診断可能なＰＴＳＤをもたらす可能性は戦闘の約四倍です。つまり、レイプ被害には戦場へ送られ、銃撃されたり爆弾で吹き飛ばされたりすることの四倍の心理的な影響があるということです。そして、レイプをサバイブした女性自身がそのことを多少でも英雄的で誇れることと思えるような文化的素地が現時点では存在しない以上、延々とダメージが持続する可能性もずっと大きいのです」。

戦争では、自分を殺そうとするのは向こう側の人間だが、女殺し《フェミサイド》をするのは夫、恋人、友人、そのまた友人、あるいは路上や職場やパーティーやドミトリーで遭遇する男だ。今これを書いている週に起こった事件から挙げてみれば、配車アプリで車を呼んだ男が妊娠していた運転手を刺し殺し、銀行を訪れた男が五人の女を射殺し、両親に家を追い出された男が転がり込んだ先の若い女を撃ち殺している。これらはニュースに取り上げられたごく一部に過ぎない。モリスはＰＴＳＤを「最悪の記憶に戦《おのの》きながら生きること」だという。さらに戦争とは攻撃や凄惨な被害や殲滅の恐怖の中を生き、自分の周囲で人びとが災厄に襲われてゆく場に身を置くことであり、それは肉体的に無傷であってもトラウマを生むことがある、とも。そして恐怖は原因となった出来事の後も延々と尾を引くことがある。性暴力に由来するトラウマについて書かれるものの多くは、それを例外的に悲惨で過酷な出来事や関係として、まるで不意に水中に落ちてしまったようなことのように語る。だが、ずっとその中を藻掻きつづけることが死ぬまで続き、どこにも陸地が見えてこないとしたらどうだろうか？

果てしない数の女が映画や、歌や、小説の中で殺され、現実の世界でも殺されていた。その夥しい死の一つひとつが小さな傷であり、少しずつ加えられてゆく重荷であり、自分であったかも知れないと告げる小さなメッセージだった。あるとき、信者から受け取った形見を身につけている仏教の僧侶を見かけたことがある。人びとが献じた小さな形見の品に体を埋め尽くされて、何百ポンドの重さなのか、がちゃがちゃと音を立てる人びとの悲嘆を引き摺るようにして歩いていた。私たちはたくさんの恐怖の物語をひそかな重荷として足枷のように身につけ、どこへ行くにも引き摺っていた。がらがらと鳴るその音が「おまえだったかも知れない」と片時も止むことなく告げるのだ。そんな頃に、私は人生を通じてただ一つ所有していたテレビを人にあげてしまった。母方の祖母が療養施設で使っていた小さな白黒テレビだった。ある晩にチャンネルを回していて、どの局でも若い女が殺されているのを見た後のことだった。私だったかも知れない、と思った。

取り囲まれ、狩り立てられているような感覚だった。女たちは繰り返し繰り返し、大人も子どもも、行ないの代償ではなくただ女を罰して痛めつけようとする男の手が届くところにいたがゆえに危害を加えられていた（頭に浮かぶのは「罰」という言葉だが、何ゆえに？という疑問はいつまでも消えない）。その理由は彼女たちが誰だったかではなく何だったか、つまり私たちが何かということだった。しかし本当のことを言えば、その理由は彼がどのような人物だったかにある。つまり彼が、女に危害を加える欲望をもち、その権利があると信じる人間だったことが本当の理由なのだ。自分にはどこまでも力があり、女はどこまでも無力だと誇示する権利がある、と。芸術においては、美しさや若さ、あるいはその両方を備えた女が受ける責め苦や死はエロティックで、扇情的で、見る者を満足させるものとして延々と描写されつづけてきた。凶悪犯罪は特異な者の所業だと政治家やニュースメディアが強調する一方で、その種の欲望はアルフレッド・ヒッチコックや、ブライアン・デ・パルマ、デヴィッド・リンチ、クエンティン・タランティーノ、ラース・フォン・トリアーらの映画、大量のホラー映画、その他の映画や小説の中に後生大事に温存されていた。そしてテレビゲームやグラフィックノベルでは、毒々しいまでのディテールで描写された殺人や女の死体が、プロットや装飾のための小道具としてありふれたものになった。彼女を無化することは彼の創意なのだ。意図される受け手の中で、明らかにそれは欲情に結びついていた。なんとなれば実際に性犯罪の延長として女は殺されつづけていたし、暴行やレイプの恐怖は残酷なやり方で殺される恐怖でもあった。

そのことは、誰もが認める傑作や名作を含めて、実に多くの芸術文化は私（私たち）に向けられたものではないと改めて思い知らせるものでもあった。時には男の登場人物が女を、特に白人の若く美しい女を別の男の手から守ることもあった。そんなときは彼らの力は庇護者の顔をする。しかしその反対側にはやはり破壊者の顔があり、どちらにせよあなたの命運は彼らの手中にあるのだ。彼らが守っていたのは守ることも壊すことも好きにできるものだった。物語のプロットは守り損ねたことへの後悔だったり、他の男への復讐だったり、あるいはけっきょく彼の手で女を破滅させる話だったりもしたが、それが彼の物語だということは変わりがなかった。★

女は死体にされる前からすでに生きていなかった。上辺だけの存在で、添え物であり、付属品に過ぎなかった。漫画の世界では、悲惨な死を遂げる女は男を主人公にしたストーリーの小道具として実にありふれたもので、女たちはそれを「冷蔵庫詰め《フリッジング》」という言葉で呼ぶようになった。これは一九九九年に開設された「冷蔵庫の中の女たち」という、女キャラクターの無惨な最期をまとめるウェブサイトに因んだものだ。テレビゲーム界隈では、ゲーム内のミソジニーを批判した若い女たちはその後何年間も個人情報を晒されたり、殺害やレイプの脅迫に悩まされることになった。陰惨で具体的な危害の警告によって自宅を離れざるをえず、おおがかりなセキュリティ対策が必要になった者もあった。つまり彼女たちは姿を消さねばならなかった。今や、ネットストーキングや脅迫や嫌がらせから女性を守ることはフェミニストのサイバーセキュリティ専門家の仕事にもなっている。

　そう書いている今でも、新しく始まるテレビシリーズの中には惨たらしく痛めつけられ、殺され、解体される女をめぐる話がいくつもある。その一つは「ブラック・ダリア殺人事件」という不似合いに洒落た名前で呼ばれている一九四七年にロサンゼルスで起こった二十二歳のエリザベス・ショートの暴行殺人の周辺を題材にしていて、もう一つでは一九七〇年代の連続暴行・強姦・殺人者、テッド・バンディを若くて魅力的な俳優が演じている。テッド・バンディを扱う映画はこれまでにも枚挙に暇がないし、ロスのエリザベス・ショート事件はそれだけで棚ができるほど本が出ている。ジバンシイが「死にいたる《フェイタル》花」というコピーとともに「ダリア・ノワール」という香水を発表したときには、これは女に切断死体の香りを身につけよという意味なのだろうかと首をかしげた。そもそも、レイプや殺人や加害行為は昔のバラッドにも満ち満ちていたし、ポップソングにおいても、ジョニー・キャッシュからローリング・ストーンズやエミネムに至るまで違いはない。

　かつてのフェミニストは、レイプとは権力の問題であり、快楽の問題ではないと主張した。しかし一部の男にとっては、自らの権力あるいは女の無力さほど性欲を掻き立てるものはない。これは一部の女性でも同じで、つまり私たちは自らの無力さと受難はエロティックなのだと学び、そんな物語や自我を受け容れたり、拒絶したり、あるいは格闘したりしているのだ。ジャクリーン・ローズは二〇一八年にこう書いていた。「性的嫌がらせは男性特有の行為遂行的な発話の最たるもので、男はそれを通じて、標的に対して権力は自分の側にある（これは事実である）と示すだけでなく、その権能と自らのセクシュアリティが一体だと主張するのである」。

*

私が経験した出来事はそれぞればらばらで例外的なこととして過ぎていったが、似たような出来事は数限りなくあった。それがまさに当時の状況であり、時代に逆行することでも逸脱したことでもなかった。人に話すとみな当惑顔になり、たいていは君がしくじったんだと諭されることになった。性的なハラスメントを受けてみたいものだと言う男もいた。彼らは魅力的な相手から快く誘惑されることしか想像できなかったのだろう。誰ひとりとして私が経験していることの理解を助けてくれる者はいなかったし、私に安全で自由に生きる権利があることに同意してくれる者もいなかった。

それは一種の集団的なガスライティングだった。それが戦争だと周囲の誰も認めない戦争を生きること。頭が変になりそうだったと言いたくもなるのだが、実際、女性は頭がおかしいと責められることが実によくある。それは証言能力や証言の信憑性を貶めるための方便なのだが、そうしたケースでは往々にして「頭がおかしくなっている」というのは耐え難い苦痛を受けていることの婉曲な言い換えにすぎないことがよくある。つまり私は頭がおかしくなったわけではなく、耐え難いほどの不安と、警戒と、消耗を強いられていたのだ。

　突きつけられていたのは、あらかじめ自分の自由をあきらめるのか、それとも、最悪の形でそれを失うリスクを冒すのかということだった。人の頭をおかしくしてしまうことがあるとすれば、それは自分の経験した出来事が実際には起こらなかったと言われることだ。追い詰められている状況は本人の妄想で、問題はすべて本人の頭の中にあり、苦痛があれば本人のせい、解決するには沈黙するか、知っていることを知らないふりをするしかない、というときだ。こうした耐え難い立場に追い込まれたとき、人は困難とリスクを選ぶ反逆者か、迎合を選ぶ囚人になる。

　一九八〇年代はフェミニズム運動の華やかな時代で、女性への暴力は大きな議論になり、「夜を取り戻せ」という抗議デモも行なわれていた。しかしそうした運動は私とは縁遠いものだった。当時の私はあまりに若く、年長の女性が主流に思えたその辺の界隈は自分が身をおいていた世間とは没交渉だったし、彼女たちが語る言葉も私の学んだことのないものだった。その隔たりはあらゆる暴力が私をひとりのフェミニストに変えた後、ゆっくりと埋められていった。女への暴力については一九八五年にパンク雑誌のカバー・ストーリーで、一九九〇年代には美術批評やエッセイで書き、二〇〇〇年に刊行した歩行の歴史についての本では一章を充てて女が外を歩くときに遭遇する幾多の障害について書いた。

自分の身に行なわれた悪事が見過ごされていると感じるとき、人はある種の憤りを抱く。ある種のトラウマを経験すると、人は行き場のない物語を語りつづけるようになる。誰かが耳をかたむけ、信じることによって呪いを解くまで。そんな憤りやトラウマを私はよく知っている。私自身が当事者として経験したことに加えて、女への暴力一般から自分が感じていたこともある。

当事者として身近に感じていた頃には、こんなことを言われたものだった。もっと裕福な界隈に引っ越しなさい（といわれても、いちばん悪辣なハラスメントはそういうところで起こっていたのだが）。車を手に入れなさい。タクシーを使いなさい（そんなお金はなかった）。髪を短くしなさい。男みたいな格好をするか、いつも男と行動しなさい。どこにもひとりでは行かないようにしなさい。銃を持ちなさい。護身術を習いなさい。つまるところ、現実に適応しなさい――お天気のように、自然で避けられないものとして対処しなさい、ということだ。しかしそれはお天気や自然ではなかったし、不可避のことでも、未来永劫変わらないものでもなかった。それは文化だった。つまり特定の人びとと、彼らを許容する構造によって女たちは見て見ぬふりをされ、欲望の対象へと貶められ、言い分を認められず、無視され、門前払いにされ、矮小化されていた。そうした文化と状況を変えることだけが唯一のまともな答えのように思えた。未だにそうだ。

運命も体も命も自分のものではなくなったのだと思い知ること。そんな出来事は私の身に起きていてもおかしくはなかった。そんな思いにつきまとわれたまま奈落の際を漂っていたような数年間に、私の心のありようはすっかり変わってしまったし、元通りになる気もしない。そして、たぶんそれがもっとも重大な点だ。つまり、自分は決してまるごと自由な存在にはなれないのだ、ということをいつまでも確認させられつづけるのだ。この種の暴力は通過儀礼のように少女や若い女を標的にしがちなものだが、たとえ標的とされることが減っても、自分は加害に晒された存在だということを忘れさせることがない。ひとりの女の死はその一件一件がすべての女へのメッセージなのだ。当時の私は自分が通告のない戦争を生きているということを知り、そのことに恐怖と衝撃を覚えながらなんとかして生き延びるべく神経を尖らせるようになった。それは戦争なのだとはっきり通告して欲しかった。時にはあらゆる能力を振り絞って、自らそのことを宣言しなければならないこともあった。

メディアや上品な世間話の中では、人びとはしきりに殺人者や強姦犯を周縁的な男性として、つまり我々ではない彼らとして語っていた。ところが同じ頃、私の育った郊外の町では銀行の副頭取をしていた白人の男が十代のセックスワーカーを絞め殺していた。サンフランシスコから北に三〇マイルも離れていない町の出来事で、男の妻と娘がガールスカウトのキャンプに出かけている間のことだった。当時といえば「ナイト・ストーカー」事件の時代であり、「トレイルサイド・キラー」と呼ばれた中年の白人男性（彼がハイカーを強姦殺人していた山には私も行ったことがあった）、「枕カバー強姦魔」、「ビューティークィーン・キラー」、「グリーンリバー・キラー」、「スキーマスクの強姦魔」、さらにはニックネームの与えられなかった多くの男が太平洋沿岸の一帯で悪事の限りを尽くしていた。

　そういった話題が取り沙汰されるようになる二、三年前には、十五歳の家出少女がサンフランシスコ近郊で誘拐される事件があった。犯人はレイプした後に彼女の前腕を切り落とし、出血で死ぬだろうと思いつつ排水溝に捨てて去った。彼女は生き延びて証言台に立ち、やがて自分自身の人生を切り拓いていった。男は出所後、別の女を殺した。彼女の話は私や、机をくれた友人の脳裏をいつまでも去らなかった。シェイクスピアの『タイタス・アンドロニカス』にも同じ話がある。登場人物のラヴィニアはレイプされ、両腕を切り落とされ、舌を切られて沈黙を強いられるのだが、それでも彼女は凶漢が誰であるかを示してみせる。そしてギリシア神話でも、義理の兄にレイプされたピロメラは舌を切り落とされて言葉を奪われていた。

　女性がただ一度の酷い出来事で深い傷を負う、という話を聞いたり読んだりすることは幾度となくあった。しかし、私にとって本当の恐怖はその種の暴力があらゆるところに遍在していることだった。当時は鳥肌の立つような不安があった。自分のこの体が、今すぐにでも耐え難い、おぞましい目に遭わされるのではないかという感覚だ。自分を貪り喰らい、存在を消し去ろうとして狂暴な何かが大きな口を開けているのだ。そして、それは世界のどこから襲ってくるか分からないのだった。

3

いつでも安心はなかった。ただ、少なくとも何年かの間は安心できると期待していたからこそ恐怖に打ちのめされていたのだという気もする。男の暴力は私が育った家の中だけのことで、家を出れば抜け出せると思っていたのだ。私は内と外が裏返しの世界で育った、つまり家の中だけが安心のない場所だったと書いたことがある。郊外住宅地の端に暮らす子どもの目には、自分の家でさえなければどこでも安全に見え、扉の外に広がる町や自然の丘へ自由に出かけて行ったものだった。以前から家を出たくて仕方がなく、十歳に満たない頃から家出のとき持ち出すもののリストを作っていた。家を離れてみれば家の中の危難からはおよそ逃れることができたのだが、その頃には家こそが唯一の安心できる場所だったと感じることも増えていた。

十二歳、十三歳、十四歳、十五歳。私は家族の周辺にいる大人の男に性的なプレッシャーをかけられ、追いかけ回されるようになった。よそに行けば街頭でハラスメントの標的になった。世の中には何かが欠けていることさえ気づかないほど深刻な欠落というものがある。遺失物リストに載ることさえない失せ物があるのだ。欠けていたのは、それがあれば私が「いやです、興味がありません、構わないでください」と言えたはずの声だった。そう気づいたのは最近のことだ。

沈黙を強いられる、という言い方をすることがよくある。その前提は、誰かが声を上げようとしていたということだ。私の場合は沈黙を強いられたわけではなかった。発言を遮られた声はなかった——そもそも語り始められてすらいなかったから。さもなければ、私がもう思い出せないほど以前からその声は制止されていた。言い寄ってくる男に向かって何かを言うことは当時、まったく思いもよらないことだった。なぜなら、そうやって主張する資格があるとは思えなかったし、彼らに私の言い分を聞き入れる義務も、その可能性すらもあるとは思えなかったからだ。自分の言葉はただ事態を悪化させるだけだろう、そう思えていた。

私はなりを潜め、音を立てずにすり抜けて存在を消すことを覚えた。身をくねらせてその場を逃れ、望まないハグやキスや手から身を躱し、バスで隣の席の男が脚を広げてくるたびにどんどん小さく身を縮めるようになった。ゆっくりとその場から身を引くことや、さっと自分の存在を消すことに熟達していった。自分が存在していることはあまりに危険だった。だから私は非在のエキスパートになったのだ。この戦略は、いったん身につけてしまうと、いざ誰かと関わりをもとうとするときにも頭にこびりついて離れなかった。人を避けることで生き延びてきた長い年月の後で、いったいどうすれば身も心も開いて誰かに向き合えるというのだろうか？　私を怯えさせていたものすべてが、人を信じて立ち止まり、ゆっくりと時間をかけて関係を築くことを困難にしていた。かといって、動きつづけることもまた難しくなっていった。生きたまま棺桶に入れるようにして、私をひとり家に閉じ込めるためにすべて仕組まれていると思うこともあった。

　私に自由と喜びをくれたのは歩くことだった。歩くことは財布に見当った移動の方法でもあり、場所を知る術を学ぶ方法でもあった。世界に身を置く流儀であり、人生や書き物を通じて物事を考える方法であり、目指す方向を見つける術でもあった。いざ歩こうとすると危険が多すぎる、ということは承服しがたいことだった。しかし、そのことを認めようとしない私と違い、みなは進んで受け容れているように思えた。彼らは嬉々として、囚人になりなさい、と説くのだった。移動の自由をあきらめ、隠者のように引きこもって生きればいいのだ、と。私はどこかへせき立てられているようだった。そこには人生を自分の手でつくり上げ、何者かになり、変化し、何かをなしたい、というあいまいな衝迫も含まれていたけれど、実際に足を踏み出せばそうした衝迫にも行き場が与えられて、切迫感もやわらぐのだった。歩くことをあきらめるつもりはなかった。それは考え、新しいものに触れ、私自身になるための方法のすべてをあきらめることだったのだ。

ある日、近所の東にある小さな公園を歩いていると、見知らぬ男が通りすがりに顔に思いきり唾を吐きかけて、そのまま立ち止まりもせずに行ってしまった。周りには人がいたけれど、私は孤立していた。自宅に帰るバスの車中で嫌がらせを受けたことも幾度もあるけど、みな見て見ぬふりをしていた。男の怒気に気圧されてしまったか、当時はみんなそんなことはどうでもいいと思っていたか、あるいは女が悪いと思っていたのかも知れない。男たちは声をかけたり、何かを要求したり、会話のきっかけをつくろうとあれこれ労力をかたむけ、その努力は一瞬で逆上に変わった。いいえ、興味ありません、と相手の激昂を招かずに伝える言い方を知らなかった私には言うべき言葉が見つからなかった。言葉は何の助けにもなってくれず、私には言葉がないも同然だった。

いつも下を向き、何も言わず、目を合わせず、できる限りそこには存在せず、目立たず、目に見えず音も立てない無になろうと努めていた。そんな状況の悪化を恐れていたからだ。目つきに至るまで恭順の素振りを知らねばならなかった。可能なかぎり存在を消去していた。なぜなら、存在することは標的になることだったからだ。男たちは私の沈黙を相手に会話を試み、時には大声を張り上げてみせた。私には返答し、従い、服従し、性的な奉仕をする務めがあるのだと彼らは叫んでいた。一方で、私を尾けまわしていた身なりのいい白人の男に向かって、その男が私に使っていたのと同じような下品な言葉で一喝したところ、その男が心底びっくりした後で私を殺すと脅してきたこともあった。白昼、しかも観光客も多い場所だったのでおそらく本当に手を出すつもりではなかったのだろう。しかしそれは言い返したら何が起こるかということを恐怖とともに記憶に刻む出来事になった。

　まるで逆上や憤りの感情の方が、彼らの欲望そのものよりも大きくなってしまっているようだった。その怒りは、欲望が充たされずに終わり、始まったものが不首尾に終わることへの怒りだった。彼らはそのことをあらかじめ知っているので、欲望と憤りがまざりあった卑猥で冷笑的な言葉を投げかけ、言いたいことを言う権利を誇示し侮蔑に甘んじる私を嘲笑してみせるのだ。その怒り。まるで彼らは当然のように、私が見知らぬ人間に服従するものだと期待していたようだった。すべての女はあらゆる男の所有物で、私ただひとりを除いたすべての人間が私を所有しているとでもいうように。そして言葉。彼らには過剰なまでの言葉があった。一方で、それ以外の時間を言葉によって、言葉のために生きていた私は、そのとき何も言葉をもたなかった。

　誰かに声をかけようとするときも、私の言葉は無力に感じられた。ある晩遅くに、トラックスーツを筋肉で盛り上がらせた大男がバスを降りる私についてきたことがあった。普段使っている路線ではなく、その時間帯に便数の多い別のエリアを通るバスで、降車してから家までは普段の便よりも遠かった。男は数ブロック歩く間ぴったりとついてきた。

家に着くあたりで制服姿の警備員を見かけたので助けを求めた。仕事柄、何か対処してくれるだろうと思ったのだ。警備員はゆっくりと振り返った。彼が振り向くより先に後ろを見た私には、尾けてきた男が塀の陰に隠れるのが見えた。私は、気のせいだった、と言ってその場を離れた。不審者はふたたび現れた。私は家まで辿りついた。

　別の晩、同じ深夜バスを降りた後、同じ通りで強盗にあった。若い大柄な男たちに囲まれ、一人に両腕を押さえつけられながら、通りかかる車に大声で助けを求めた。車は停まることはなく、私は恐れていた最悪のことが起こるのだと思っていた。奪われた通学用の鞄には、フォトジャーナリズムの講義のためのネガとプリントが詰めこまれていた。担当の教授は私の話を信じていないようすだった。間に合わせで提出した課題は盗まれたものには劣り、評点も振るわなかった。ジャーナリストになるべく教育を受けていたものの、はたして自分には何かを伝える能力があるのか、そんな疑いをもった。私の言葉は挫かれた。またしても。そして、その繰り返し。また別の加害に遭遇したとき、雇い主だった高齢の小児精神科医にその日仕事に手がつかなかった釈明をしたのだが、彼は被害を聞いて性的に興奮しているようだった。ほとんど殺されかけた友人が、事件の後に周りの男から示された反応も似たようなものだった。

　思い込みがはげしいとか、大げさで信じられないと言われることがよくあった。自分の話が信じるに値しないということ、世界を理解して、立場を表明するという自分の力についての疑い。それは、私が拠って立っていたはずの地面を侵食し、自信を揺らがせ、自分には聞かれる価値のある言葉があり、世界にはきっとそのための私の場所があるという期待を損なった。誰も自分を信じていると思えないとき、自分を信じることは簡単ではない。そうすれば自分と自分以外すべてとの闘いになってしまう。自分を信じても信じなくても自分がおかしくなってしまったような気がするし、人にもそう言われることになる。誰もがそんなことに耐えられるわけではない。自分の体も自分のものではなく、真実も自分のものでないとしたら、自分にはいったい何があるというのだろう？

　二十一か二十二の頃、あの「トレイルサイド・キラー」や人殺しの銀行家のいたマリン郡の郊外にあったゲイの友人たちの家の年越しパーティーへ行った。コンサートの照明をやっていた当時のボーイフレンドは真夜中ごろに合流する予定だったが、彼の生真面目さがたたって遅れ、私は新年を二人で祝えずに気落ちしていた。当時は車も持っておらず、誰かに送ってもらう気も起きず、すっかり零時も過ぎた頃、私は一マイルほど離れた母の家へ歩き始めた。誰も起こすことなく、忍びこんでソファで眠れると思ったのだ。母は家にいなかった気もするが、よく憶えていない。ただその前に起きたことはずっと忘れることができない。

　二つの家を結ぶ大きな通りを歩いているとき、背後に誰かがいることに気がついた。振り返ると、長身、長髪で髭も伸び放題の男だった。私は歩調を速めた。男は私の二、三フィート後ろという異常な近さでついてきた。その時間その場所を歩いているのは私とその男の二人だけだった。あたりは暗く、灯りを消した家々をへだてる植え込みがぼんやりと影を投げかけていた。街灯から街灯へ、男と私の影がふくれ上がり、またしぼんでいった。通り過ぎる車のヘッドライトがあらゆるものの影を掻き乱し、渦を巻いているようにみえた。

気がついた素振りをすると、彼は低い声でゆっくりと話しかけてきた。私を尾けているのではない、つまり私は自分の直感を信じるべきではない、と。それは自分の判断力と決断力に疑いをもたせようとする例のやり方をその場で聞かされるようなものだった。はぐらかしながら取り入るような巧みな言葉は、当時の私のような年若い女の判断を迷わせるものだった。明らかに彼は場数を踏んでいるようだった。あの出来事より前、あるいは後に、あの男は女たちにどんな危害を加えてきたのだろうかと思った。

若い女が格好の標的になる大きな理由は、彼女たちが自分を疑い、自分の存在を消そうとしてしまうからだ。今なら私は道の真ん中に飛び出して車を呼び止め、大声を上げて車のドアを叩き、自分の感じた脅威を信じてそこから抜け出すためにどんなことだってするだろう。誰彼かまわず助けを求めるだろう。しかしそのとき私は若く、騒ぎ立てないように教え込まれていて、何が許される振る舞いなのか、果ては何が現実なのかという判断さえ他人に委ねるように訓練されていた。何が起こり、何が起こらなかったのかということで男の言いなりになるのをやめたのは何年も後のことだった。
暗い路上で、何でもない風を装いつつ、道を横断しても男がついてくるかを試してみた。彼は私にかけられた呪いのようにぴったりとついてきた。足取りは永遠に続くように思え、私は何かされる前に目的地に辿りつけることを祈った。私がこの膠着状態を乱さなければ、きっと相手も何もしてこないのではないか、と。車が何台も通り過ぎ、ぐるぐると影を乱して去って行った。もう一度道をわたった。彼はついてきた。さらにもう一度。そしてもう一度。ようやくあと数ブロックというところで、セダンに乗った男が車を停め、助手席のドアを開けて乗車するよう手招きをした。

すぐ背後でついてきた男のくぐもった声が聞こえた。「知らない人の車に乗るのがいちばん危ないって言うけどなあ」もちろんそう何度も聞かされていた私は躊躇した。

そして私は乗り込んだ。

運転していた男は言った。「余計なお世話だと思っていったんは通り過ぎたんだけど、ヒッチコックの映画みたいだと思ったんだよね。それで引き返したんだ」。
男から私を救ってくれた男には感謝している。ヒッチコック映画の中で助けを求めていたというのはぞっとする話だ。

尾けまわされることや、怒鳴られること、強盗に遭うこと、ひったくられること、さらには赤の他人に殺すと脅されることは一度ならずあり、知り合いの男に脅迫されることも何度か、あるいは拒絶の意思を示した後に延々とつきまとわれることもあったが、私はレイプされはしなかった。けれども友人の中には被害者になった者が大勢いた。私たちはみな、脅威の隙間を縫うことに青春時代を費やしていたし、それはあらゆる場所のほとんどの女たちと同じだった。自分の身に振りかからないときでも、常にその餌食になる者はいた。そうした年月に気に留まるのは、新聞の片隅に追いやられたわずかに一段落か二段落くらいの出来事や、ニュースで一言二言報じられるストーリーだった。それは切り刻まれたセックスワーカーや、殺害された子どもや、虐待された若い女や、監禁されていた者たちのことであり、夫や父親に殺された妻や子どもたちのこと、そしてそれ以外のさまざまなことだった。それぞれは互いに関係のない出来事として扱われるか、少なくとも、名指すに値する何かのパターンをなしているようには語られなかった。その点と点を結んでいた私には、そこに蔓延する病の姿が見えていた。そしてそこに見出されたパターンについて語り、書いた。それが人びとの口に上るには、それから三十年待たねばならなかった。

4

暴力の脅威は心に根を張り、恐怖と緊張は肉体に棲みつく。加害者は加害者のことを考えざるを得なくする。そうやって思考に侵入する。実際に悲惨な出来事に遭わなかったとしても、そうなったかも知れないと絶え間なく思っていれば影響を受ける。女性の中には、それを意識の片隅に押しやってしまう者もいるのではないかと思う。つまり危険のリアリティをあえて小さく見積もって、生き方や行動にふりかかる制約を、数字に現れない引き算みたいなものにしてしまう者がいるのではないか。そうやって語られざることは語りえぬことになる。

私には、そこで失われているものが分かっていた。人生の出発点に立っていた当時には、その損失の重みに打ち砕かれる気がした。人生をつくり上げ、自分の声をもち、世界に居場所を見つけようと意気込んでいた頃だった。そのすべてに取り組んではいたのだが、その一方で若い頃いちばん熱心に取り組んでいた趣味はレイプされないことです、と冗談ながら口にしたことはある。それは尋常ならざる警戒心と用心深さが必要なことだった。街では同じ道を使いつづけることを躊躇するようになるし、それは郊外でも、自然の中でも、あるいは人づきあいでも会話の輪においても、人間関係でも同じなのだ。

コップの水に血を一滴垂らしても水は透明なままだろう。二滴でも六滴でも同じことだ。しかし、どこかで水はにごり、水ではなくなる。どれだけが流れ込めば人の意識は変わってしまうのだろうか？　女たちの思考には一滴、あるいは一さじ、あるいは大河のように血が流し込まれている。彼女たちはどうなってしまうだろうか？　一滴ずつだとしても、それが毎日だとしたら？　透き通った水が赤く染まってゆくのをただ見ているほかないとしたら？　自分と同じ境遇の人間が痛めつけられるのを見ていると何が起こるだろうか？　何かに集中するための気力とか冷静さとか余裕どころか、ただ何かを考えるために必要なものがいったいどれほど損なわれてしまうだろう？　それを取り戻せたらどんな気分だろう？

　最悪だった時期には、電灯とラジオをつけっぱなしにして眠っていた。油断していないと思わせるためだ（ミスター・ヤングが、男が何人か訪ねてきて私の部屋を訊いたと教えてくれたこともあった。もちろん彼は教えなかったが、さらに神経質にならざるを得なかった）。私の眠りはそのとき以来浅くなった。心的外傷の症状でいわれる過覚醒のような、過度の警戒を続けている状態で、自分の部屋自体も眠らないように装っていた。体はぼろぼろと崩れてしまいそうに緊張して、強張っていた。鋼鉄のケーブルで吊られたゴールデンゲート橋を見ると、同じようにピンと張り詰めて凝り固まった自分の首や肩の筋肉を思ったものだ。いつもびくびくしていて、近くで急な動作をされるとそれが誰であっても思わず身構えた。むしろ縮み上がっていた。

　こんなことを書いているのは、私の話が特別だからではなくありきたりの話だからだ。この世界の半分には、女たちの恐怖と痛みが敷き詰められている。あるいはむしろ、それを否定する言葉で糊塗されている。そして、その下に眠っている幾多の物語が陽の目を見る日がくるまで変わることはない。私たちは、そんな風にありきたりで、どこにでもあるダメージの存在しない世界を想像できなくなっている。ひょっとすると、そんなダメージがなければ世界はびっくりするほど明るくなるのではないか。今はほとんど経験できない、自信をもつことの喜びがずっとあたりまえになるのではないか。人類の半数から多くのことを遠ざけ、あるいは触れさせもしなかった重荷を取り去ってくれるのではないか。そう言いたいがために私はこんなことを書いている。

　理由はもう一つある。こうしたことを全部一般的な書き方で表現していたとき、つまり論説のように客観的に状況を説明していたときには、それが人にどのような危害を与えるのか、私にどのような危害を与えたのかを十分に表現できなかった。レイプ被害をサバイブすることについて書かれたソアイラ・アブドゥラリの本の中に、ある種の語り方について述べている箇所がある。「物事は滑らかな経過として語られることがある。抑揚はあっても、現実の感情とは関係なく事実関係が語られる。……どんなに細かいことを語りあえても、そこでは誰も聞きたがることのない、耐え難いディテールに触れることはない」。歩行について書いた本に私はこう書いた。「自分には戸外で人生や自由や幸福を追求することが本当の意味では許されていない、ということを発見して、私は人生でもっとも打ちのめされた。世界には私の性別のみを理由に私を嫌ったり、傷つけたりする人が大勢いて、性はあまりに容易に暴力へ転化してしまい、そういったことを個人的な問題ではなく社会的な問題だと考えている者はほとんどいないという発見でもあった」。けれども、これもまた、私が頭の奥底で感じていたこととは隔たりがあった。

危険への感覚は考えごとも打ち砕いた。襲撃される筋書きが前触れもなく頭に浮かぶことがよくあり、戦って打ち負かすことを想像して乗り切ることもあった。本当は知らないのに格闘技の術を繰り出して戦う。あるいは殺されないために殺す。いちばん酷かった時期には、不安が勝手につくり上げるシナリオに沿って、そんなことを何度も何度も繰り返していた。いわば呪いを手なづけなければならない呪いにかかったようなものだった。その中で私は、捕食者のように考えさせるということもまた捕食者が強いているのだと気がついた。つまり私は暴力そのものに侵されていたのだ。

もっと現実感のない対処法もあった。身を守る戦略をいろいろ考えていると防護服のようなものが思い浮かぶ。襲撃から守ってくれそうな防護服は鎧のようなものになる。そして私の場合は中世の金属製の防具一式にたどりついた。取り憑かれたように鎧について考えつづけ、博物館に行って見学したり、本を読み漁ったりして何年かを過ごした。身につけることを想像し、なんとか試せないものかと思っていた。その熱が冷めやらぬ頃、友人のひとりがニューヨークのアーティスト、アリソン・ノウルズのスタジオアシスタントになった。アリソンの夫ディック・ヒギンズは、マサチューセッツ州ワーセスターにヒギンズ甲冑博物館を設立した裕福な一族の出だった。彼に、鎧を着てみたいのだが仲介してくれないか、という手紙を書いた。知的な好奇心からの伺いという体の朗らかな文面にして、それが苦悶から生まれた妄想とは書かなかった。

鎧にはそれ以上のめり込むことはなかった。現実的とはいえない空想だった。結局のところ、鎧とは身につける檻以外の何ものでもない。それでも檻の中にいる方が私には自由があるかもしれなかったのだ。あるいは、ひょっとするともうその中で自由と息苦しさを味わっていたのかも知れない。当時の自分がどんな風だったかとか、今どんな風にしているかと考えてみると、硬くてピカピカした装甲という鎧のイメージはわりと近い気もする。表面に意識を集中して、うまく切り返せるように警戒して、攻撃への備えに気を張っていることもあれば、ただただストレスの中で筋肉を強張らせ、心を閉ざしていることもある。自分の中身が柔らかいということは忘れてしまうことができる。自分の、そしてほかの人びとの鎧の下にどれだけ人生で大事なことが隠れているかということも。鎧になることは今でも容易い。私たちは殺されないために死ぬことを怠らないのだ。

危害を加えられることを思い出したり想像したりするときに、浮遊する自分が思い浮かぶこともあった。飛ぶことを夢見ることはよくあったけれど、そんな風にすべてから解き放たれたかったわけではない。どれだけの高さかは知らないけれどただ追手の頭上へ、手の届かない高みへ飛び上がることを空想していたのだ。頑丈で傷つけられない体をもてないとすれば、つまり鎧は着られないのだとしたら、地上で繰り広げられる戦いに巻き込まれることのない、捉えどころのない空気のような体ならばどうだろう。

どこまでも真剣にそんな空想をしていた私は、今も、アパートの前の街灯の高みまで浮かび上がる自分の姿やその感覚を心に抱くことがある。夜闇に浮かぶ光の輪の中に漂いながら、私はただ襲撃者の手を逃れているだけではなく、人の体を支配する重力やさまざまな制約からも安全な場所にいる。もしかしたらそこは、体を引きずって地上に暮らす死すべき存在の儚さとか、あらゆる恐怖や憎悪の重みからも自由な場所なのかも知れない。

原註

★ マージナルな立場の男性による性暴力（特に白人女性に対するもの）には罰が与えられる一方、特権的地位や権力をもつ男はそうではない、ということも相対的な価値の階層構造を補強している。女自身ではなく、特定の女を財として所有する者が守られるのも同じ構造である（レイプを他の男の財の侵害としていた前時代の法律にははっきり示されていたし、アメリカでは一九八〇年代に至るまで夫は妻をレイプする権利をもち、白人男性が有色人種の女性をレイプした場合はほとんど処罰されなかったということにもそれは明らかだ）。

消失の技法

Disappearing Acts

1

十代の終わりごろのある晩、机をくれた友人と、彼女の友人と三人でポルク通りを歩いていた。南寄りの、にぎやかなバーやお店が遅くまで灯りを点している古い建物が途切れて、背の高いのっぺりとした建物の長い影が増えてくる界隈、家出した子どもたちが体を売り、男たちがそれを目当てに訪れるあたりだった。暗がりを三人で歩きながら、私はその頃取り憑いたように頭から離れなかった曲のリフレインを口ずさんでいた。その曲には力があった。その力は自分の力でもあるような気がしていた。取り憑かれたというよりは、むしろ私がその曲を護符のように自分の中に抱いていたのかもしれなかった。使えるようになった呪文のように。あるいは私の中に噴き上がって私を衝き動かす燃料のように。

曲はヴェルヴェット・アンダーグラウンドのオリジナルメンバーでもあった前衛音楽家でロックミュージシャン、ジョン・ケイルの「マーセナリーズ（戦いに備えよ）」だった。レコードは持っていなかったのでラジオで耳にしたのだと思う。歌詞の内容は兵士を皮肉ったものなのだが、リズムと声は何か別のことを言っているようだった。否定性の線路の上を力の漲る機関車が突進している、そんな両義性があった。雷鳴のようなドラムスとベース、そして戦いに備えよと連禱のように繰り返す怒りのこもった男の叫び。それはひとりの兵士の力であり、それ自体が戦いへの渇望だった。極度の緊張、高揚感《ハイ》、あらゆる事態への備えであり、意志がつくり出す鎧だった。望みはしなかったが、そこに戦いがある以上、あらゆる戦いに私は備えていたかった。「俺はどこにでもいる兵隊なのさ」、歌はそう繰り返していた。

男になった姿を思い描いていたわけではない。しかし、自信や確信に似た湧き上がる力を感じるとき、私は自分を女とは思っていなかった。頑健で、誰にも止めることのできない、無敵の存在になりたいと思ったとき、手本になる女を知らなかったのだ。その代わりにその一時《ひととき》ごとに音楽の中に自分を埋没させていた。その頃は自分自身のままでいると、どこかこの力に手が届かないところにいるような気がしていた。無防備になる気がしたのだ。心を開くという意味ではなく、危害に晒されているという意味で。多くの少女や若い女性が抱く願望の中では、自分の男が欲しいということと、その男になりたいという欲望が綯《な》い交《ま》ぜになっているのではないかとも思う。それはこの力と一体になること、力の源に身をおいて、力に満たされること、自分の中に力との結びつきをもつことへの望みであり、あるいは自らの体を供物か代価として捧げることでそこに至ろうとする願いなのだ。つまり鎧の中で守られている弱々しい存在ではなく、鎧そのものになることだ。

十五歳のとき、初めてアメリカに登場しつつあったパンクロックに恋に落ちた。反抗や怒りを叫ぶ詞と前のめりで叩きつけるような曲が、自分が抱える憤りや暴発しそうなエネルギーに形と声を与えてくれた。最初の頃、つまり一九七〇年代の後半期のパンクロックはアウトサイダーのための音楽であり、集まる人間はだいたい棒のように痩せていて、理想家肌で、実験的な人びとだった。モッシュも初期にはぴょんぴょん飛び回りながら体をぶつける無害なものだった。その後、ナードはジョックに押し退けられ、ハードコアやスラッシュに変貌したシーンは大量に出現したごつい南カリフォルニア男のバンドに牛耳られるようになった。コンサートホールやクラブの前列は筋骨逞しい若い男（といくらかの女）でいっぱいの闘技場のようになり、しっかり踏ん張っていないと押し倒されて踏みつけられた。そこもまた、自分の居場所ではなくなってしまったように感じた。

それでも束の間の時間、その声は自分のために、自分に向けて、自分を通して語りかけていて、十代の終わりに差しかかっていたその日の私は、ジョン・ケイルがいちばんパンクの影響を受けていたアルバムの一曲を何度も歌いながら通りを闊歩していたのだった。まるで、恐れを知らない力強い存在であることと自分自身でいること、そのどちらも選ぶことができるようだった。その二つがどこかで交わるかも知れないと教えてくれる地図はなく、隣りあったままどこまでも伸びてゆく平行な二本の線のように思えていた。

2

あなたはどういう立場なのか？　どこに帰属しているのか？　こういった質問は政治的なスタンスとか価値観についてよく問われるが、時としてその人個人に肉薄する問いかけとなる。あなたは拠って立つ場所があると思っているのか？　自分の目から見て、逃げ出したり攻撃的にならなくていいくらいに正当化された存在か？　あなたには世の中や、今いる部屋や、会話や、記録される歴史や、意思決定を担う合議体の中に存在し、居場所をつくり、参画する権利があるか？　望みや要求や権利をもつ資格があるか？　他人に対して自分の正当性を主張したり、弁明したり、釈明せねばならないと感じていないか？　足下の地面を突き崩されたり、目の前でドアを閉められたりするのではと恐れていないか？　あらかじめ敗北しているか、どうせそうなると思って声を上げないでいることがあるか？　攻撃的だとか押しつけがましいと自分で思ったり、あるいは人に思われたりすることなく、自分の望みや必要を述べることができるか？

　戦場の兵士のような前進や退却をせずにいられる状態とはいかなるものか。今自分の占めている空間にいる権利があるのだ、と思えるとはどういうことだろうか。自分の場所だと心の奥底の感情が認める場所を手にしていることにはどんな意味があるのか。平時に生きる、つまり戦いに備えずに生きるとはいったいどういうことなのか。

その一部は、その人の社会的な立場とか人種、階級、ジェンダー、性的指向といったお馴染みの要素が与えてくれる。それに加えて、「自信」という言葉では重みをうまく言い表せないものが関係してくる。「確信」とか「信念」という言葉の方がいいかも知れない。自分と、自分のさまざまな権利への信念だ。つまり自分のバージョンの真実を信じて、それに対する自分の反応や要求に誠実であるということだ。今立っている場所が自分の場所だという信念。自分が大事な存在だという信念。そんな信念を十分に備えている人は滅多にいないように思えるし、私たちとは明らかに違う。その種の人びとは自分がどこの誰かをよく分かっていて、何かに反応すべき時と場所を知っており、他人に負っていることも負っていないことも理解している。退きもせず、攻撃的にもならずに、私たちの手にはない場所に居る。その場所は、自信過剰な人間が他人から取り上げて独り占めしているスペースとも別のものだ。

もしかしたら私はずっと、答えではなく問いの中で生きてゆくのかも知れない。あなたには何があるのか？　どこならば存在を許されて、歓迎されるのか？　自分にはどれくらいのスペースがあるのか？　どこでは疎外されるのか？　街では、仕事では、会話ではどうか？　私たちの苦闘はすべて領土を守ったり勝ち取ったりする縄張り争いだと思えば、私たち個々の違いは、それぞれがどれだけの空間、つまり語り、身を寄せ、歩き回り、生み出し、境界付け、勝ち取るものとしての空間をどれだけ許されているか、あるいは禁じられているかということになる。

若い頃に足を踏み入れた苦闘の一つは、私の体という領土を管轄しているのは私なのか、それとも私以外の誰かなのか、あるいは、私以外の誰でもなのかという点にあった。境界を支配しているのは私なのか、敵対者の侵攻を防ぐことはできるのか、私は私自身の指揮下にあるのか。レイプとは、一人の男の、つまり暗黙には男性一般の空間的な権能が女の身体の内部にまで及ぶという主張以外の何ものでもない。そして、女の権利や支配は彼女自身という領土にさえ十分には及ばないということだ。路上で演じられたあの種の口論は、男たちが私に対する支配権を主張し、私は属国に過ぎないと主張するものだった。私は生き延びるために、気づかれないような目立たぬ小国になろうと努めていた。

時を同じくして、私はものを書く人間として自分の姿を現そうと藻掻いていた。私には発言に値するものがあって、文化と呼ばれる対話に加わる資格があり、自分の声をもっているのだと示そうとしていた。それは別の領土をめぐる別の争いに加わることを意味していた。路上で遭遇する危難や、その恐怖と緊張で打ちのめされていた何年間かの少し後、私はそこへ参入していった。その頃、私は恋愛も含めて自分の人生を手にいれようとあれこれ試みていた。つまり自分の姿を現し、人の目を惹き、あるいは惹きつけられるということだ。時には男たちや自分の体も、姿を見られることや人前で過ごすことも楽しんでいた。しかし、すべてがこの争いによってややこしいものになっていた。

対話もまた一つの領土である。そこでは問われるのは、誰がその空間を占めることができるのかということ、そして誰が発言を遮られたり、嫌がらせを受けて沈黙を強いられるのか、つまり誰が言葉のない空間に追いやられる条件を飲まされるのかということだ。最良のときには、対話は喜びをもたらし、アイデアや考察を育み、経験を分かちあうための共同作業になる。最悪のときには、領土をめぐる闘争になる。女たちの多くはそこから弾き出された経験を、あるいは、そもそも入場を許されなかったり、対話に加わる資格がないと見なされたりした経験をもっている。そうしたことも、私が考えてゆくテーマの一つとなっていった。

3

体があることがそもそもの問題だと思うこともあった。危害を誘い、恥や短所を突きつけてくるのは自分の体であり、自分の体とどうつきあえばいいのか、馴染めばいいのかも難題だった。馴染むということの意味も、自分の体やその振る舞いに自信をもっている人が自分たちをどう感じているのか想像するほかなかった。このジェンダーの体をもつこと自体があまりに大きな弱みと恥辱だったので、今でも気がつくと身を守るものを探していることがある。二十代の頃に夢想したあの鎧のような何かを。

自分の体は出来損ないだと確信していた。背が高く痩せぎすで白い体は、女性の体について文化全般がもっている基準や価値観からすれば最良の部類とされたものだった。けれども、自分の目に映る自分の体は、間違いと欠陥だらけで、潜在的にも実際にも恥のカタログのようだった。女の体には容赦のないルールが課されていて、自分が理想からどれだけ離れているかが、それが大きな隔たりでないとしても常に分かってしまうのだった。仮に形の上で欠点を克服できたとしても、生物としての機能や体の働きや体液の流れは女性の理想とされるものに常に逆行していて、世の中にはそのことを意識させる商品やらジョークやら嘲けりやらが大量に存在していた。もしかすると女は永遠の間違いの中に留め置かれていて、脱出を勝ち取るにはその前提を拒むしかない、ということなのかも知れない。

誰も十二分に美しいなどということはない。そして誰もが好き勝手に人を判断する。ドリス・レッシングは回想『アンダー・マイ・スキン』の中に、若い頃にダンスパーティーに行ったときのことを書いている。初対面の中年の男に、彼女はほとんど完璧な体をしているが、片方の胸が三分の一インチほど高すぎるだか低すぎるだか言われたという話だ。

つまり赤の他人が彼女の体を裁く立場にあると思っていて、審判を下す権利と、その力と、それに従わなければならないということを誇示するために恐らくは出鱈目な欠点をあげつらったのだ。

男たちはいつも私が何をやるべきか、どうなるべきかを指図してきた。ひどく痩せていた若い頃に、ノースビーチを歩きながらイタリア系のパン屋で買った菓子パンを食べていると、恰幅のいい中年の男が、そんなものを食べずに体重に気を使えと叱りつけてきたことがあった。男たちは笑顔を見せろとか性器をしゃぶれと指図してきたものだ。年代ものの車を持っていたときには、ボンネットを開けて緩んだバッテリーケーブルを直していると、男たちがふらふらと寄ってきては何が故障しているとかあれこれと口を出してきた。口を出す男に限って正解だった試しはなく、私がまともな知識でやっていることを理解したようすもなかった。

本当の問題は体そのものではなく、それが過酷な監視の下におかれていることにある。つまり女であること、男に従属する女として存在することが問題なのだ。かつてカトリック教徒だった母からは、彼女が女の体の機能や形態に抱いていた深い恥辱の念がひしひしと伝わってきた。そして母や私や、時には通りすがりの女の体を無遠慮に貶す父の性向も何の助けにもならなかった。それは異常なことではなく、身体に執着する文化の一部としてごくありきたりのことだった。そこでは細かい数値やサイズを基準にして女の美しさに尺度がつけられ、合格する者には際限のない見返りが、合格しない者には劫罰が待っていた。そして、いずれにせよ私たちは残らず罰せられた。なぜなら、そんな基準は全員がいずれ不合格となったからだ。

たくさんの若い女たちと同じ場所に私もいた。魅力的でないがゆえに蔑まれ拒絶されることと、魅力的であるがゆえに脅かされ、憎まれることの間のどこかに自分の場所を見つけようとしていた。どっちに転んでも懲罰が待ち構える領域の間の、あるか無きかという細い空隙を漂っていた。自分の欲する者から欲されること、そうでない者から安全になること、そのありえない両立点をどこかに求めていたのだ。

男に喜びを与えるように訓練されていた私たちは、自分に喜びを与えることがなかなかできなかった。好ましい存在になる訓練には、自分自身や自分の欲望を拒絶することも含まれていた。だから私は逃亡した。私の体は侘しい家だった。私はそこを留守がちにしていて、よくどこかへ出かけた。若いときには、水槽に脳だけが浮いているようなＳＦ的な人間の姿をむしろ望ましいと思っていた。体は、喜びとか人とのつながりとか生きる力とか、そんな私たちが生きるために欠かせないものの源ではなく、私たちに絡みつく惨めなものなのだと思っていた。私が痩せていたことも、痩せて場所を占めず、消えてしまいそうに漂っている女が褒めそやされたのも当然のことだった。私たちの中に拒食になり、消えてしまった者がいたのも当然だった。兵士たちが退却し、国が領土を明け渡すようにして存在することをやめたのだ。

私は体をもっていた。針金のような小柄な子どもで内気だったが、自分の興味には熱心で、山野を歩きまわり木登りもしていた。十三歳のとき身長が急に何インチか伸びて、体が骨に追いつくにはその後何年もかかった。家を出たときには五フィート七インチ〔一七〇センチ〕で体重は一〇〇ポンド〔四五キロ〕もなかった。体重は少しずつ、ゆっくりと追いついてきて、家を出てから一年のうちに一〇〇ポンドを超えるようになり、三十にさしかかる頃にはだいたい平均に収まるようになった。とはいえ長い間の痩せ方は異常で、筋肉も少なく、筋肉があって脂肪がついていない若い女のような細さでもなかった。

皮のすぐ下に骨があった。腸骨の出っ張りが目立つので、ジーンズの前のポケットに何かを入れていると思われることもあった。真珠のグリップのついた二丁の拳銃なのだと思うことにしていた。バスタブに横になったまま湯を抜いてゆくと、へこんだ腹の上に水溜りができた。肋骨ははっきりと浮き出ていた。ウエストがあまりに細かったので、胴体がなくハチのように腹と胸がくっついているみたいだと、ゲイの男にからかわれたこともあった。それは友人のデヴィッド・ダシールで、彼は胸部という言葉を使った。そんな風に冗談を言い合えることも、私たちが友人だった理由の一つだった。

写真がある。写したのは、あのアパートに移って間もない頃「戦いに備えよ」と歌いながら歩いていたとき一緒にいた男だ。当時よそ行きの定番にしていた一九四〇年代のグレーのスーツを着ている私が写っている。正確にはそのスーツのペンシルスカートをはき、男もののベストを背のないトップスのように後ろ前にして着てベルトで留め、ジャケットは着ていない。カメラに背を向けていて、四角形の刳り形装飾のある壁に身を寄せて、頭を右に傾け、小さな帽子のヴェールが顔にかかっている。顔はまだどこか幼く、華奢な背中をして、肘までの黒い手袋をしている。私は、自分の影に身を隠そうとしている。

　その装いには、洗練を知る大人になって世界との出会いに備え、自分を待っている世界を見つけようとしている、そんな心積もりが表われている。若者の抱くそんな意志のすべてが写り込んでいる。そしてその体の態勢には、何かから逃れ、融け消えようとする心が表われている。私は現れようとしながら、同時に消えようとしている。やがてそのスカートは、ひどい病気にでもなって痩せない限りもう履けないだろうと思って誰かにあげた。そのときウエストを測ってみると二〇インチだった。

　そこまで痩せていると虚弱で疲れやすくなり、体力が不足しがちで、冷えやすくもなった。それで尚更標的にされやすかったのかも知れない。頑健とは正反対の自分がパンクロックに傾倒していたのは、どこかで自分のもろさに対抗するための精神を吸収しようとしていたからだった。あるいは、肉体はひ弱だけれど精神は獰猛だったのかも知れない。ときどき、自分が若い頃に都会を目指して脱出した理由は、その反対側の田舎や自然の中へ逃げ出せるような強い肉体がなかったからだ、と思うことがある。長い距離を歩くことも何時間も踊っていることもできはしたが、疲労の波に襲われることがよくあった。血糖の低下か何かだったのだろう。そんなときには目を開けていることも難儀で、立ちくらみに悩まされた。疲れていることも多かった。

　痩せていることは、規律や自制心ゆえのこととして、ある種の美徳として扱われている。人格の現れとして称賛の目が向けられる。しかし、たいていの場合は単なる遺伝子の気紛れか、若者の一時期、肉が骨格に追いついていないだけに過ぎない。私の痩せ方を拒食や過食のせいにして、妬む代わりに病的なものとして哀れもうとする者もいた（さらには、強制収容所の犠牲者をネタにしたり、飢餓者と私を比べたりするジョークも長年繰り返されていた。私の体そのものが災厄の地なのだといわんばかりに）。

　痩身であること、硬質な肉体をもつこと。肉の柔らかさでなく、骨の堅固さへ近づくこと。そこにはある種の謹厳さの感覚がある。ぐちゃぐちゃの液体のような生の領分から身を引き剝がして、どこか外側の、生死や変化を免れた場所から眺めているような感覚。死すべき運命も肉の悦びも我が事ではない、とでもいうように。自分を演出する方法として使えば、文句を寄せつけない決然とした印象をあたえることもできる。つまり痩身は、柔らかさに付け込まれないように守ってくれる文字通りの鎧になる。柔らかさとは、従順で柔軟な肉体と、躾の足りない精神の弱さの両方のことだ。そしてものを食べたり場所を占めたりすることもまた精神の弱さと見なされているのだ。

女の体は、健康であればたいていは柔らかいものだ。少なくともどこかに柔らかい場所がある。仮に、柔らかさと精神の弱さが等号で結ばれ、低体脂肪の骨っぽさが美徳に結びつくというのであれば、それもまた女であることを誤りとする理屈の一つになる。それは飢えねば逃れられぬ誤りだ。ロクサーヌ・ゲイは『飢える私』の中にこう書いている。「私たちは場所を占めてはならない。見られねばならないが聞かれることは望まれていない。もし見られたならば男たちに不満を抱かせてはならない。……そして女の多くは知っている。私たちが消え去るべき存在とされていることを。このことは大きな声で、幾度となく繰り返し告発されねばならない。私たちが期待通りに屈服してしまわないために」。

おそらく食を断つことは、自分の存在を懺悔すること、あるいは、非在への横滑りを始めてしまうことなのだろう。私は自分から痩せようと思うことはなかった。私ははじめから痩せていたし、食べてもいた。ただ、食べることは私の抱えるいくつもの飢えを満たしてはくれなかった。私は愛に飢えていた。けれどもそれはあまりに不可思議で、遠い世界のことのように怖気をさそうものだったので、私は正面から向き合うことをせずに迂遠な言葉を使ったり、逃げ出したりして、他人の愛に気がつくこともなかった。物語や本に飢えていた。力に飢えていた。本当に自分のものといえる人生に飢えていた。何者かになること、自分を創造することに飢えていた。そして飢えたように十代を過ごした場所から遠ざかり、それよりいいと思える場所に辿りつくまでずっと遠くを目指そうとしていた。

二十代になって、当時つきあっていた年上の男から「追い立てられてるみたいだね」と言われたことがある。言葉を選ばない性質《たち》だった私は「あなたは止まってるみたいね」と実に正確な言葉で応えた。自分の存在を取り戻すために何事かを成し遂げること。よりよい場所へ辿りつくまで動きつづけること。私はそんなことに追い立てられていた（ようやくどこかへ辿りついたと思った後も、そんな生き方が骨身に刻まれて力を緩められなかった）。何かをつくること。それまでの私をやめて、何か違うものになること。自分に振りかかるすべての要求に応えること。あるいは、その前に、あらゆる人の必要を残らず満足させること。クリエイティブで知的な生活は本物の喜びをもたらしてくれはしたけれど、そのほかの生活のすべてから引きこもることでもあった。最後の砦まで退却した兵隊のようなものだった。私の砦は内面にあったのだ。

　体を小さくして縮こまっていることには、私たちがいかに生き、動き、振る舞い、話すかということ、あるいはどのようにそれをしないでいるかということに通じる部分がある。レイシー・M・ジョンソンは、強烈な支配欲のある相手との交際について以下の通りに書いている。別れを告げられた男は彼女をレイプして殺すための防音部屋を造り、彼女はレイプされた後、殺される前に逃げ出した。「私はできるだけ小さく縮こまって、彼を刺激したり怒らせたりしないように努めた。彼が快いと思うように屈服し切り、やること、話すこと、考えることがすべて彼の気に入るように努めた。それは虚しいことだった。何をやっても、それで十分ということには決してならないのだ。それでも、自分と呼べるものがほとんど無くなって、私であった人間がほとんど何も残らなくなるまでそうしていた。いちばん彼の気に召したのは、そんな風にしてほとんど自分であることをやめた誰かだった」。

死ぬほどありふれた意味においては、女性らしさとは永遠に繰り返される消失、すなわち姿を消し、沈黙し、男に場所を譲りつづけることである。自分が存在すること自体が何かの侵害であり、非在がそのまま恭順と見なされるような消失の振る舞いである。私たちの文化にはそれがあらゆる角度から組み込まれている。銀行やクレジットカード会社は、秘密の質問の答えとしてよく母親の旧姓を要求する。それは、本来の姓は夫の名を名乗り始めたときに秘匿され、消去され、失われたものとされるからだ。今では必ずしもすべての女性が姓を捨てるわけではない。しかし婚姻している場合にその名を子に継がせることは滅多になく、それもまた女が姿を消すこと、あるいはそもそも姿を現さずにいることの一端であることには変わりはない。

あまりに多くのものがあまりに綺麗に失くなっているために、その不在が認識されることもほとんどなかった。その不在は現在の状況に抱え込まれた欠落であり、別の道がありえたという可能性でもある。私が生きてきた間にも、さらに多くの不在のリストが積み上がった。私たちは未だにいろいろな声や前提や立場を聞き取りそこね、後になってようやく気がつくことを繰り返すのだ。よく「沈黙を強いられた」という言い方をする。これは声を上げようとした者が存在したということだ。あるいは「姿を消した」という言い方がある。これは、人や場所や物が姿を現していたということだ。一方で、あまりにも多くのものが、一度も口の端に上らないまま、一度も姿を現さないままだった。排除されたというよりはそもそも入場を許されなかった。さらに、姿を示して声を上げたものの、目も耳も向けられなかった者がいた。黙っていたわけでもなく、姿が見えないわけでもなかったにもかかわらず、その言葉を聞く耳は塞がれていて、そこにいたことにも気づかれなかった。

私の若い頃、人間は集合的に「人類」mankind と表現されるのがお決まりで、mankind はしばしば単数の「男」man および「彼」he で言い換えられていた。マーティン・ルーサー・キング・ジュニア、ジェームズ・ボールドウィンといった解放運動を率いた男たちもまたそういった言葉遣いを捨てることはなかった。なぜなら、女の不在ということ自体が私たちの想像力からすっかり消えていたので、表現を変えるべきということどころか、別の言い方がありうると気づく者もほとんどいなかったのだ。一九五〇年代には『人間家族』〔*The Family of Man*〕や『写真でみる西部の人びとの歴史』〔*LIFE's Picture History of Western Man*〕のような本が世にあふれていた。一九六〇年代には『狩人としてのヒト』〔*Man the Hunter*〕というシンポジウムが書籍にもなったが、そこで語られる進化史はおよそ女に言及することがない。そして一九七〇年代には『人類の歩み』〔*The Ascent of Man*〕というＢＢＣの長大なドキュメンタリーシリーズがあった。ちなみにオックスフォード英語辞典の最新のオンライン版には以下のように記されている。「二十世紀まで man は一義的には男性を指すものの暗黙に女性も含む語と理解されていた。現在では女性は除くと解されることが多い」。

これは実際的な影響を生んでいた。枚挙に暇はないが、思い浮かぶのは、たとえば心臓発作が男性の症状で説明されていたため、女性の症状については比較的認識も治療もされにくく、そのため多くの女性が命を落としたことだ。自動車の衝突試験で用いられるダミー人形のモデルは男性だった。つまり自動車の安全設計の対象は男性の生存であり、女性の死亡率は高かった。一九七一年のスタンフォード監獄実験の前提はエリート大学に通う若い男の振る舞いが人類に敷衍できるということだったし、同じように人間の振る舞いの典型としてよく引き合いに出された一九五四年のウィリアム・ゴールディングの小説『蠅の王』はイギリスの少年たちを描いたものだった。あらゆる者を男で語るとなれば、女は何者でもないということになる。

私が若かった頃、権力の座にありニュースになるのはほぼすべて男性であり、プロスポーツ、つまりテレビで中継されるスポーツは男のスポーツだった。多くの新聞に設けられていた女性向けセクションが担うのは家事とファッションとショッピングであり、つまりはそれ以外の報道、スポーツ、ビジネス面は男性のセクションだと示唆されていた。公的生活とは男性のものであり、女性は私的生活に留め置かれた。妻への暴力は法的には犯罪であり、犯罪とは公的な問題であり、法に関わることであるにもかかわらず、家庭の問題として扱われた。アンドレア・ドゥオーキン（彼女のラディカルなフェミニズムは彼女を殺しかねないほどに暴力的な男との結婚から生まれたものでもある）はこう述べている。「記憶にあるのは、見えない存在になること、現実から不在になることの、心を食い尽くすような、ただただ頭がおかしくなるような感覚だ。殴られるたびに一発、また一発と私は消え、現実感を失う。それを上回る絶望というものを私は未だ知らない」。

　通例、場所につけられる名の由来になるのは男（だいたいは白人）であり、女ではない。そのことに気づかされたのは、二〇一五年に、地名を女に由来する名に変えた地図をつくってみたときだった。私が生まれ育った国ではほとんどすべてのもの、山、川、街、橋、建物、州、公園といったものに男に因む名が与えられていて、ほぼすべての彫像は男の像だった。女がいる場合は〈自由〉とか〈正義〉といった寓意像であり、実在の人物ではなかった。もし女に因む地名や、女の彫像のあふれる場所で育ったならば私を含む少女たちはどれだけ勇気づけられたことだろうか。女たちの名はそこにはなく、私たちの想像力にはその不在さえもまた不在のままなのだ。私たちがそこから消えてしまうほどに痩身であることを求められるのは当然のことだった。

4

私はまた別の重荷も抱えていた。以前から時折、自分の希望や可能性の感触を押し殺すような恐怖の念を抱くことがある。実際に心臓が鉛に埋め込まれてしまったような胸の重さの感触だ。重力の強い星にいて、足を進めるのもひと仕事で、腕をもち上げることは苦行で、人びとの中へ出てゆくことに疲労困憊しそうな感覚。

それは、未来なき未来の姿、つまり前途のない将来のヴィジョンが現在の私に引き起こす感触だった。酷いものは酷いものでありつづけ、今とは平板で茫漠とした無限の荒野であり、そこには息をつかせてくれる森もなければ立ち上がる山々もなく、脱出を誘っている扉もないのだ、という確信からやってくるものだった。何も変わらないのではないかという恐怖。その恐怖の傍らには何か酷いことが起きる、喜ばしいものにも裏がある、恐るべきものがじっと待ち構えているという恐怖も潜んでいる。この感覚には重力がある。地理的にいえばあの陥没地帯《デプレッション》と呼ばれる地上の窪みのことだ。それはそのときの実際的な状況から導かれてしまうものに思えたけれど、むしろ天気みたいなものだった。雲のように消えたかと思うと、また雲のように膨れ上がるのだ。

私は後になって希望について書いた。それは、そうした私のよく知る陥没地帯からの脱出を助けてくれた論理の梯子と、その物語を伝えるためだった。

　子どもの頃から、正しい答えをしなければ罰せられたり、時には殺されたりするような尋問にかけられることをよく想像していた。たぶんその原型は、小さな頃に見たクイズ番組とか、何か間違いをした後で学校や夕食の席上で嘲笑されることを恐れたり、実際に笑われたりしたことだった。バスが来るまでに青い車が通るかとか、目的地に着くまでに鳥を見かけるかとか、対面から道を渡ってくる人よりも速く横断歩道の真ん中に着けるかとか、「道路の線を踏んだら負け」みたいな子どもの遊びの延長のようなことをして、自分に試験や競争や審査を課していた。いろいろな架空の条件を設定して、脈絡のない帰結をもたらすさまを夢想していた。そのとおりに鳥が来たり、息を止めたまま橋を渡り切れたりすることが束の間の不安の解毒剤となって、気晴らしとか安堵を与えてくれるのだった。

　クイズ番組では、誰も知らないようなことを知っていたり、正しい選択した者が報われる一方で、答え損なった者は暗がりへ追いやられる。正しいを答えをすれば報われて安全でいられるという話に、両親の叱責とか同級生の嘲笑とかニュースに流れる暴力とか、何か適当なものを付け加えれば悪夢になる。

　これは、なんとなく中国の皇帝に関係があるような気がしていた。あのとんでもない記憶力を必要とする昔の官吏の登用試験の話だ。私が知識を頭に詰めこんでゆく理由の一つは、そんな地獄のような審問への不安があって、鎧の部品の名前とか、語源とか、ばら戦争の登場人物とか、巡礼の道とか、ハクチョウの種類とか、イオヒプスは夜明けのウマを意味する現代のウマの祖先となった小さなウマのことなのだとか（これは子どもの頃からお守りのように携えている使い道のない知識）、そんなことを知っていれば、知識が私を支離滅裂な世界の折檻から守ってくれると思っていたからかも知れない。

それはたぶん本当のことだった。ただし敵を避けるのではなく、パターンや意味を見つけることや、雑多な物事への興味を共有する友人と出会い、自分が何に関心をもち、何を見つけようとしているのか深く知ることによって。いずれにせよ正確な言葉こそがアリババの洞穴を開くのだし、考え方や文章や事実はそれ自体が自分の味方になってくれることがあるのだ。

読み、夢想に耽り、街をさまようことに情熱を傾けたのは、そうすることで自分の思考の中をさまようためでもあった。頭に浮かぶ考えごとはいつも走りさる逃亡者のようだった。会話や食事や講義や仕事や遊びやダンスやパーティーの途中で私をどこかへ連れ去ってしまうのだ。考えを紡ぎ、思いを巡らし、分析し、思い描き、希望を抱き、点と点を結び、新しい考えをまとめるためのどこかへ。そこはたしかに私が行きたがっていた場所ではあったが、私はいつもわしづかみにされるようにして現下の世界からさらわれるのだった。会話の途中にどこかへ行ってしまうこともよくあった。単に話が退屈だったときだけではなく、誰かが言ったことにあまりに興味を引かれて頭がその考えを追いかけ始め、その後何を話しているのか頭に入って来なくなることも同じくらいよくあったのだ。長い間、私は滅多に遮られることのない何日も続く夢想の中に住んでいた。それもまた、孤独が与えてくれる贈り物だった。

　飛ぶ夢も繰り返し見ていた。一九八七年に見た夢では、線路の上で乱暴な男から逃げ出そうとしていた私は、自分が蛾のような鱗粉に覆われた翼をもつフクロウに変身できることを思い出すのだった。突進してきた男に脚をつかまれて、水面すれすれを飛び回りながら男を水に叩きつけて落とそうとしていた。とはいえ、そんな暴力的な夢は少ない方で、ただひとりで自由に空の高みにいるという夢が多かった。そこは抑鬱や期待の重みとか、身体の重みとか、憎悪という重みから自由な場所だったのかも知れなかった。

　飛び上がった先に見える世界の美しさは未だに私の中に留まっている。あらゆる夢の中には目覚めている間と変わらない、場所への憧れがあった。場所が感情に形をかえ、投錨点となり、道連れにもなり、庇護者や親代わりになってくれる、そんな感覚だ。あるとき太平洋を見つめながら、母以外のすべてが私の母なのだと思った。そして海がずっと力や永続性や慰めを与えつづけてくれた母だということを悟った。それから長い年月の後にスカルを漕ぎ始めたとき、水の上は人や犬の手の届かぬ場所であることを知り、穏やかで、夢のような水の美しさを知った。私の漕ぐオールの端から端までの一八フィートが、自分が手にすることのできる翼にいちばん近いものだということも。

でもそのずっと昔の私は飛ぶのだった。夢の中であっても、私の頭はどうしてこんなことができるのか、こんなことができてもいいのかと訝しんだ。夢の中で地球の磁気の方向に体をあわせる術を身につけた。別の夢では、あの偉大な踊り手ニジンスキーがどうやって重力が許すよりもほんの少し長く空中に留まっているかを解説した文章をヒントにして、劇場で跳躍するように空中に飛び上がっていた。私は飛ぶことがあたりまえの世界にいながら、その限界を越えてもっと高みへ上がろうとしていた。成層圏の高みの冷たさに触れ、緑の大地を飛び越えていた。

時には自分が飛べることを確かめるために飛んでいた。私はブラックベリーの茂みの上を飛ぶ詩人ジョン・キーツのガールフレンドだった。ベリーの実が街灯のように大きく、私は、いや私たちはウグイスほどの大きさだったのかも知れない。街の上を飛びながら、眼下に広がる家々の屋根に、私の下にある空間の広大さに目の回るような思いをすることもあった。透明な水をたたえた湖を泳ぎながら自分の下にある水の深さを感じるときのように。孤独にはそんな雄大で美しい横顔があった。

飛ぶことは何を意味しているだろうかと考えることもあった。時にはそれは夢の性急さが二つの場面を律儀につながずにジャンプカットしているのだと思った。逃避と思うこともあり、才能と思うこともあった、才能のように私を他人から文字通りに引き離してくれるのだと。誰かに飛び方を教えたり、一緒にひきつれて飛んだりもしたけれど、私はひとりで飛び、私だけが飛べることが多いのだ。

それはいつもの世界との関係をやめて、そこに縛られることをやめる体験だった。書くこと、ものを書く人間になることもまた同じなのではないかと思うこともあった。今思うと、なぜ読むことを連想しなかったのか分からない。というのは読むことこそ、文字を知ってこの方、目覚めている時間の少なくない部分を費やして続けてきたことだったからだ。そして書物や物語に入り込み、他人の生きる時間や私のものではないつくり出された世界に身を置き、自分の体や生活や時間や場所から自由になることだった。

私は飛ぶことができた。しかし今になると、果たして地上にはすんなり戻れたのだろうか、と思ったりもする。

夜、自由に

Freely at Night

1

二〇一一年のある日、フェイスブックのフレンド申請が一件届いた。十七歳の頃同じ大学に通っていて、その後も何年か連絡を取り合っていた人物からだった。当時は信用もできて話のできる人として大事な友人だった。彼の人となり、あるいはそう私が想像していたものがそう思わせていたのかも知れない。知らない部分を私が求めるもので埋め合わせていたのかも知れない。連絡のなかった年月はどうだったのだろうとか、彼はどんな人間になっているのだろうという興味もあって、喜んでリクエストを受け容れた。彼からの返答には私の政治的発言をどれだけ嫌っているかを述べてから、私が彼に書いた手紙のコピーを送って寄こしたいと書かれていた。どうやら彼が保守派なのだと分かってみると、昔、彼がミステリアスでどこか奇妙に思えていたところが腑に落ちた。彼についてそれ以上を知ることはなかったが、彼とのやりとりから私はむしろ自分について教えられることになった。

二、三週間後、郵便受けにマニラ封筒が届いた。その中にいるはずのひとりのティーンエージャーと向き合うことにあまり気が進まず、開封するまでに何年かかかった。コピーされた手紙の中には、罫線つきの黄色いリーガルパッドに小さくきっちりとした並んだ、もう私のものではない筆跡があった。そこにいたのは、まだどうやって話をしたらいいのか知らない誰かだった。それにはいくつかの意味がある。年若い書き手は自分の心を素直に言葉にする術を知らなかった。そのことは愛おしいと思えなくもなかったのだが、それに加えて彼女の文章は引用や喩え話や外国語や遠回しな話がごちゃまぜになっていて、ふざけたり、奇を衒《てら》ったり、黙り込んだり、何を言っているのか分からなくなったり、言葉遣いに忙しくて言いたいことがほとんど伝わらなかった。どうでもいい言葉をこねくりまわす間に大事な話が紛れてしまっていた。意気込んで繰り出そうとする頭の中のいろんな言葉や言い回しや文型や文体が、楽器を覚えたての初心者みたいにガチャガチャと余計な音を立てていた。彼女はいろんな声で語ろうとしていた。どれが自分のものなのかをまだ知らないのだ。いや、まだ自分のものをつくり上げていないのだ。

　そんな饒舌の中に一箇所だけ、思いがけない一節があった。例のアパートに引っ越して一年足らずのこと、十八歳になった弟のために開いた誕生日パーティーについて書いたところだ。みんなチョコレートパウダーまみれになったとか、ステレオがタルカムパウダーを被ってしまったとか、バスタブがシャンパン漬けのタオルで一杯になったとか、私は誇らしげに書いていた。それに続けて、そのときどんな文章を書こうとしていたのかを延々と語っていた。それは私が初めて文章を世に出す何年か前のはずだった。

「夜、長々とひとりで歩くのが好きなことと、そこにある危機と（これはもう仕方がない。二週間くらい前にも危ない目にあったけれど）、それが私のフェミニズム観にどう影響しているかについて、長めの文章を書いてみようと思っています。人の身体的な自由がここまで深刻な危機に晒されるようになったこの数十年間に供出された価値について。だって都会の女は戦場にいるようなものでしょう？……どうしたって代償になるものがあって、一年半の危険な生活で私の頭はすっかりひねくれてしまった。夜というものの本質について分析する（あるいは賛美する）超長編の散文詩になるはずです」

その文章は結局書きあげられなかったけれど、その後私が書いたものにはたくさんの暗闇への賛辞が記されていた。その一部は、善きものが光や白で語られ、黒や暗さが悪しきものとされるメタファーを、そこに重ねられる人種的なコノテーションもろとも転倒させようとする試みだった。やがて私は『暗闇のなかの希望』という本を書くことになった。この手紙から長い年月が過ぎた後、砂漠で過ごしていた私は日陰や影や夜を灼けるような暑さや昼間の陽光からの赦しとして愛することを知った。初めて女への暴力と、それがどのようにして私たちの公共空間へのアクセスや移動の自由やあらゆる領域における対等性を阻害しているかについて書いたのは、ジェンダーと夜について書く、という野心を記してから四年後のことだった。そしてその後もそのことを幾度となく書きつづけた。

二十年近く後で歩くことについての本を書き、その中でシルヴィア・プラスを引用した。

「わたしの悲劇は女として生まれたことだ。まさにそう、道路工事の作業員や船乗りや兵隊、そういったバーの常連たちとつきあいたい、その場にとけ込んで、無名になって、話を聞いたり口を挟んだりしたい、そういう焦がれるようなわたしの願いは、わたしが女だ、いつでも暴行の危険に曝されている女性なのだということで全部駄目になってしまう。男性たちや彼らの生活への好奇心は、たいてい彼らを誘惑したがっているか、関係をもちたがっているのだと誤解されてしまう。だから神さま。わたしはみんなと話をしたいのです。わたしができるいちばん深い話を。空の下で眠りについてみたいのです。西部に旅に行きたいのです。夜、気ままに歩いてみたいのです」。さらに長い時間が経った後でこの一節を読み返したとき、もし街の自由（その頃はそういう言い方があった）や野山の自由や夜の自由があったら、彼女はどんな人間になっていたのだろうと思った。三十の彼女を自宅のキッチンで自死させたものは、きっと女を家庭や決まりごとに縛りつけることと無関係ではないのだろうと。

　子どもは昼間に生きる。大人の入り口に立った人間にとって夜の世界はそれまでほとんど知らなかった官能とセクシュアリティの世界、気ままに移ろい冒険のできる新しい世界の同義語だ。太陽が姿を消すとともにいろいろな決まりもまたぼんやりと遠のいてゆく、そんな予感を漂わせた世界。ナイトライフ、ナイトクラブ、ナイトメア。その頃発表されてから二、三年くらいだったパティ・スミスの最初のヒット・シングル「ビコーズ・ザ・

ナイト」が夜は愛しあう者、愛のものだと教えてくれた。愛が交わされるのはおよそ薄明や暗がりの中だ。暗闇は視界を、つまりもっとも理性に近い感覚を奪い、別の感覚を目覚めさせる。太陽に背を向けて、星々へ振り向こうとする世界を満たすこの世ならざる何か。そんな暗闇に抱かれること自体にもまた官能がある。

十八のときには、自由人だった叔母がジューナ・バーンズの『夜の森』をくれた。私はこの短い小説が言葉をつかって成し遂げていること、その痛みと喪失のロマンチックな奔流のとりこになった。今ではレズビアン小説として想起されることが多いこの小説は、ノラ・フラッドが謎めいたロビン・ヴォートに抱く恋心を中心として、主にパリを舞台に物語が展開される。しかし物語を支配するかのように響きわたるのは、屋根裏部屋に住んでいる饒舌で異性装趣味の医師マシュー・オコナー――「バーバリー・コースト（サンフランシスコ・パシフィックストリート）からやってきたアイルランド人で、婦人科医学への関心に導かれて地球を半周ほど旅してきた男」の頌歌のごときモノローグだ。彼は夜に精通し、人間の心に謎としてある夜のことや、私たちのゆらぎやすい自我や、私たちの抱える自意識や規範の愚かさを知悉している人物だ。「昼間というものはよく考えられて計算されたものだが、夜は計りようのないものだ」と彼はフラッドに語る。「聖書は一つの方便だが、夜着はまた別の方便なのさ。夜よ、「かの暗き扉に御用心！」」。

彼は「オイディプス王」に登場するテイレシアスのような性別を横断する予言者でもあ

る。男と女がどういうもので、どんなことを望んだり夢想したりして、共にいるとき、あるいはひとりでいるときに何をするのかを知り尽くしている。夜は論理ではなく詩的な直観が支配する世界であり、人は目には見えないものへ感覚を開いてゆく。ある意味では彼こそが夜であり、あるいはその神託をきく女司祭であるのかも知れない。十代の終わりごろの私が友人に送った手紙には、私はバーンズの激烈な抒情を自分の直接的な体験と結びつけたいのだと書かれていた。私の欲するものという詩的な要素と、私の手がそこへ届かないことという政治的な要素を結合させたいのだと。夜は一体誰のものなのか？　私のものだとは思えなかった。

2

少なくとも本だけは自分のものだった。閉じていれば、薄い本は手紙のようで、厚い本のかたまりは箱かレンガのようだ。開いた本は二本の紙の弧を描き、しっかり開いて斜めからみるとゆるやかなＶ字を描いて飛んでいる鳥のようだ。そんなことを思うと、鳥へ姿を変えた女たちのことが頭に浮かぶ。義理の兄に死の縁まで追われ、レイプされ、サヨナキドリに姿を変えたギリシア神話のピロメラのことを思う。

サヨナキドリは「夜」と「歌うもの」をつぎはぎした古い言葉だ。果たして「サヨナキドリに寄せて」を書いたキーツはピロメラのことを思っていたのだろうか。果たしてキーツと飛ぶことの夢を見ていた私はピロメラのことを考えていたのだろうか。詩人は、その詩の中で「何も見えない詩の翼にのって」「暗き森へ」飛ぶことを思っている。「なぜならここに光はなく……優しきものは夜だから」。私は後に、F・スコット・フィッツジェラルドの小説でこの一文との再会の喜びを味わった。その小説もまた、近親相姦とレイプと、言葉にできなさとそこから広がる毒についての物語だ。キーツの詩と「夜はやさし」に出会ったとき、私は十七歳で、ようやく文章を探して読むことを知り、重なりあって物語をつくり上げている数多くの層や響き合う反響や関係性やメタファーの世界に触れたところだった。

オウィディウスの『変身物語』を読んで、ピロメラの物語や、そのほかの女神や少女の姿をした精や破滅に追いやられる人間たちの物語を知ったのはもっと早い頃だった。神話では、女は常に別のものへ変容しつづける。女でいることにつきまとう困難と危険があまりに大きいからだ。ダフネはアポロンから逃れるために月桂樹に姿を変えてもらう。この話は、

神々ははかない美を追い求め

というアンドリュー・マーヴェルの詩「庭園」を記憶するより前に知っていた。マーヴェルを読んだのと同じ初学者向けの授業ではイエーツの「レダと白鳥」も読んだ。今思えばこの詩には、鳥の姿をした神が女をレイプする様が気味悪いほど事細かに描写されている。「恐怖でしびれた指がどうやって／力の入らぬ太腿から誉れある水鳥を払いのけられようか？」。ギリシア神話の多くがレイプとそれから逃れる女の話だということは話題にはならなかった。当時の私たちがポップソングからソネットや古典文学まで、あらゆるところで描写されるその手の事柄に向きあえないほど弱かったという話ではない。現実のレイプがどれだけありふれていてどんな影響を与えるかといった話題は、美術においても生活においても不思議なほどに避けられていたのだ。そこでは私たちの舌も切り取られていたわけだ。

オウィディウスの物語では、舌を切られたピロメラは自らの受難を織物に織り、それを姉のもとへ、つまり自分をレイプした男の妻へ送るように身振りで手配した。真実を語ることが叶わないとき、人は何かに託してそれを伝えようとする。人から言葉が奪われると、何か別のものが語り始める。体が痙攣とか発疹とか痺れとか麻痺といった信号を通じて出来事を語りかけることもある。神話では、さらに多くの血が流れた後で、姉妹は二人とも鳥の姿へ変えられる。そしてその異説の一つに、そのうちのひとりが夜に歌う者すなわちサヨナキドリになったとするものがある。『真夏の夜の夢』では、妖精たちが女王を眠らせようとしてピロメラに助力を請う。その眼目は彼女の歌声の美しさだろうか、それとも彼女が女として欺かれ裏切られたことだろうか。

　キーツのサヨナキドリはいずれ死ぬ運命の犠牲者ではなく、人間的な苦しみを寄せつけない超越的な存在だ。「汝は死すべき者として生を受けたのではない、不死の鳥よ」とキーツは呼びかける。「年月の飢えも汝を滅ぼしはしない」。私はこの話に出会って読んだものがそのまま留まるように覚えてしまった。その頃読んだものはそんな風に残ってゆくものが多かった。一つひとつをレンガのように積み上げながら土台をつくろうとしていたのかも知れない。サヨナキドリの歌はキーツにとって遠い昔に響いた、数え切れない世代を越えてきた言葉だ。彼女こそが詩そのものだ。そして詩が強《したた》かな言葉の翼の生み出す語りの大気にのせて私たちを連れてゆく場所であり、サンクチュアリであり、時間の外側にある場所だ。逃げだした者が身を寄せる、身体や肉体を超えた先にある場所なのだ。ピロメラの物語では、サヨナキドリへの変身はレイプされ、舌を切られて沈黙を強いられ、幽閉されることを防ぐには遅すぎた。けれども殺人から救うことはできた。変身もまた生き延びることであるならば。

　鳥の形をしたレンガ、それが本だ。私は牛乳ビンを運ぶためのプラスチックのケースを積み上げて本棚をつくり、読み古したペーパーバックの蔵書を詰め込んでいた。ケースは閉店後の酒屋の店先から拝借したもので、木製の本棚が買えるようになったときに元あったところへ戻しておいた。我が鳥たちは群れをつくった。やがて廊下の壁には長々と書架が並び、居室は半ば本に埋まり、机上やあらゆる平面に不安定な本の山が聳えることになった。

　頭の中に読書が積み上がってゆくようすは、どこか家の中に本が積まれてゆくようすに似ている。本の姿が記憶に入り込んでイマジネーションの道具になってゆくような気もする。文字の体軀をつくり上げ、世界の地図の参照点をつくり、世界と自分自身を理解するための道具を揃えること、私にとってそれが読むことだった。ほとんどの場合は本から本へ気ままにさまようか、手元にやってきた本をためらわずに読んでいた。分けへだてなく人びととつきあう若者と同じように、自分でも何を基準にしているのか、何が嬉しくて何が嬉しくないのか分からないままの見境のない雑食動物のようだった。そうやって行き当たりばったりに読んでいるうちに、やがて本の森に巡らされた小道を辿る術を身につけ、道標となるものや、そのつながりを知っていった。

　本という物体もまた私の愛情の対象だったし、それは未だに変わることはない。箱の形をした綴じられた本が鳥のように翼を広げ、世界への扉を開く様は今でも私にとって魔法なのだ。今でも書店や図書館に足を踏み入れるときには、きっとそこが自分がいちばん望んでいるもの、必要としているものへの入り口なのだという確信を感じるし、本当にそこで扉が開けることもある。そのときには喜びを感じ、何か神々しいものに触れる気がする。世界が新しい顔を見せたり、今まで気がつかなかったつながりが現れたり、想像もしなかった道具が手に入ったりする。そして言葉の美しいまでの力に触れる。

今まで知らなかった語り手に出会い、新しい考えや可能性に触れるとき、世界はほんの少し、あるいは驚くほどに筋が通ったものに見え、自分の宇宙の地図に新たな領域が描きこまれる気がする。その純然たる喜びや、物事のつながりや意味を見出すことの素晴らしさはまだまだ十分に認められているとはいえない。しかもそんな目覚めは一度ならず、幾度も幾度も繰り返され、そのたびに喜びをもたらしてくれるのだ。

3

読者としてさまようことには何の不自由もなかったが、物書きを志望していた身には物事はもう少し複雑だった。十代から二十代にかけて出会ったのはほとんどが異性愛者の男の物語で、その中では女として描かれるのはミューズとか恋愛の対象とか、舞台となる街とか、征服される自然のことだった。十代の頃、長い間格闘していたものにロバート・グレイヴズの『白い女神』がある。その衒学的な雑文集には樹木とかアルファベットについて大事なことが書いてあるように思えていたのだが、それが何なのかははっきりとは分からずじまいだった。この本の前提にあるのは、どうやらこの詩人が女の神へ向いたストレートの男性としての指向を備えていることのようだった。若い女の中にはこれを読んで、謎めいた微笑みを振り撒いてちやほやされようと思う者もあったかも知れない。けれども私はミューズではなく書き手になりたかったのだ。

　私のひそかな抵抗は、私の周囲にいた、自分たちこそが芸術家であり私は観客に過ぎないという確信を隠さない男たちにも向けられていた。私のような小娘は取り巻きであり、太陽を周回する惑星か惑星を周回する月みたいなものだと見なされていた。絶対に星ではないのだ。十八のときには、私のことを自分のミューズだと堅く信じた男がいて、文字通り台座の上に立たされているような感覚を肌身に覚えた。茫漠とした灰色の風景の中にひとり放擲されたような感覚を今でもありありと思い出すことができる。台座の上でできることといえばそのままじっとしているか転げ落ちるかだ。聞いたり読んだりすることには何の不満もなかった。ただ、聞いたり読んだりするだけの存在になることに静かに抗っていたのだ。とはいえ、私にできたことといえば、じっと耐えしのんでものをつくってゆくことだけだった。

　書く人間になりたい、という気持ちは読むことを学んで以来常にはっきりしていたけれど、それを口に出すことは滅多になかった。嘲笑や否定が恐かったのだ。二十代になっても、それなりにうまく書けることはあっても学業で課される以上に何かを書くということはあまりなかった。むしろ飢えているかのように読んでいた。古典、安心できたり不安にさせたりする本、現代文学、流行りの小説、歴史、神話、雑誌から評論まで。

　力づけてくれるものはあった。そして、自分の境遇や同じような状況、よく似たものを他人の中に見つけることにはまた別の慰めがあった。孤独と不安を抱えているのは自分だけではないと思えたのだ。一九八〇年秋の『ニューヨーカー』誌に載ったフィリップ・レヴィーンの詩「それまで一度も」は未だに手元にある（私はその欄を切り取り、細長くつなげてテープで留めていた。今ではすっかり黄色くなり、ちょうど私の腕くらいの長さのうち、貼りあわせてあるテープのところは深い琥珀色になっている。包帯のようにも見える痛々しい詩）。

　これは破綻の詩だ。

それまで一度も
そんなぼくの声を聞いたことがなかった
ぼくのものじゃない言葉でわめいているんだ
地球がどうかしたとか

まず夜がきてそれで終わりだとか
鳥は死を目掛けて飛ぶんだとか
変化とは水なんだとか
ぼくは子どもだったことがないんだとか

わずかに子どもとは違うものになっていた私にとって、この詩は琴線に触れるものだった。打ちのめされたとき、人が求めるものは一時の猶予ではない。むしろ自分の境遇を映す鏡に向かい、そこに映っているのが自分ひとりではないことを確かめるのだ。そうでないときには、苦難に立ち向かう助けになるのはプロパガンダでも権謀術数でもなく、ただ束の間の休息を与えてくれるものだ。

同じ一九八〇年後半の『ニューヨーカー』にはミラン・クンデラの「笑いと忘却の書」が連載されていて、雑誌を積み上げながら読んでいた。その断章の一つひとつは、数年前に出会ったホルヘ・ルイス・ボルヘスの「迷宮」のような新しい世界を開いてくれた。それが教えてくれたのは、どうすれば物事を綯い交ぜに書くことができるか、どうすれば個人的なことと政治的なものを互いで互いを映し出すように語ることができるかということだった。物語は真っ直ぐに語られるとは限らないし、散文もまた詩のように一足飛びに進むこともできるし、どこかへ飛び去ってしまってもいい。カテゴリーは絶対的なものではない。しかし私がその間にある壁を行き来する術を見つけるにはまた十年ほどが必要だった。

　私が求めていたのは、語られねばならぬものを語るための妥協のない強度と過剰さであり、境界を内から破壊する文章と語り口だった。ただし、自分が安堵を求めているときは別だった。私はその両方を見つけることができた。あまりに深く本に沈潜してゆくと、もはや何の係累もなく漂流しているように感じた。自分のいる時間と場所が希薄になり、片足か両足でどこか別の場所へ、つまり中世とかエドワード七世時代に踏み出しているようだった。そんなふわふわとした世界に漂いながら、いつかそんなよその時間、別の場所で目を覚ましたり、いつのまにかそんなことになっているのではないかという予感を覚えていた。

『夜の森』を教えてくれた本読みの叔母は私が十二、三歳の頃にイェールジ・コジンスキーの『異端の鳥』をくれた。濃い色の髪と瞳をしたユダヤ人の子どもが死の縁をさまよいながら語るのは、ポーランドの小作農への性暴力やジェノサイドの物語だった。そんなものを読むにはまだ幼い私は、アンネ・フランクの日記やそのほかのホロコースト文学と同じようにこの物語にも没頭した。故郷に留まった父の親族はみんな殺されてしまったけれど、はたして髪と肌の色が明るい私はユダヤ人と思われることもなく生き延びることができるだろうか。思春期の頃まで私はそんな不安に満ちた夢想を繰り返していた。それもまた私に取り憑いて離れない消滅の呪いとなった。

その一方で、いつか自分はそれほど残酷ではない世界で、読んできた本の知識がいくらかは活かすことのできる時代と場所で目を覚ますのではないかというぼんやりとした予感のようなものも抱いていた。ジョージ五世時代のイングランドとか、中世のフランスとか、十九世紀の西部とか、そんな、私がすっかり浸り切っていた世界に入り込めそうな気がしていた。そして今にすれば滑稽なのだが、髪を短く切ろうという気が起こらないのはどこかそんな予感のせいだった。現代よりも昔の人が考えていた美しさの基準の方が自分向きに見えて、勇気づけられる気がしたのだ。ある朝鏡を見ると知らない誰かになっているとか、周りの世界が一変しているということがありえないとは思っていなかった。「私は一個の他者である」というアルチュール・ランボーの言葉はいつも私のポケットに入っていた。

もちろん、私が本や生活から学んでいたことは実生活をうまくやっていくために役に立ったとは言い難かった。あやうい白昼夢を見ている年代をとうに過ぎたあとでも、気がつくとそれを面白おかしくした世界で生きていることがあった。歩くことについての本を書くために一冊の本ほどもあるワーズワースの自伝的な詩「序曲」を二回通して読んでいたときには、悠揚迫らざる華麗さ、手の込んだ複雑な統辞法、回りくどい言いまわしといった彼の言葉の世界にすっかり没入していて、ちょっとした会話とかお店でのやりとりで相手の目を丸くさせるような言葉が口をついて出てしまうことがあった。

当世に縛られることなく別の時代に没頭することには効用もある。私の場合は人間という存在の意味とか人生の目的とか希望や欲望といったものが、五百年前とはいわずともたった一、二世代違うだけでどれほど違うものになっていたのかに敏感になった気がする。物事の意味がどれほど変わりやすいものなのか。自分の時代が前提とするものから一歩退いて、そうでなくても少しその重みを減らして、少なくとも理屈の上ではその懲罰を免れた状態で見ることにはどんな意味があるのか、そんなことが感覚的に分かってきた。違う言い方をすれば、人間にとって生きることがいかにたくさんの意味をもっているかということだ。十三歳のときに読んだC・S・ルイスの『愛とアレゴリー』は私たちが恋愛と呼んでいるものが十二世紀のフランスの社会でどのようにつくられたかを語る本だった。人びとが恋愛に抱く期待もまた特定の時代と場所の産物だということは私にとって解放感のある話だった。だれかが空気のよどんだ部屋の窓を開けてくれたような気がしたものだ。

そんなルイスの本を読んでいた一方で、私はいろんな小説の到底ありえないくらいドラマチックに描かれる恋や愛やそのほとんど神話的な成就や終わりといったものにも浸り切っていた。そこで触れていたのは大方の女性が見出すものと同じものだ。つまり『白鯨』から『指輪物語』に至るまでの、遠くにいる女への視線とか、ほとんど女の影のない世界だった。自分ではない誰かになることをいつも求められていると、自分の輪郭が引き伸ばされて薄くなってしまう。だから自分自身に戻らなくてはならないときがある。そして自分が向きあっているものに同じように向きあい、同じ夢を見て、同じ戦場に立ち、自分の存在を見出してくれる、そんな自分のような人びとの傍らへ行くのだ。時には自分とは違う人びとのようになる必要もある。自分ではない自分になる経験が少なすぎることが問題になるのは、共感が根を張るための想像力がやせ細ってしまうからだ。共感する能力こそが自分の姿を変えて自分を抜け出してさまようために必要なのだ。権力に付随する都合のよい問題の一つは、この想像力の枝葉を伸ばす能力が欠如していることだ。それが小さな子どもの頃から始まっている男は少なくない。特に男が主人公の物語ばかりを与えられているとすれば。

　黒人として白人の文化を経験することについて「二重の意識」という言葉が使われることがある。以下は十九世紀の終わりにW・E・B・デュボイスが書いた有名な一節である（付言しておくとデュボイスもまた、少なくともジェームズ・ボールドウィンに至るまでの男の書き手と同じくあらゆる人びとを男性、時にはひとりの男性であるかのように書いた）。「アメリカの社会においてニグロはいわばヴェールを被り千里眼をもって生まれた七番目の息子である。アメリカという世界は彼に真の意識をもつことを許さず、異なる世界を垣間見せることによってのみ自分の姿を見ることを許している。これは、常に他者の目を通じて自己を見つめているという、二重の意識というべき特異な感覚である」。他者の眼差しによって見ることがまったくないということ、つまり二重どころか一重の意識よりもさらに希薄な何かについても、何か別の言葉で呼ぶ必要があるのかも知れない。

　ジョン・バージャーによる一九六八年の『見るということ』にもデュボイスが示した構造が踏襲されている。自分がなったことのない者の経験を、バージャーは虚心かつ明晰に書く。「女として生を受けるということは、割り当てられ限定された空間の内部に、すなわち男性と協調する存在として生まれることであった。女性の社会的地位はそのような保護監督下の限定された空間で発揮される技巧によって発展してきた。しかし、これには女性の自我が二つに分割されるという代償があった。女は常に自分を見なければならないのだ。女はほとんどいつでも自己のイメージとともに存在している。女は自分のあり方や振る舞いのすべてを自分の監視下においておかねばならない。なぜなら、他者にどう見えているか、実際的には男たちの目にどのように映っているのかが、通常その人生の成功として考えられているものに決定的な重要性をもっているからである。自分自身という存在の中にあるという彼女の感覚は、他人によって価値づけられるところの彼女として存在することに取って代わられているのである」。

　あなたは男たちに、彼らがあなたについて考えることに頼りながら生きている。いつでも鏡を見て、自分が男の目にどう見えているかを確認する。そして男の目に向けて振る舞う。そんな芝居のような不安はあなたの振る舞いや発言、時には考えることの形を変え、あるいは歪め、時にはすべてを押し止めてしまう。あなたは彼らが欲するものの枠の中で自意識をもつようになり、彼らの要求に応えることが骨の髄まで染み付いて自分の望みを見失ってしまう。そして時に他人に向けて、他人のための姿を見せている自分に吸いこまれるように消えてしまう。

　あなたがいるのはいつも、ここではないどこかだ。木になったり湖になったり鳥になったり、あるいはミューズになったり娼婦になったり母親になったり、そんな誰かの欲望の器になり、誰かの投影のスクリーンになってばかりだと自分のために自分自身になることがとても難しくなる。男の書く小説を読むだけでもそれが身に染み込んでくることはある。私の場合はまさにそうだった。骨までむさぼり尽くされる女をよいものとする作品もある。自分の欲や要求をもたない者は、そこに場所を求め声を上げるということだけで悪罵や懲罰の対象になる。自分で自分を罰して消し去らない限り、罰せられるのだ。この仕組みがそれ自体懲罰なのだ。ウィラ・キャザーの小説『ひばりの歌』のような、野心と愛情と類い稀な才能にあふれるヒロインが罰せられずに終わるという物語はそれ自体が驚きだった。

　孤独はそんな終わりのない苦役に束の間の休息を与えてくれた。しかし本を手に取ると、私はしばしば女を見つめる男になる。女たちを厄介事かトロフィーかどことなく不穏な対象として、ぼんやりした動機づけとあいまいな意識で生きている存在として見ること、あるいは自分を男と同一視して、女がただの余白に置かれた装飾品か戦利品か、仔を産む家畜になっているような空想の時空を生きること、そんなことを幾度となく促されることが私に何も影響しなかったとは思えない。

　私の場合、それは男の主人公へ自分を重ねることを意味していた。ほとんど女っ気のない『ロード・ジム』のジムや、ジム・キャロルの『バスケットボール・ダイアリーズ』の自分を聖人のように思っている女たらしのジャンキーや、『大いなる遺産』のエステラではなくピップへ。そして聖杯の探求者とか、特別な指輪をもつ者とか、西部開拓者とか、女を追い、征服したり憎悪する者、あるいは女のいない世界に生きるあらゆる男たちへ。思いつく限りの英雄や主人公がただ自分と異なる性別であるだけでなく、人種や性的指向も異にするとなれば、自分の進むべき道を見出すのは途方もなく難しい作業になる。自分自身が野蛮な人間かただの召使いかどうでもいい人間のように描かれるのだと気づけばそれはなおさらのことだ。存在をなきものにするやり方にも数多の形式がある。

　しかし私が渇き求めるものもそこにはあった。読んでいるとき、私は私であることをやめていた。私はこの自分の不在を追い求め麻薬のように貪っていた。私はその場にいない目撃者として、誰でもないひとりの不在としてその世界に存在していた。あるいはすべての言葉が、道も家も凶兆も失われた希望もそのすべてが私だった。すべてであると同時に何者でもなく、無でありながら至るところに存在した。それが私が書物の中に迷い込む時間、いやその年月だった。私は霞や瘴気となって物語の中へ霧散し、姿を消した。そうやって自らを手放し、子どもであることから、そして女であることからの、なにより私という子どもや私という女であることの努めから一時の猶予を得る術を知った。散り散りになり、吹き寄せられ、あるいは漂いながら数限りない時空と世界と言葉の中に遊んだ。私にとって初めての詩人T・S・エリオットの一節が頭に浮かぶ。「出会うすべての顔のために顔を備えること」。ひとり書物に没入するとき、私は誰でもあり、どこにでもいて、縛るものもなく、誰に出会うこともなく、顔ももたなかった。私は何者かになろうとして、顔や自分自身や声をつくり上げようとしていた。けれども、そんな暫時の休息を私は愛していた。暫時の、という言い方が正しいかどうか。というのは、それは人並みの世間暮らしに差し挟まれる幕間ではなく、それ自体が時折の社交に中断される生そのものだったからだ。

　読むこと、すなわち自分のいる時間と場所を棚上げにして、他者の時空へ旅立つのは実に驚嘆すべきことだ。人は読むことによって今いる場所から姿を消す。著者の内面にすっかり埋没してしまうわけではない。しかしそこに生まれるつながりによって著者とあなたの、その内面と内面の間に立ち上がってくるものがある。あなたは言葉を自分だけのイメージ、顔、場所、光や影や音や感情へと翻訳する。著者の言葉を受け取って、あなたの頭の中にはあなたが組み立てた世界が立ち上がろうとする。そしてあなたがそこに姿を現すとき、あなたは自分の世界から姿を消している。あなたはその二つの世界に住むひとりの幽霊となる。そして、どこか神のようなものとして、必ずしも著者が書いたままではない、彼女とあなたの想像力があわさって生み出されたその世界にいる。言葉は指令であり、本にはひと揃いの材料と道具が詰まっている。物体であることをやめ、どこか形のない内面の出来事となり、その存在が尽くされた本はやがて余波となり、記憶へと変わる。書物の生とは読む者によって与えられるものなのだ。

　私は本の中に生きていた。人は本を選んで手に取り、その終わりまでの旅をする、大方はそう思われている。けれど私にはその中に住みついている本があった。幾度となく読み直し、ただその世界や人びとや著者の眼差しや声に触れるために、どこにいても再び頁を開く、そんな本たちだ。ジェーン・オースティンの小説のほかにアーシュラ・Ｋ・ル＝グインの『ゲド戦記』シリーズ、フランク・ハバートの『デューン』があり、やがてＥ・Ｍ・フォースターやウィラ・キャザーやマイケル・オンダーチェが、それに大人になって読みなおした子どもの本がそこに加わり、その前には文学としてはさほどの地位もない小説のいくつかがあった。どこに何があるのかを知りつくしていて、私は本の中を思うままにさまようことができた。ただ何が起こるのかと本を開くときのよそよそしさの代わりに、通い慣れた道の親しみを受けとるのだった。

　何かを恐れてその中に身を隠すことを逃避と呼ぶならば、本はそれとは違うものだという気がする。本は私が堂々とそこに身を置くことのできる場所だった。本は私の心を燃えあがらせ、そこで私は著者たちに触れていた。フィクションには間接的な作者との対話があった。エッセイや日記や一人称で書かれる文章には生身の著者との対話があり、やがて私はそちらに心を惹かれるようになり、自分はエッセイ的なノンフィクションを書こうと思うようになった。

　言葉の河から河へ、海から海へと泳ぎ、その魔術のような力に身を任せていた。おとぎ話では何かの名を口に出すと、名指す者と名指される者の間には不思議な力が生まれる。呪文と呼ばれるのは唱えることで何かが起こる言葉のことだ。言葉が世界をつくり出し、私たちをそこへ誘い込む。隠喩が未知の可能性を拓き、直喩が橋をかける。おとぎ話に語られているのはその凝縮された姿だ。そんな言葉は、人が顔を突き合わせて語りあえることよりも深く鮮やかな声や思惟を私に届けてくれる。

　ただし、そこに温もりはなく、私の腕に手応えを返してくれる身体はそこにはない。そこで私の顔が記憶されることも決してない。書物の中を生きること、それはさまざまに姿を変えながら内面や夢を生きることであり、想像の翼をひろげ、そこにはいない自分をはばたかせることであり、同時に不在を生きることでもあった。

4

作家になる、と決断することはケーキを食べるくらい容易い。しかし決めればなれるというわけではない。あの美しいアパートに移ったとき、私はサンフランシスコ州立大学の学部生の最終学期を迎えていた。その春は息をつく間もない忙しさだった。引っ越してくる前につきあっていた男が唯一私にくれたもの、ひと握りの黄色い合法覚醒剤の錠剤を片手に、私は生活のために働きながら十九単位分の講義に出席していた。

大学を出た二十歳の私が気づいたのは、世の中も自分もまだ互いに出会う準備ができていないということだった。私はアパートから少し歩いた先の小さなホテルのフロント係として働き始めた。ホテルはカストロ地区の端にあり、エイズによってすべてが一変してしまう直前の界隈はおおぜいのゲイの男でにぎわっていた。そこで一年ほど息を整え、世の中を眺め、時間とお金に追われる生活から回復する時間を過ごした。仕事の合間にはデスクの後ろで読みものをする時間がたっぷりあった。宿泊客のチェックイン、チェックアウト、電話で予約を受け、確認書を返送し、時にはベッドメイクや朝食のトレイの片付けをする、そんな作業と作業の合間に。厄介ごともなかったわけではない。雇い主が色ボケ老人だったり難民出身のメイドが夫の暴力に苦しんでいたり、客ともめることも数度あったりした。しかし大方は穏やかな職場だった。

卒業後、読むことは学んだが書く術は知らないと気がついた。それ以前に、店員やサービス業の仕事をする以外に生活の糧を得る方法も知らなかった。まだノンフィクションという分野は創造性のある仕事とは認められておらず、ライティングの教育でも扱われていなかった。私が願書を提出したカリフォルニア大学バークレー校のジャーナリズム大学院は、その当時、自分にとって意味がありそうで、なおかつ受講料を賄える唯一の場所だった。入学は許可された。そのとき提出したエッセイは、私が十八か十九の頃にパンク・クラブで経験したある女性との出会いについて面白おかしく書いた（とはいえ苦労してタイプした）ものだった。

私はその女性たちに映画のオーディションに誘われていた。行ってみると、それは彼女たちとその映画の監督だという四肢麻痺を患う男がやってきたこと、つまり十代の少女をセックスワーク絡みで誘い出して言うことを聞かせるという話をカメラの前で私に再現させるというものだった。彼とセックスするのも含めて、とその女たちは言った。そして男は合いの手を入れるように「胸を見せろ」と筆談用のボードに綴ってみせた。当然のように、隷属と服従が解放として語られていた。

ものを思うことのない彫像が生きた女に変わるというピグマリオンの神話は、むしろその逆の形でしばしば現実のものとなっている。何の助けがなくても存分に生きて考えることのできる女が、彼女を何かもっと矮小な存在に貶めようとする者に出会ってしまう話だ。私はその出来事を進学用のエッセイに書く過程で、自分は思考し、判断し、言葉にして物事を決断する、そうやって自分自身のあり方を示すことができるのだと自覚した気がする。大学院はそうした能力を鍛えるために行くつもりだった。

　二十一歳になって数か月後に大学院に通い始めたとき、私は馴染むことができなかった。というのは学生のほとんどはその大学院が望んでいる進路、つまり『ニューヨーク・タイムズ』紙の一面を殊勲とする調査報道記者を志望していたからだ。彼らは私よりよほど政治に詳しく、年齢も上で、落ちついた格好でいられる人たちだった。私は未だにけばけばしいパンクファッションのままで、古着屋で見つけた黒づくめの格好にクレヨンで殴り書きしたような化粧をしていた。私は文化について書いたり論じたりする文筆家になりたいと思っていた。とはいえ、なりたくないものははっきりしていた一方、なりたいもののイメージはまったくあいまいなままだった。あとから振り返ってみれば、その頃目指していたものはたしかにその後私が辿りつくものだったのだが、その頃はモデルや先例にできるものはほとんどなかった。ポーリーン・ケールとかジョージ・オーウェルとか、スーザン・ソンタグとかホルヘ・ルイス・ボルヘスとか、そんな一群の作家の仕事に惹かれて胸を躍らせていただけだった。

そこで学んだことにはかけがえのない価値があった。恵まれた環境で物事を探求することについて学び、締め切りを守ること、文章を組み立てること、事実を精査することについて厳格に鍛えられた。的確な言葉と正確なデータを使うこと。読者と題材と歴史的な資料への責任を全うすること。そこで学んだことは今も私に染み付いている。

ちょうど最初の年度が始まるというときにカストロ地区のホテルが人手に渡り、当初の約束とは裏腹に新しいオーナーは私を解雇した。困り果てたがどうにか新しくできたイタリアンのレストランのウェイトレスの仕事にありつくことができた。ところがワインのコルクを抜くことにも四苦八苦する私はどうやらその職場には向いていなかった。ものを売ったり、人を相手にする仕事が下手だったのはある意味で幸運だったとも思う。私はUCバークレーのアルバイト紹介課に重い足を運ぶことにした。窮状を訴えたところ、大学が運営に参加している関係先を紹介してくれたので、私はその中にあったシエラクラブとサンフランシスコ近代美術館〔SFMOMA〕でアルバイトをすることにした。どんな理由があったのかもう憶えてはいないが、美術館とは相性がよかった。二つの施設とは今でも仕事の交流が続いている。

研究収蔵部門を取り仕切っていたのはパンプスを履いて真珠のネックレスをしているような品のよい女性たちで、よくぞ私を採用してくれたものだと今になっても思う。私はそのとき、サイドを刈り上げてトップをポンパドゥールに盛ったロカビリー風の髪型をして、古着屋で見つけたぶかぶかのメンズのスーツを着て、ずり落ちるパンツをカウボーイ風のベルトで締め付けた格好で面接に挑んだのだった（タフで中性的になるつもりで長い髪を切ったのだが、短くすると軽さでくりくりにカールするだけなのだ。タフネスはあこがれつつも到達できない理想だった――少なくとも外見に関しては）。

　彼女たちが私に何かしらを見込んだらしいことは確かだった。私はすぐに単純なファイリング作業から卒業して、本格的なリサーチを任されるようになった。その後の二年間は火曜日と木曜日にそこへ通った。大学院の一年目と二年目の間の夏にはフルタイムで働いた。未だに私が経験した中で最高の仕事だったと思う。全米第二の近代美術館だったサンフランシスコ近代美術館は一九八五年の五十周年に向けた準備をしていて、私はその機会に刊行される収蔵品の目玉を集めたカタログの手伝いを任されていた。私にとって最初の、本の中身をつくる仕事だった。そして重要な作品のリサーチを通じて近代の美術について学び始めた。

　私の担当はマティス、デュシャン、ミロ、ドラン、タマヨといった作家の作品だった（男性以外の芸術家を扱った記憶はないが、当時はサンフランシスコの美術史家ホイットニー・チャドウィックが女性シュルレアリストを評価したり、フリーダ・カーロが文化的アイコンになりつつあったりした頃で、そうした動向には胸が躍った）。作品の一点ずつについて売買の記録、所有者の変遷、展示の履歴、制作時の作者の状況や作風、関連する作品の情報等々をまとめるのが私の仕事だった。二年間、収蔵庫と資料室と書庫を行き来しながら、大きな電動タイプライターにデータを打ち込み、研究者と手紙をやりとりし、数十点の作品の来歴を跡付けながら過ごした。そうする中で自分の美術史の感覚を養い、その裾野を広げていった。

　絵画では作品そのものに触れ、作品の裏側に貼られたラベルや記銘を記録していった。マルセル・デュシャンの〈トランクの中の箱〉という、彼の重要な作品のミニチュアを収めた小さなトランクの記録をとるために地下の収蔵庫へ降りた際には、もしこれが自分のものになったら、という気が一瞬頭をよぎったものの（当時のボーイフレンドがデュシャンの作品を愛していたのだ）、すぐにどんな作品にもそれぞれが生きているコンテクストがあり、その外部に盗み出された作品は来歴も交流も奪われてしまうのだと悟った。地下収蔵庫が教えてくれたことはそれだけではなかった。そこにはおそらくもう二度と展示されることはないだろうと思われる作品もあった。当時は重要と思われていたものの、歴史から抜け落ち、あるいは一度も歴史に書き込まれることのなかった絵画やその他の作品。時代の片隅にあった流行や、威光を失った英雄や、輝きを失った運動や、美術史の表通りから外れたさまざまな小径。窓のないその部屋には、そんな孤児《みなしご》と亡命者たちが息衝いていた。

　ひっそりと静まり返った美術館の奥でも長い時間を過ごした。そこには人びとの記憶から消えつつある初代館長、あの偉大なグレース・マキャン・モーリーの時代からのファイルがぎっしりと並べられていた。アーカイブというものと恋に落ち、さまざまな断片を一つの歴史へとつなぎ合わせる作業を愛するようになったのはこのときだった。グレース宛ての手紙の中からマティスのドローイングを見つけ、書簡資料の中からコレクションに移したこともあった。数多くの作品の来歴を旅人のようにさまよい、その周りにひろがる世界を知っていくうちに、目印となる道標も少しずつ見えてきた。あるときドイツの表現主義画家フランツ・マルクが描いた一枚の絵について調べていた。その作品は、パリでキュビスムという新しい風に吹かれた後に描かれた山岳の風景だった。描き直される前の絵を見るためにX線にかけたとき、タイトルの修正につながる情報があるのを発見した。そんな些細な一つの発見であっても、自分が美術史を綴る作業に参画することには電流に打たれるような興奮があった。

　モーリーを除くと歴代館長はすべて男性だったが、少し下の職位では女性がすべてを動かしている印象があった。私の上司になった優しくノーブルな女性は、図書室にある小さな事務室から出てきて仕事を教えてくれたものだった。ベテラン司書のユジェニー・キャンダウはハスキーな声の銀髪まじりの颯爽とした女性だった。よくそのオフィスに相談に行き、ときどき彼女のゴミ箱をあさっては捨てられた展覧会の葉書を拾っていた。私はイメージに飢えていたのだ。そんなすべてが、湾の反対側の大学院で受けているのと同じくらい貴重で糧になる教育だった。

ある日、私はふと目にしたロサンゼルスの美術家ウォレス・バーマンの作品に心を奪われた。トランジスタラジオを持つ手のイメージをグリッド状に反復してラジオのスピーカーにさまざまな図像を重ね、そこかしこにヘブライ文字を散りばめた、ポップカルチャーと神話を主題にした作品だった。純朴だった私は、これほど見事なものをつくる作家ならきっと本が書かれているだろうと思って探しに行ったのだが、当時はまだそんな本は一冊もなく、作品を載せた薄い展覧会カタログがあるだけだった。何年か後に自分がその本、あるいは少なくともその類いのものを書くことになる、ということはそのとき予想もしていないことだった。私はバーマンを修了論文のテーマに選んだ。ジャーナリズム課程の学生が、報道関連からそこまで縁遠い主題を扱うのは異例ではあった。バーマンは一九七六年に亡くなる前に、知られていた唯一のインタビュー録音を破棄したため、多くの空白をアーカイブやかつて彼の周辺にいた人びとへの聞き取りによって埋めなければならなかった。たまたま美術館へ足を運ぶことになり、ある作品を目にして、それが私のプロジェクトになったのだ。そのひとつながりの偶然を思うと、ワインボトルの栓も抜けない不器用さも捨てたものではない。

5

その論文のためにシティライツ書店に通ってビート詩人について調べ、何人かにはインタビューをしていた。しかし、同郷人であるダイアン・ディ・プリマの仕事を知るのはもっと後のことだった。ディ・プリマには「一行たりとも書けはしない、宇宙論がなくては」という言葉がある。書くことは、部品を一つずつ組み立てるものづくりのような仕事と思われていることが多い。しかし書かれる言葉がやってくる源はその人自身、その人が大事にしているもの、本当のその人の声だ。あらゆる偽りの声や見当違いの注釈を捨てることから書くことは始まる。つまり、何か特定の文章を書くという課題の水面の下には、取り組む仕事を成し遂げられる自分をつくり上げるという大きな課題が潜んでいるのだ。

つまり言葉を発する自分を創造し、それに人格と指針を与える価値観と興味とプライオリティを定めること、そんな誰もが通過する過程に形を与えるのだ。自分が言葉を伝える声色や口調を見つけなければならない。朗らかに語るのか、いかめしく語るのか、あるいはその両方なのか。現れてくるものが意図したものと違うことも珍しくない。そのときは自分は思っているような自分とは違っていて、言いたいこともそれを伝える方法も違っていたということだ（「声」と呼ばれるものは、まず予想しない話題と語り口をたずさえたよく知らない人という感じで訪れる）。自分が世界を語るときにはどんな倫理が明かされ、あるいは隠されているのか。どんなものを美しいと考えて追い求めるのか。自分の主題は何なのか。つまり自分にとって何が大事なのか。文体《スタイル》とか声《ヴォイス》とか調子《トーン》などと呼ばれるものの背後にあるのは自分とは何かという問いなのだ。

私が立ち返るのはディ・プリマの有名な「わめく」という詩だ。詩の中ほどにはこうある。

心の戦場から逃れる術はない
どっちつかずでいられる術はない
詩学を持たずにいる術はない
配管工、パン屋、教師、何であれ
あなたはあなたの世界をつくるのか、つくらないのか、
はっきり知りながらやっている

人前で話すときには、友人ひとり相手でも私から出てくる声は重苦しい鎧をまとっていて、自分の感情を直に言葉にすることは何ひとつできなかった。知らず知らず抱えこんで

いるたくさんの色ガラス越しに、自分をきりきり舞いさせている何かをかすかに感じたり感じなかったりするもの、私にとって感情とはそんなものだった。しかし声はそうではなかった。声こそが私にとっては自分の手で育てるものであり、他に見習いながら学び、やがて自分のものとして発するようになるものだった。戦いの中で賢く、クールに、鋭利でいて、そして楽しみを得るためのもの、狙いを定めて矢を放ち、返される矢を躱《かわ》し、あるいは矢が刺さってもいないふりをするためのもの、それが私の声だった。勝負の中で頼りになるのはしばしば残酷なまでのジョークや警句めいた言葉だった。そんなジャブでダメージを受けたり腹を立てたりすれば、ユーモアとか打たれ強さとか、いずれにせよ何かの美点を欠いた者と見なされるからだ。ほかのやり方もあるということを知らなかった私は、必ずしも自分がやっていることを理解していたわけではなかった。ただし時には意地悪な気持ちがなかったわけでもない（後になって私は、酷評とか冷評とかの類いはいちばん書きやすく、書いて楽しいものだと発見した。そんなものを書くのはなるべく十分にほめそやされているものに限ろうと努力はしていたが）。

もう少し違う種類のユーモアとか面倒な諧謔というものもある。出来事や感じたことをそのまま書くのでなく、言い方が間接的になればなるほど、自分の生の反応から離れれば離れるほどよい、という感じでそのままにぐるぐると誰かの言葉を引用したりもじったりこねくり回したりしたもので取り囲んでしまうのだ。私が長い時間をかけて学んだのは、如才のなさもまた足枷になりうるし、率直に語るには勇気が必要で、不人情は他人だけでなく語り手である自分の可能性を狭めることになるということだ。その頃の私の文体は極端にアイロニーの色が濃く、言いたいことと言ってることが正反対になることがよくあり、誰かに言及するときもそれ以外の人にアピールするためで、本当に自分が何を考えて感じているかは自分でもよく分からないという代物だった。なぜならゲームの規則で打つ手を決めていたからだ。それはがんじ絡めの生硬な声だった。

　声は対話だけではなく自分の頭の中にもある。人は「傷ついた」とか「悲しい」とは言わずに頭の中でなぜこの相手はこんなに酷い人なのかと延々と怒りと呪詛を唱え、自分自身とか自分の心持ちが分からなくなるか、火元になっている話をしているのは自分なのだと悟るまで、傷やおびえを怒りで覆い尽くそうとするものだ。他人のこともまた、自分と衝突するまでは分からない。つまり想像力は内向きにも外向きにも足らないのだ。

　しかしそれは内なる物語だ。私が書こうとする物語、それを書こうとする人はまだ生まれていなかった。自分のあこがれる人は分かっていたが自分は分からなかった。一行たりとも書けないのだ、宇宙論なしには。私がやるべき仕事は大量にあり、私はそれをゆっくり、一つずつ片付けていった。いろいろな本やエッセイを里程標か脱ぎ捨てられた蛇の皮のように残しながら進む中で、私は数多くの違う書き手になった。ジャーナリズム大学院で教わったのは単刀直入な文章を書くことだったが、最初の指導教官はその点についての私の無能ぶりに憤慨していた。よくジャーナリズム的客観性の指標とされるその種の平板な散文は、当時でさえ私には男性的な声に思えたのだ。努力すれば自分の主張を押さえこむことはできはしたが、形容詞に至るまで押さえつけておくことはできなかった。

すでに古くさくはなっていた当時のテレビドラマ『ドラグネット』のエピソードは毎回、ハードボイルド調の抑制の利いた男の声で「これは真実の物語である。関係者の保護のために名前は変えられている」というナレーションで幕を開けていた。それはまさしく、学部生時代の私の最初の英文学の教授が優れた文章の頂点と語っていた、アーネスト・ヘミングウェイの文章のようだった。削ぎ落とされ、簡潔に切り詰められた言葉には、同時に極小化された言葉を発する男性的なるものの徴があった。私の家族が好んでいた皮肉な態度と同じように、その声は多くのものを制約し、言われぬままに置き去りにしてきた声だった。引用という形ならば、少なくとももっと表現ゆたかで感情のこもった人びとの声を届けることはできたけれど、ジャーナリストとして使うべきとされた文章の調子は私にはそういったものと同じに感じられた。

私が求めていたのは、内容によって必要なときには単純で明快な言葉だった。しかし時には明瞭であるために複雑であることも必要となる。私にとって大事なのは還元できないものであり、内に何かを呼び覚まし、何かを喚起する力だった。そして肌にあうのは高速道路ではなく曲がりくねった小径のような、時には寄り道をしたり眺めを楽しんだり、足を止めて辺りを見回したりするような文章だった。舗装された道路とは違い、歩く者のための小径は急峻でいびつな大地をわたっていくことができるからだ。余談とか脱線といわれるものが船から落ちた乗客をひっぱり上げる命綱となることも多い。私は英語という言葉がいろんな音楽を奏でる楽器であって欲しいと思った。書かれるものはみずみずしく、気づかれぬほどに繊細で、喚起力のゆたかな、ただ事実や堅固な物事だけでなく、霞や雰囲気や希望をも描くことができるようなものであって欲しかった。私が描きたかったのはこの世界をつなぎ合わせている隠された配列や直感や類縁関係の地図なのだ。バラバラになってしまう前の世界に存在していた失われた布置を辿り、その破片でつくり出すことのできる新しい模様を見つけ出したかった。

エッジの効用

Some Uses of Edges

1

黄色く変色した大判の用紙の下半分に、初学者の練習用の行間のまばらな罫線が引かれていて、そこに鉛筆で書き込まれている。たぶんこれが、一年生のときに書いた私の最初のエッセイだと思う。「わたしはおおきくなったらぜったいけっこんしません」というのがその全文。上半分には絵が描かれている。赤いシャツを着て、丸く描かれた頭の周囲に後光のような黒髪を生やした男と、ひだ飾りのついた紫色のスカートを履いた黄色い髪の女がいる。男の吹き出しは「けっこんしてくれ」と告げ、女は「だめ」と言っている。

母の人生を見て何があってもその真似はしまいと考えていたという、コミカルでぞっとする証拠だ。母は出口のない非情な結婚生活の中で無力感に支配されていた。私は犠牲者とその迫害者の子であり、当時では語られない部類の物語に生み落とされた者である。ありふれた少女や若い女向けの物語は結婚で終わりがちだ。女はそこへ吸い込まれて消えてしまう。それでおしまい。その後で何がどうなったのか？　いったい彼女たちはどんな人物だったのか？　おとぎ話の『青ひげ』は女が男の命令に背き、禁じられた扉を開いて歴代の妻たちの亡骸でいっぱいになった拷問部屋を発見し、嫁いだ相手が殺人鬼だと気づく物語だ。女が生き延びて夫が死ぬというおとぎ話は珍しい。

　あたりまえの女の物語を拒んだ私はすぐに自分自身に物語を語らせてみようと決めた。それは同じく読み書きを習い始めた最初の年のことで、一時期は本に囲まれて生きる司書にあこがれ、やがてその本の一冊一冊には書いた人がいるのだと気がついて、それがやりたいことだと心に決めたのだ。最初からそれが目標だったと言ってしまうとひどくシンプルな人生ともいえるが、書くという務めはまったく単純どころではない。作家になることは人が生きてゆく上で直面する課題をそのまま取り出して形にするようなものだ。つまり世界を覆っているさまざまな物語に意識的になり、それが自分の役に立つかどうか考え、自分と自分が大事にするものの居場所のために何か自分なりのヴァージョンをつくる術を知らなければならないということだ。

　ただし書くことについていえば、何を書いたにしてもその周りには書かれなかったものがある。あらゆる告白は秘密と書かれ得ぬことと忘れ去られたことに取り囲まれている。書き手がどんな意図やテーマを扱っていようが、ページに定着できるのは経験という混沌とした流動体の中から篩《ふるい》にかけられ寄せ集められたほんの一部にすぎない。大理石に鑿《のみ》をふるうのではなく、急流に手を突っ込んで流れてくる小石を掴みとろうとしているのだ。小石を並べることはできても河をまるごと書くことはできない。過去に生きた者の物語の大半はすでに失われているが、私は今では祖父母から受けつがれた深い傷がどれほど両親の人生に影響していたかが分かるようになった。私たちの私的な人生がいかに世の中の歴史によって形づくられているかということだ。私は五世代にわたる自分の家族史を知る年齢になり、二世代前にのしかかった歴史の重荷、飢餓、ジェノサイド、貧困、移民となることの過酷さ、差別、そしてミソジニーが自分の二世代後まで響いていると知るようになった。私はあの小さな書き物机で両親の弔辞を認《したた》めることになるのだが、死を免れて机をくれた彼女に平穏な生活が訪れるのは両親が世を去った後のことだった。私は子ども時代の残酷さについては関心がない。その理由の一つは、その種の残酷さについては長々と語られてきたけれど、その後にやってくるものの残酷さについては未だに語られていないものがあるからだ。

　いろんな方向へ枝分かれしてゆくものを語ろうとするとき、糸のメタファーを借りるのはおそらく間違いになる。ただし、繊維を縒り合わされたものが糸だと思えば、一筋の糸を辿ることはそれを解きほぐして繊維の一本ずつを見つけ出すという意味になるべきだろう。たとえば、私は大学院の後、小さな美術雑誌の編集アシスタントの職を得た。すぐに役職の上では編集補佐になったが、仕事の中身からいえば統括的な役回りを任されていた。そこで学んだことは多い。原稿整理のやり方に始まり、年上のスタッフへの指示の出し方とか、出版物を形にする方法とか、何よりも現代美術、とりわけカリフォルニアのアートについて多くを学んだ。弔辞や展評を書き、たまには特集やリサーチ記事を担当し、埋め草の記事も数えきれないほど書いた。そして毎月曜日に届くしばしば読むに堪えない原稿の束を雑誌のオーナーといっしょに編集し、木曜日の午後に印刷所へ送れるものに仕上げるのだ。オフィスはオークランドの中心部にあり、全員女性の仕事場で、ＵＣバークレーから卒業した後に三年半働いた。雑誌自体は大したことのない雑誌だったとはいえ、その静かで波風のない職場で私が学んだことはかけがえのないものだった。

　書き手になる上で視覚芸術に寄り道をしたことは、感謝し切れないほどに幸運なことだった。芸術家の問いは根源的で、あらゆる方面に及ぶ。あらゆるものが芸術になりうる。つまりすべての前提が問いに開かれていて、あらゆる課題には探求の余地があり、いかなる状況も介入を待ちかまえていた。私は視覚芸術を、手段を変えた哲学探究の一種として理解するようになった。私はさまざまな芸術家の作品に目を凝らし、あるいは対話や共同作業をしながら多くを学んだ。当時の芸術界が参照するフランスの思想家や、フェミニストやポストモダニスト、そのほかにも有用なアイデアのみっしりと詰まった読みごたえのあるテキストの渉猟が教えてくれたことも多かった。

　大学院を出て二、三年後、まだ雑誌で働いていた頃に写真家リンダ・コナーが風景とジェンダーについて語ったトークを聞きに行ったことがある。彼女は小便をしたり高所からゴルフボールを打ったりしている男たちのおかしな図像を大量に収集していた。そんな資料やもう少しシリアスな現代の写真も根拠にして、男が撮影するのは空間であり、女が撮影するのは場所であるという仮説を提示した。私たちの場所のあり方を問いかけるトークは面白おかしくもあり、強烈でもあり、深い洞察も含まれていた。世界を鮮やかに腑分けしてみせた彼女のカテゴリー区分が今でも賛成できるものかは分からないが、たしかなのは、そのとき私が行こうとしていた場所へ通じる扉の鍵を彼女が持っていたということだ。

そのことを掘り下げるために、私は彼女について書く仕事を何件かでっち上げた。彼女は私の十六歳年上で、活躍していた時期でもあり、いつも多くの友人の輪の中に後光のように輝く巻き毛の髪が見えた。家には世界を回って集めてきた風変わりな物や土産物があふれていて、四十人のゲストにディナーを振る舞うことも、巨大な8×10判のカメラをかついで砂漠といわず山といわず旅をすることも造作のないことのように思えた。彼女は白黒写真の焼付けに焼出し印画紙（通常の印画紙より感度の低い昔ながらの感光材）を使い、ネガに印画紙を重ねたものを裏庭で何時間か太陽に曝して焼付けていた。まるで洗濯物を干しているような家庭的な所作に見えたものだった。

彼女の旅行中に記事を仕上げなければならなくなったので、私は彼女に頼み込んでニューメキシコまでの車移動に便乗させてもらった。私にとっては旅の手ほどきのようなもので、彼女はレストランでもキャンプ場でもモーテルでも素晴らしい指南役になってくれた。旅ではいつ寄り道をし、いつ移動距離をかせぐべきかを教えてくれたのも彼女だった。八月の初めの午後、私たちはサンタフェの中心部の「ラ・フォンダ」というホテルの立派な建物に寄り道をした。彼女のアレンジで、私たちはメリデル・ルビンシュタインとその夫の画家ジェリー・ウェストに会うことになっていた。メリデルは同じく風景写真家で、私はまだよくは知らなかった。いろんなものを飛び越えてきた矢がぴったりと的に吸い込まれるようにして、蜂の巣のように入り組んだホテルの暗がりのテーブルに辿りついた。メリデルの助手のキャサリン・ハリスもいた。私たちはマルガリータを頼んだ。メルデルとジェリーはジェリーの建てた家に招待してくれた。ジェリーの両親は大恐慌時代の家産差押さえ法で郊外の原野を手に入れていて、ジェリーはそこに家を建てたのだった。

　キャサリンはノースリーブのツナギから褐色の肩をのぞかせた、ミステリアスで魅力のある若いアーティストで、私たちはよく話すようになった。その後は何年も彼女がいちばんの親友だったといってもいいかも知れない。何年か連絡をしなかった後、ある夜の夢に彼女が現れて、その翌朝にばったり再会したこともあった。聞けばサンフランシスコに引っ越してきたとのことで、私たちはすぐにもとの親友に戻って電話番号を交換した。私にはできない芸当だが、まともな回想録作家なら彼女と交わす会話もそれらしく再現できるのかも知れない。たとえば昨年の夏に、夫、二人の子、そして何頭かの犬といっしょに彼女が暮らすアルバカーキの家で交わした長々とした会話でさえも。

　そうした会話は何かについて細かい議論をすることもあれば打ち明け話になることもあ

り、時には腹をかかえて笑いながら、知識の断片や、思想や考え方や、こまごまと分類された物事を取り上げて、それが私たちがそのとき個人的に必要としているものに含まれるかを吟味することもあった。当時の「母なる地球」的なエコフェミニズムはないということで二人が一致したのが実に愉快だったことをよく憶えている。なぜなら私たちの母はいずれも潔癖で、神経質で、人の体とかその匂いとか分泌物を忌み嫌っていて、自然とは似ても似つかぬものだったから。会った最初の頃にはそのとき気になっていたり、交際していたり別れかけたりしている男のことも当然話題になったが、それもまた本とか政治とか思想とかプロジェクトとかやりたいことと同じ会話の中に混ぜこぜになった。

　キャサリンに会った翌月かその翌月に、メリデルとジェリーの家の庭で朝食を食べているとき、湿った髪をほぐしている私を見たキャサリンは、その二日前に行ったプエブロ族のコーン・ダンス〔トウモロコシの収穫に感謝するダンス〕で見た、ドレスの裾まで伸びた長い髪をした女たちのことを話してくれた。ネイティブアメリカンの学校の生徒を撮影する仕事をしていたときに、編んだ長い髪を切った経験を語った少女のことも。その話についてはどこかでエッセイに書いたことがある。その子がキャサリンに打ち明けたのは、彼女はその後恥ずかしくて家に帰れなくなり、家に帰ったときには、髪には自分の考えたこととか思い出の全部が染み込んでいるのだと祖父に諭されたということだった。

　私はそれまでに書いたジャーナリズムやレビューよりももっと親密で、リリカルな文章を書こうとあれこれ試みていた。ロジカルな一本道の文章ではなく、直観や連想でつながってゆく、物事の軌跡を描くような文章だ。髪とその力について書いた、いろいろな物語の絡まりあう文章は短く濃密なものになった。キャサリンの話はその結びのヒントになった。そして、彼女は腰まである髪をした私が振り返っている姿の写真を撮った。ジェリーの家のまだ仕上げがされていない土壁に向いて座っていると、粘土の下地となるざらざらとしたコンクリートの表面が見えていた。

　私たちは手紙のやりとりを始め、やがてEメールを交わすようになり、サンタフェとサンフランシスコを行ったり来たりしながらいくつもの冒険をした。二人でいろいろなプロジェクトを実行し、励まし合っているうちに、彼女はアーティストになり、やがてランドスケープアーキテクトになり、私はひたすら書きつづけた。軽い気持ちで足を運んだリンダのトークイベントがきっかけで、場所やランドスケープについて考えるようになり、友情や、この四人の芸術家の共同作業が生まれることになった。何よりも大事なキャサリンとの友情も、髪が記憶の貯えられる場所だという話も、すべてそこからやってきた。大人になった私に、生まれてからの二年間を生きた土地へ再び足を向けさせたもの、その地上に満ちる深い時間の感覚と、変わりつづける空への愛に気づかせたものもそうだった。

　人生を描くとすれば、線ではなく幾度となく分岐を繰り返す木の枝のようになるはずだ。メリデルが紹介してくれたニューメキシコの人びとは大切な友人になった。私はそれ以来、夏には毎年のようにそこへ戻るようになり、その夏の光景は大きな喜びになっている。もう八十年以上暮らす土地を愛を込めて描いてきたジェリーのおかげで、私はこの土地についてより深く知るようになった。キャサリンが数年間ニューヨークに住んでいたとき、私は大人になって初めてその街を訪れ彼女と過ごした（駆け出しの美術評論家としては、ニューヨークに移って芸術の世界に身を投じ、キャリアのステップアップを図るべきかも知れないと考えたこともあった。ただし西部の土地について書き始めた後、書くことによってそんな定めから抜け出せたと思ってひどく安堵した）。

ストーリーというものはたぶん子どもの石蹴り遊びのように語ることができる。幾度も出発点に戻り、少しでも遠くまで届かせようとして小石を投げ、そのたびに同じ領域を少しずつ違うやり方で覆っていく。すべてを一度に語ることはできないけれど、同じ範囲を何度も違うやり方で踏破したり、その中の一本の道を辿ってゆくことはできる。私は一九八八年に初めてネヴァダ核実験場を訪れた。かねてから弟が準備に関わっていた大規模な反核集会に加わるためだった。私はこの旅路のさらに先で素晴らしい人びとに出会い、サンフランシスコの遥か遠方の、心が求めていた風景への別の道を発見していった。道は門でもあるのだ。

ある日、そのネヴァダ砂漠で出会ったのが、肩から無造作に大型カメラを提げた写真家のリチャード・ミズラックだった。アメリカ西部の暴力や破壊の現場を撮影した大判のカラー写真は当時衝撃をもって受け止められ、議論の的にもなっていた。彼が間違ったものを賛美していると主張する者は、おそらく善なるもののみが美に値するとでも考えていたのだろう。一方で彼の関心は見るもおぞましいものの美しさと、その崇高や美が倫理と相反するときに私たちは何を求められるかということにあった。彼もまた、文字通りその作品を通じて私にものを考えさせるきっかけをつくった芸術家となった。美と道徳性の相克について。ある種の暴力の不可視性と永続性について。西部の征服が遺したものについて。そして、彼がよく言っていた「政治の表象ではなく、表象の政治」について。その後、一九九〇年代には私は何冊かの彼の本のために文章を書いた。

　自分の作品と目的意識、そして自分自身に正面から向きあっているこれらの芸術家は、自分を理論家やジャーナリストだと思っていた私に、作家を目指してみようと思う自信をくれた。私と一緒に仕事がしたい、といってくれた彼らがそのことを教えてくれた気もする。遠回りをしていた私に、本来目指していたものを思い出させてくれたのだ。常に対象が先にあり、いろいろな制約や決まり事の中で書かれる批評やジャーナリズムは副次的な仕事のように感じられていた。作家と見なされるということは、何でもできて、何でもやっていいのだと言われる気がした。

　ある日、知人のアーティストがボランティアを探していると言ってきた。アン・ハミルトンが工業地区でインスタレーションを制作していて、手伝いをしてくれる人を探していた。私はミッション地区の洗車場の跡地を利用したアートスペース、キャップ・ストリート・プロジェクトに足を運んだ。アンはその頃、斬新で大規模なインスタレーション作家として急に知られるようになっていた。小さな物や材料を山のように集め、展示の期間中ずっとパフォーマーとコラボレーションをする作品が多い。私のわずか五歳年上の、中西部出身らしく落ち着いた慎ましい人ではあったけれど、作品は同時代の女性作家の作品群がミニチュアのように見えてしまうほどで、かけられる労力を思えば人並外れて大胆なことは明らかだった。

アンは展示のための予算をほとんどペニー銅貨に両替していた。これはプロジェクトに潤沢な予算がつくことへの彼女のアンビヴァレントな心情の反映であり、七五〇〇ドル分、七十五万枚のペニー銅貨は展示された後に掃き集められて銀行で洗浄、集計され、両替されて教育プログラムに寄付されることになっていた。それまでの間、銅貨は展示室の床面のほとんどの部分を使って、長さ四五フィート、幅三二フィートの四角形の形に敷き詰められた。一枚ずつコンクリートの床の上の「蜂蜜の皮膜」の上に並べていくのだ。蜂蜜は接着剤の代わりであり、同時に金銭と違う循環のシステムを示唆する要素でもあった。つまり蜂が労働の成果を蓄積するやり方と、私たちのそれを並べてみせるのだ。アンは子どもの頃に見たレンガ職人に強い印象を受け、その後、テキスタイルを経由して美術の世界に入った。小さな所作の繰り返しがやがて大きなものをつくり上げることに関心をもっていた。七十五万回の所作によって、七十五万枚の銅貨をきらきらと光る貨幣の皮膚のように並べようとしたのだ。

作業を始め、しばらく膝をついてペニー銅貨を並べていると、同じ作業をしているアンが隣りに来て、私たちは話をした。何も意図せずに銅貨を並べていても、長大な配列の中では自然なばらつきが波かヘビの鱗のような模様をつくり、立ちこめる蜂蜜の匂いの中で光を反射してゆらめくように輝いていた。何が変わったのかは分からない。一九八〇年代の初めごろは、誰かと気持ちが通じることはほとんどなかったし、そう夢見るような人や対話に出会うこともなかった。八〇年代の終わりにはそれが私のすぐそばに、まさに手の中にあった。

多くの手を借りて実現したアンの作品は〈私有と余剰〉という名を与えられた。絨毯のように敷き詰められた銅貨の向こうの端にパフォーマーが座った。白いシャツを着て、膝に抱えたツバの大きなフェルトの帽子には蜂蜜が満たされていた。彼女は遠くを見つめながら手の蜂蜜をぬぐい落とす。そんな、見る者と距離をおいた静かなパフォーマンスだった。パフォーマンスを取り入れることは、作品の時制が「為されたもの」の過去ではなく「為されつつある」現在にあることを意味していた。後の作品では、パフォーマーは何かを解きほぐしたり消去したりといった取り消しの所作を担うようになり、彼女の作品は展示期間のために制作されると同時に解体されてゆくものとなった。

ほどなくして、その作品について書いて欲しい、と両替した銅貨の一部をアンから渡された。ただしその前にパフォーマーをやって欲しいということだった。今思うと、まるで魔法にでもかけるようにして彼女は私を対話と沈黙の両方に誘ってくれたのだった。後者の仕事は、簡素な椅子に座り前を見つめたまま三時間過ごすというもので、作品の意味に関する質問は無視すること、というありがたい指示が与えられていた。座っている椅子の後ろの方に三頭の羊をいれた囲いがあった。蜂蜜とペニー銅貨の匂いといっしょに、羊の匂いと音もまたその仕事の報酬だった。

子どもは、ベタベタするもので遊んだらダメだとか、食べ物を玩具にしたらダメだとか、ものを汚したらダメだといわれるものだ。手首まで蜂蜜に浸すことには、感触の愉楽に加えてそんなあれこれの戒めを破る喜びもあった。その日の最初のパフォーマーになると、蜂蜜はまだ冷たくて固く、自分の手の熱によって少しずつ温まってとろとろと流れ出す。掬い取った両手に貯めようとしてもぽたぽたと漏れ落ちてゆく。しかしこの作品で果たすべき役割は留めることではなく流し動かしつづけること、帽子から掬いあげたものを流れ落ちるままにしておくことだった。ゆっくりと流動させながら、体はじっと動かさずに、沈黙のまま、前方の無限の彼方への視線を向けているのだ。

いつもそわそわして片時もじっとしていられない性分だったので、三時間もじっと座っているのは苦行だろうと思っていた。けれど指示の通りにしていると、むしろ、何かを説明しなければならないとか（いったいこれは何なのかと訊いてくる人は多かった）、目覚めている間はてきぱき働くものだとか、そんな自分の思い込みから守られている気がした。ただしその代わりに、その日の最初のパフォーマーだったときは次の人に交代するのが癪に障り、最後の出番だったときは終演を告げにきたスタッフに腹が立った。

　長い年月の後で、微温い蜂蜜に両手を浸してじっと座っていたあの時間のことが、私の若者時代のいちばんおだやかな時間としてよみがえることがあった。爪の間に染み込んだ蜂蜜のように甘い、ただそこにいるだけの存在となったその数時間は、何かをすること、何者かになることに忙しい日々の中で、ただ存在することに費やされた貴重な時間なのだった。

2

　石を蹴る遊びのように、少し後ろに下がって、ふたたび同じ場所を目指すこと。一九八七年の年始、私が地球の反対側を旅していたときに父が死んだ。父の死がもたらした安堵によって、私はいくらか強張ったものをゆるめ、閉め切られた扉を開くことができるようになった。それは暗く凍りついたような遠い昔の出来事にようやく私の感情が応えられるようになったということであり、そうした出来事が残酷で、あってはならないことだったと自分で判断できるようになったということでもあった。その年のうちに、長らくつきあっていたボーイフレンドがロサンゼルスに旅立った。家族は私と折り合いが悪かった。その頃は美術雑誌を離れた後の職場に解雇され、失業保険と、地元の雑誌の評論やエッセイと、いろいろなオフィスのアルバイトでかき集めた幾許かの貯えで暮らしていた。

何も失うものがないときには自由があるのだ、と私は心に定めた。そしてその自由を使ってやりたいのは、自分が出会ったコミュニティについて本を書くことなのだ、と。その四年前、ウォレス・バーマンについて修了論文を書いていたときに出会った一群の人びとについて書きたいと思った。シティライツ・ブックスに提案書を送ったところ、一九八八年の初めに採用の報が届いた。初めて手にしたアドバンスは一五〇〇ドルだった。一年生のときに反結婚論を書いたすぐ後から、本を書きたいと思いつづけていた。ほとんど他の何よりも本が好きだったし、本は魔法のようなものだとさえ思っていた。読むことを越えてその魔法に近づく方法は書くことしかなかった。言葉という材料で一体何ができるのか知りたかった。いろいろなものの断片を組み合わせて新しい絵を描いてみたかった。その目に見えない世界の市民権を得たかった。私は本によって、本の中で、本のために生きたいと思っていた。

子どもの頃から十代を経て、大学生の頃まで、その目標、というより方向性は遠くからはとても素敵なものに見えていた。しかしいざ手をつけるとなると、遠くからは美しく見える山も足を踏み入れると険しいものだ。作家になることには、ひとりの人間になることの要諦のようなものが詰め込まれている。何を語るべきなのか、それをどうやって語るのか、それと自分をどう関係づけるのか、といった問題を自分で解かなければならないのだ。それは自分で選んだものの場合もあれば、向こうからやってくる場合もある。周囲の人は何を望んでいるのか、それをどのくらい聞き入れるべきなのか。その他のことをどれくらい深く、どれくらい遠くまで考慮するべきなのか。その上に、書かなくてはならない。それまでエッセイや評論はたくさん書いてはいたけれど本をまだ書いたことがない私には、物置き小屋をこしらえることと宮殿を建てることとくらいに隔たっているように思えていた。

　最初の本の冒頭は、一九八二年のある日に出会った、サンフランシスコ近代美術館の事務室の近くの壁にかかっていたあの作品から書き始められている。ウォレス・バーマンによる正方形の白黒のコラージュ作品で、トランジスタラジオを持つ手を縦横に四つずつ、十六個のグリッド状に反復したものだ。それぞれは同じ手、同じラジオだが、ラジオのスピーカーの位置に違うイメージが重ねられている。人物、ヌード、フットボール選手、ガンジーに似た痩身の人物、人間の耳、逆さにぶら下がったコウモリ、注射器、銃、そして下の方に二度登場する身をくねらせたヘビといったイメージだ。いずれもネガになっていて、全体に夢のような非現実感が漂っていた。音を画像に定着したようなそれぞれのイメージの一つひとつがメッセージであったり、警告であったり、何かの宣言であったり、啓示のようにも見えた。あるいは歌かも知れない。何箇所か黒地に白く書き込まれたヘブライ文字は、ポップカルチャーと神秘や秘儀が共存しうること、手垢のついた分類は不要なまやかしに過ぎないということを主張していた。ヴェリファクスという初期のコピー機を用いて作成され、〈サイレンス・シリーズ十番〉というのがそのタイトルだった。

　バーマンは私の父と同じくユダヤ系移民の子で、ロサンゼルスで育った。父と異なるのは彼が華奢で繊細な人物で、社会的にも経済的にも周縁で生きる道を選んだことだった。まずはロスのスイングミュージックやジャズ・シーンで、そして神秘主義者やドロップアウトや芸術家や反抗的な人びとの間で。彼は自分で予告した通りに五十歳の誕生日に死んだ。一九七六年のその晩、曲がりくねった道を自分の誕生パーティー会場へ向かっていた彼のスポーツカーに飲酒運転のトラックが衝突したのだ。一九五七年の初めての展覧会で猥褻物展示で起訴され、それ以来はあまり目立たないで生きることを選んでいた。当初私が本につけていたタイトルは『影と踊りながら』というものだった。これは彼が画家ジェイ・デフェオに送った葉書から引いたものだ。その葉書の中で、彼は幾許かの金を稼いでから「また影の中へ舞い戻る」のだと書いていた。ただしそのタイトルは版元に却下されてしまった。

　論文を書くときには周囲の人びとの発言と作品から読み取れること、資料や聞き取りの記録、さらに展覧会カタログやまだいろいろな人の手元にある古い葉書や手紙を一つひとつ突き合わせてゆく必要があった。その過程でいろいろなことが分かった。たとえば五〇年代のカリフォルニアには、メインストリームの歴史では見落とされている前衛芸術家のグループがあった。映画や詩や視覚芸術、神秘主義や非西洋的な精神や実践、それにドラッグも関係した一連の人びとが交流するコミュニティが存在していて、彼らこそが六〇年代のカウンターカルチャー的な実験性、反逆性、創発性の勃興を準備したと知った。これこそが私が本に書きたいと思ったことだった。つまりひとりのアーティストではなく、芸術家の共同体について書きたいと思っていたのだ。

当時、文化史なるものはまずヨーロッパ、次いでニューヨークで展開される一本道の話とされ、カリフォルニアは取るに足らぬ僻地と見なされていた。大したことは起こらなかったと思われていたのだ。イエールで西部の歴史について論文を書いた友人が「カリフォルニアの人は本を読まない」と鼻で笑われたこともあったくらいで、山間に暮らす詩人たちも、街の研究者も、先住民の語り部も、その九十九もの先住民言語が分布する南東の砂漠から北西の熱帯雨林までもが全部、頭がからっぽの海水浴客のイメージでまとめられる節があった。一九四一年にエドマンド・ウィルソンが書いている。「東部から訪れる者はみな、現実感を失わせる不可思議な魔法を経験する。大地の下にあるものがすべて日の下に開けひろげになったトロルの巣穴のように、海岸地方では人間の経験はいかにも虚ろなものになってしまうのだ」。一九七一年のニューヨーク・タイムズ紙上では、ヒルトン・クレーマーがサンフランシスコのベイエリアを特徴づけるのは「ある種のエネルギーや好奇心の不在、欠くべからざる複雑性と活力を欠いていること」であると述べ、あるアーティストのスタイルを「観光牧場のダダイズム」と呼んでいる。観光牧場《デュード・ランチ》があるのは何百マイルか離れた西部の山間地方ではあったのだが。遠くに小さく見えているときには物事のディテールは目に映らない。私が育った時代、カリフォルニアに向けられる視線はおよそ東部から望遠鏡越しに向けられたものだったのだ。その軽蔑と軽視の目は私が駆け出しの作家になった頃も残っていた。

その本を書く過程で気がついたのは、メキシコに国境を接し、アジアに向かいあい、本来ならば物事の正統性の根拠となるはずのヨーロッパの影響力から遠い場所にいるのは恵まれているということだ。私はついなびいてしまいがちな因習にも疑いを抱くようになった。そして、マーク・トゥエインから、シェイマス・ヒーニー、アレクサンダー・チーに至るまで、実に多くの作家がそれぞれに自由を求めてこの地を訪れ、何かしらの変化を遂げて帰っていったことにも気がついた。そのずっと後に、ニューヨークからベイエリアに越してきたばかりの（その前はムンバイに住んでいた）学生から、物事の中心から離れてしまったという悩みを聞かされたことがあった。中心こそが大事なのだと言いたげだった。家に帰って、私は周縁の価値についてしばし考えた。

彼らのことは、希望と社会の変革について書いた文章の中で触れることになった。そこでは何かのアイデアが周縁や影の領域から中心へ向かうようすをたどり、中心ではその起源がたやすく忘れられてしまうということに触れていたからだ。脚光を浴びる者には影に何があるかが見えていない。周縁とは権威が翳りを帯び、正統性に由来する力が弱まる場所だ。私にこうした物事の仕組みを初めて教えてくれたのがウォレス・バーマンだった。彼はあらゆる際《エッジ》を周到に生きてきた人間だった。経済的な危うさという意味でも文化的周縁という意味においても文字通りぎりぎりの生活を送り、ロサンゼルスの峡谷とか、ベイエリアの低湿地の危なっかしい家に暮らしていた。そんな場所に生きる彼の影響が、やがてスポットライトを浴びるような人物に及んでいった。デニス・ホッパー、ラス・タンブリン、ディーン・ストックウェルといった詩人や芸術家や役者たちだ。バーマンの影響は、たとえばビートルズの一九六七年のアルバム『サージェント・ペパーズ・ロンリー・ハーツ・クラブ・バンド』のジャケットを彩るコラージュに彼が登場していることにも現れている。あるいは、これも当時を象徴する作品である一九六九年のデニス・ホッパーの映画『イージー・ライダー』に種を播く男の端役で登場していることもその証言だ（バーマンがつくっていた手刷りの雑誌のタイトルは『セミナ』、つまり種や精液を意味するラテン語だった。彼は文字通りの役を『イージー・ライダー』で演じたような種播き人であっただけではなく、他人の播いた種を育てる人でもあったのだ）。

まずは論文のため、その後には本のためにバーマンが生きた人生とその舞台を掘り下げることは、年長の人物に聞き取りをすることを意味していた。大人になっても未だに仰ぎ見るように感じるような人びとだ。彼らは両親と同じ世代にもかかわらず、人生を絶え間無い冒険として生きていた。リスクをとり、安定を求めず、後悔をしない人びとだった。私の両親はすでに何十年も中流の生活を享受していたにもかかわらず、窮屈で警戒心に満ちていた大恐慌時代の生活から引きずる貧しさへの恐怖に支配されていた。その同時代人にこれほど突飛な人生を送った人物がいたと知るのは、生き方についての魅力的なオルタナティヴの発見でもあった。大学院を出てから四年後にその本を書き始めたときは、自分が二度と定職に就かないとは思っていなかった。際限のない仕事に足を踏み入れ、大量の本、さらに多くのエッセイや記事を書き、アクティヴィズムや教育にも関わることにはなるのだが、上司がいてサラリーをもらうような雇われ人に戻ることは結局なかったのだ。

3

北極星と私たちの間には、その光が届くまで三百年以上かかる隔たりがある。私たちにいちばん近い星でさえ、光が届くには四年かかる。著者が遠い昔に情熱を傾けていたものが読者に届くという点で、本は少し星に似ているところがある。単に、書かれてから原稿を整え、印刷を経て読者の手に渡るまでに時間がかかる場合もある。けれど多くの場合、本をつくることにかけられた時間の長さは、その本は書くことに先立つ関心の置き土産だということを意味している。一九八〇年代の終わりごろ、私の中にはそれまでの関心を圧倒してしまうような新しい興味が育っていた。私は自然、風景、ジェンダー、そしてアメリカの西部について考えるための新しいアイデアをもっていた。

　その私にとって最初の本は、ずっと以前に見つけていた大事なものにもう一度立ち戻り、その完成を目指したものだった。焦点を当てるのは南カリフォルニアとベイエリアから三人ずつ、六人の芸術家だった。一九五〇年代を通じて互いに友人となり、時にコラボレーションもしていた彼らは、人生においても制作においても考え方においても重なる部分があった。その六人とは、ジェス（彼は研究から芸術に転身し、同時にゲイであることを公表した際に姓を捨てている。当時、ゲイであることを公にするのは途轍もなく覚悟のいることだった）、ジェイ・デフェオ、ブルース・コナー、ジョージ・ハームズ、ワリー・ヘドリック、そしてウォレス・バーマンである。彼らはそれぞれに目立たぬ人生を選択し、芸術制作の意味を追求し、芸術に満たされた人生の可能性を探求し、それを実行に移して生きぬいた人びとだった。コナーとヘドリックはニューヨークでスター芸術家になるチャンスもあったが、その道を選ぶことはなかった。

彼らの理想主義を裏で支えていたのは時代の豊かさと彼ら自身の慎ましさだった。ホワイトフライトによって街には賃料の安い住宅があふれ、賃金水準はパートタイムの職ひとつでカップルや家族がほどほどの生活を送れる程度には高かった。家賃をしばらく滞納した挙句に別の住み心地を求めて別の土地に移り住んだりするような、経済の輪への出入りを繰り返す自由な生活は、一九八〇年代の時点でもすでに大昔の流れ者の生活様式のような独特なものだった。私の本に登場した芸術家たちは、いくつかのビートのコミュニティの周縁で活動したり、そうした人びとの間をくぐり抜けるようにして生きていた。そうすると、一群の東部出身の男性作家の動向として語られることが多いビートのストーリーも、もっと広がりと奥行きのあるものに姿を変える。そこには彼らのような視覚芸術の作家たちや実験映画作家や詩人たちも含まれていた。彼らはビート以外にたとえばサンフランシスコ・ルネサンスと呼ばれたムーヴメントを形成していて、そこにはジェスの私生活のパートナーとなったロバート・ダンカンや、ジャック・スパイサー、さまざまな世界を渡り歩いたマイケル・マクルーアといった人物も関わっていた。

そんな一群の人びとが教えてくれたのは、人が芸術作品をつくるためにはそれを包み込む文化が要るということだ。つまり意味を与えてくれる文脈や、学んだり作品を見せたりできる人びとを必要とする。彼らは短命に終わったギャラリーや、ごく小規模な雑誌や、上映会や詩の朗読会を通じて、そして友情によって自分たちの中に文化を芽生えさせた。

彼らは排他性ゆえに自分たちで文化を生み出したのではない。むしろ、自分たちが排斥された存在だったからだ。文化が展開し変容してゆく道筋や、どこかで生まれたアイデアが辺縁から中心へと移ってゆくときの基本的なパターンが少しずつ分かるようになってきた。彼らはジャズミュージシャンやロックバンド、あるいは麻薬の売人やバイカー・ギャング、そしてゲイのサブカルチャーや、さまざまな社会実験やカウンターカルチャーの英雄とオーバーラップするように存在していて、そこには小さな町や保守的なコミュニティでときどき感じるようなある種の仲間意識があった。異質で敵対的なメインストリームを前にするとき、アウトサイダーたちの間の差異は取るに足らぬものとなり、そこに連帯が生まれるのだ。

　調査や研究は、地味な、骨ばかり折れる仕事と思われることが多いが、この種の探偵仕事が好きな人間には何かを追いかけるスリルを感じさせてくれる。情報を追いかけ、隠れていたものを明るみに引きずり出し、あちこちから探し当てた断片を一つの絵につなぎあわせてゆくスリルだ。手がかりとなる断片は、語られていたこと、あるいは何かの事実、原稿、手紙、写真、古い新聞の切り抜きであったり、縛られたまま長い間埃をかぶっていた雑誌の束であったり、聞き取りの相手がそのとき初めて口にしたことであったりする。最初の何冊かの本を書いているときには、自分には重要と思えた主題が書かれないままに残されていたことに面喰らっていた。次第に、自分がいる場所がそれほどまでに見過ごされ、忘れられていたということがむしろ利点のように思えてきた。

初めの頃の研究には、今から思えばおかしな冒険もあった。論文に取り組んでいるとき、バーマンのことを聞き出せないかと当時ニューメキシコに住んでいた役者で映画監督のデニス・ホッパーに何度も電話したこともあった。彼はそのたびに、喜んで話はしたいのだがかけ直していいかね、と物腰柔らかに応じてくれるのだが、十日か二十日かそんなやりとりを繰り返すうちに電話代が恐ろしいことになってしまい、私はあきらめた。論文から本にするときには彼はロスに住んでいたのだが、深追いはしなかった。『ブルーベルベット』の演技を見た私が怖気づいてしまったからだ。ただしアシスタントが協力してくれて、彼のオリジナルのネガから焼いた写真を六枚譲ってくれたので本に使うことができた。デニス・ホッパーは若い頃才能あふれる写真家だったのである。

あるボヘミアンを訪問して、その小さな部屋で小一時間ほど楽しく過ごしたこともあった。入れ歯を外した部屋の主はもごもごと証言を語ってくれて、一九五五年十月にシックス・ギャラリーで開催されたポエトリー・リーディングについての、友人から送られた未公表の手紙も見せてくれた。これはアレン・ギンズバーグが初めて「叫ぶ」を朗読したことで有名になったイベントだった。同じ晩、ひとりの詩人の華々しいブレイクスルーの影にはマイケル・マクルーアやゲイリー・スナイダーといった環境指向の先駆的な詩人の朗読もあった。当日の会場についての証言も貴重だった。そこはヘドリックが主宰していたアーティストの共同運営のギャラリーで、朗読も彼が企画したものだった。このイベントが神話になり、ビートの主役たちもまた神話となるその前の時代、その場に参加していた者は何を感じていたのか。それを教えてくれる貴重な証言だった。

すぐれたノンフィクションは世界のつながりを取り戻す行為になりうる。あるいは、その一部を剝ぎ取って、憶測や決まり事の下に隠れているものを暴き出す行為にもなりうる。その意味で、時として創造と破壊はそれほど隔たったものではない。予期せぬ情報の断片を発見するにせよ、集められた断片が何かの像を結び始めるにせよ、そのプロセスは興奮と熱を帯びたものになりうるのだ。それまでよく知らなかったことに光が当たり、世界が新しい意味をもち始める。あるいはそれまでの前提が突き崩される。そんな経験をしながら、それをなんとか書き留めようと試みるのだ。

物事が描くパターンを追い求めることや、ばらばらになったものを再びつなぎ合わせること。ある意味では、それこそが私のライフワークとなってきた。物事がばらばらになっているのは、たいてい、何らかの主題や歴史や意味が種々のカテゴリーに細分化されて全体が見えなくなっているからだ。微視的であるがゆえの専門性は存在するのだが、私が追い求めるのは幅広い空間や時間や文化やカテゴリーを横断して姿を現すパターンであることが多かった。これは、夜空に星座を発見する術《わざ》というお馴染みの比喩によって語られる仕事でもあった。

最初の本で書いたことについていえば、この比喩はある程度当を得ていた。美術史や映画史や文学史のリニアな記述からは外れている話題を多く扱い、むしろ映画と詩と視覚芸術の関係、ドラッグと秘教と非西洋哲学と政治的異議申立てとクィア・カルチャーの関係に重きを置いた。カウンターカルチャーの触媒役であり、そうでなければアヴァンギャルドとも称されたであろう一群のファンキーな人びとの間の関係性が重要なのだった。私が扱った芸術家は、一部のインタビューや聞き取りを除けば十分にドキュメントされていたとはいえず、目に触れることもないような人物たちだった。もちろん彼らの多く、とりわけデフェオとコナーは後に世間の関心を集めることにはなったのだが。

　こうした作家の作品の多くは文字通りのコラージュのようなものだった。本の中心となった六名のうち、ジェス、バーマン、ジョージ・ハームズ、ブルース・コナーは基本的にコラージュ作品や三次元のアサンブラージュ作品で知られる作家だった。ジェイ・デフェオはワリー・ヘドリックと同じく基本的には画家で、力強いモチーフを簡素に描く作品が多かったが、彼女もよく絵画と写真とさまざまな素材を組み合わせたコラージュの実験をしていた。コラージュは、古いものの痕跡を消すことなく新しいものをつくる。打ち捨てられたものから、その出自を消し去ることなく新たなものをつくり出す。天地創造の初日の神や、画家や小説家のように無から何かをつくり出すことではなく、すでにイメージやアイデアや、残置された人工物や廃墟や瓦礫であふれ返っている世界で何か別のものをつくり出す、その意味での創造によって生み出されるものだ。

そしてコラージュは文字通りの意味で境界の芸術だ。あるものが別のものと対峙し、あるいは互いに混ざりあうときに起こること。それは異なるものの結合から立ち上がる対話であり、差異が新たな全体を導き出す過程でもある。彼らのような芸術家には貧者の芸術でもあった。身の回りの黒人居住区で取り壊されるヴィクトリア朝時代の住宅から拾ってきたもの、リサイクル店のがらくた、雑誌の切り抜き、そんなものが素材だった。コナーに至っては、カメラを買う金がなかったために初めての映画作品をファウンド・フッテージで制作し、その後は何かを別の文脈に置きなおすという手続きを自分の手法とするようになった。ファウンド・フッテージを新たに撮影した映像と組み合わせた彼の作品は、その独創的な編集のリズムがさまざまな影響の源となった。

自分がよく知っている場所の、自分がやってくるより少し前の姿を少しずつ明らかにしてゆくこと。その過程はアイデアとパターンの発見に満ちた至福の時間だった。それだけのスケールを扱ったのが初めてだったせいもあるかも知れない。自分の街や地域の過去を知ってゆくことは、私が通り過ぎたさまざまな場所に、いくつもの新しい意味の層が重なってゆくことを意味していた。私は、ちょうどその中に自分が誕生する頃までの世界について書いていた。それは、その世界の中で先に進むための礎を築く作業だった。私が書いていたある文化の歴史が、自分の世界にそれまで知ることのなかった重要さと可能性を与えてくれたのだった。そして私は一つの主題のエキスパートになっていった。それもまたいろいろな報いのあることだった。

難破船へ潜る

Diving into the Wreck

1

本を書いているときにインタビューした相手の中には、私を追っかけか何かだと思っているストレートの男性が何人もいた。その手の誤解を解く方法の一つは、彼らの界隈についてこちらが深い知識をもっていると示すことだった。つまり、私の情熱はあなたに会うことではなく一九五七年の歴史の再構築に向けられている、そして粗方のピースはそろっているのだがあなたにも二、三のことを確認しておきたいのだ、ということをはっきり言うのだ。なかには同じソファに座るように誘ってくるので、テープレコーダーを小さな壁のように彼と私の間に置いたこともあった。おふざけができると勘違いして鼻の下をのばす男もいた。ブルース・コナーには長い間セクハラで悩まされていて、私は夫妻をブルース叔父さん、ジーン叔母さんと呼び、歳の差その他をあえて強調して何とかやり過ごしていた。興奮した芸術家がそんな風に振る舞う理由はよく分かる気がした。つまり若い女など取るに足らない存在であり、何をしてもその場かぎりで記録には残らないという感覚だ。人生と業績を書き残そうとしている当の相手からそんな認識を突きつけられるのは頭の痛いことだった。

調べ物の一環として何本かの短編映画をパシフィック・フィルム・アーカイブとキャニオン・シネマで有償で観せてもらっていたのだが、一本だけ、当時よく言及されているけれどまだ観ていないものがあった。芸術作品というものは、誰かの言及とか証言だけを聞いていると実際に観る前に自分の中で勝手に大きく育ってしまうことがある。『ひな菊を摘め』は私の中で明るい解放感に満ちた映画になっていたのだが、実際に観るとその印象は萎んでしまった。これは画家アルフレッド・レスリーと写真家ロバート・フランクが共同監督して、ジャック・ケルアックがボイスオーバーを入れた映画である。

映画は女がカーテンをあけ、脱ぎ散らかされた夫の衣類を拾う場面で幕をあける。「世界のどこかの朝の風景。起き出した妻が窓を開ける。彼女は画家で、夫は鉄道員で……」。彼女は名前を与えられることもなく、絵を描くこともなく、ただ妻として存在している。そして子どもに朝食をつくり、学校へ送り出し、家事を片付ける。彼女が体現するのは男が避けたり逃れたりすること、見下している物事のすべてだ。コートを着こんだアレン・ギンズバーグとグレゴリー・コーソとギンズバーグの恋人ピーター・オロフスキーが押し掛けてきて酒盛りを始めたときには、もはや彼女はそこに存在すらしていないように見える。酒と煙草を手に入れ替わり立ち替わり現れる男はみな、魅力的だと思い込んでいる自分たちの姿に酔っている。ギンズバーグは子犬のように床をころげ回り、誰かがテディベアを抱くようにワインのビンを抱きしめ、ケルアックの声が「カウボーイをやるぞ」と言うと、それぞれが自分なりのカウボーイを演じ始める。

映画の中心となるのは、日が暮れた後、妻に招かれていた聖職者が自分の妻と母を連れてやってきてからの出来事だ。聖職者は鮮かな純白のスーツを着た若い男で、何の宗教なのかは最後までよく分からないものの、どうやらあらゆる正統的なものを体現する役割を与えられている。詩人たちは狼藉もまた自分たちの解放の証だと自任しているので、聖職者に対しても当然のように慎しみがない。一方で、そんな聖職者の昔気質の母親は画家のアリス・ニールが演じている。肖像とヌードを中心とする彼女の作品は一九三〇年代にすでに恐れを知らぬ独創性とラディカルさがあった。そして、鉄道員の勤勉で口うるさい妻を演じているのは目をひく美貌のデルフィーヌ・セイリグである。彼女は後に銀幕のスターとなり、フランスを代表するフェミニズムの顔となる。

つまりこの映画ではひとりは最盛期の、もうひとりは駆け出しの、二人の才能ある女性芸術家が見栄えのしない無名の添え物を、文字通りに誰かの「妻」と誰かの「母」を演じているのだ（画家のラリー・リヴァーズの演じる鉄道員の「マイロ」という名は何度も言及される）。ビート詩人たちは本名で呼ばれているのだが、彼らがニールの弾くオルガンをジャズ演奏でさえぎるシーンがある。そこで私たちはニールは旧態依然のものを、詩人たちは即興とクールさを体現しているということを理解することになる。そして、中座した聖職者の一行以外の男たちはみな夜遊びへ出かけて、妻は洗いものと子どもとともに家に残される。この映画は解放を讃える作品として語られてきたのだが、そう読み取ることができるのは自分が登場する女のひとりではなく、詩人のひとりだと思い込む場合だけだ。自分がその中の女のひとりだと思えば、ただ自分は何者でもないと言われているだけなのだ。男をかどわかすあばずれだということ以外には。

　黙って洗いものをしていろ、と命じる芸術に取り囲まれて、いったいどうすれば自分の芸術をつくり出すことができるのか？　個人的悪意にせよそういう風潮があるにせよ、その恩恵から自分や自分のような人びとが排除されているときに文化的英雄をどう扱ったらいいのだろうか？　ビート族、あるいは正典化された彼らの投げかける影は私たちの世代を広く覆っていた。若い頃はケルアックになりたい男があちらこちらにいた。彼らにとっては自由の追求こそが務めであり、自由とは義務とコミットメントからの解放であり、芸術においては「意識の流れ」的な即興性、構成や計画からの解放を意味していた。そんな男は実にたくさんいた。私が一九八八年に初めてネヴァダ反核運動に参加したとき一緒に行ったハンサムな優男もそのひとりだし、その何年か前に大学で知り合った貧乏で横柄な男もそうだった。私とゲイのルームメイトはその男と喧嘩する破目になった――冷蔵庫の中身を食い尽くした上に、私たちの悪態を書き連ねた日記を開け放しにしてあったので。

　ケルアックの散文のスタイルには好きなところもあったが、ビートの代名詞となった三人の男のジェンダー・ポリティクスはそうではなかった。ティーンエージャーの頃手に取ったケルアックの『路上』はそのせいで駄目だった。主人公が「素敵なメキシコ娘」のテリーと出会うあたりまで辿りつくのがやっとだった。ケルアック自身を多少脚色したと思われる主人公は、やがて彼女を「単純でちっぽけな心」をもった「阿呆なメキシコの小娘」と呼び、後に残して去ってしまう。先の映画と同じように、女はその場を動かず、男は巡礼者や英雄として世界をさまよう。つまり彼はオデュッセウスであり、彼女はペネロペなのだ——ホメロスは、家に留まった女が言い寄る男たちに苦労する様にも目を向けてはいたが。自分は主人公のように身軽にはなれないだろう、私はむしろ置き去りにされるカリフォルニアの農場のラテン娘の方だ、そんな気がして半分くらい読んだところで本を閉じた。この小説は私みたいな者を置き去りにして続くだろう、ならば私もまたそんな物語とは無関係に先へ進むのだ、と。

　ビートを研究のテーマにする前にも、もっと強烈に自分が無化されるような感覚を覚えたことがあった。ギンズバークのとある写真展のオープニングでのことだ。壁には言葉が書き込まれた数十点のモノクロ写真がかかっていて、いろいろな場所で撮られたギンズバーグの男の友人たちが写っていた。彼らは世界が自分のものといわんばかりに冒険や饗宴を繰り広げていた。そして、一枚か二枚だけ、ピーター・オロフスキーの精神を病んだ母と妹がベッドに腰かけているようすの、寄る辺も希望もない、悲しみに満ちた写真があった。記憶のかぎりでは、展示された中で女性の姿は彼女たちだけだった。『路上』や

『ひな菊を摘め』と同じように、自由と移動できることがイコールで結ばれる場の中で、彼女たちはやはり移動を奪われた存在なのだった。

私は静かに激怒していた。当時はフェミニズムの思想をはっきりとは知らず、まとまりのない憤りと反抗の感情をぐるぐるとめぐらせるだけではあった。展覧会をどうにかしてやりたいという強烈な思いに駆られた。大声で叫びたかった。どうせ女はいないも同然なのだから、私が叫んでも展覧会の邪魔にはならないでしょう、私も存在しないのだから私の叫び声も存在しないし何の問題もないでしょう、と。私はそのとき、その部屋で、無きものにされることへの怒りをはっきりと感じていた。それは、その時点までは正体の分からないぼんやりした不安でしかなかった。しかしそこで声を上げはしなかった。厄介で、クレイジーで、怒りっぽくて、出しゃばりで場をわきまえない、そんな女のイメージに貢献しても何にもならないのだ。

新味のある現象は革命的に見えるものだが、その新しさは単に他のものより目立っているだけでやるせないほどに変わりばえのしないものだった、ということもある。ビートの代表といわれる男たちはクィアやバイセクシャルとしての生き方を開拓し、ドラッグや非西洋の精神世界や各種の哲学を通じた意識の実験を模索していた。それは黒人ミュージシャンがジャズで行なっていた偉大な実験と同じものを白人の文学で探究する試みだった。ヨーロッパの亜種ではなく、真にその時代と場所のものといえるような、即興的な、アメリカのヴァナキュラーでポップな文化をつくり出そうとしていたということだ。

　そして彼らの多くは女を蔑んでいた。この点でいえば彼らはまったくその時代の、つまり一九五〇年のアメリカ的女性嫌悪の申し子だったといえる。当時の主流の大御所作家たちは数年前から「ミッドセンチュリー・ミソジニスト」とも呼ばれているほどだ。改めて『ひな菊を摘め』を観ると、一九六〇年にレスリー・フィードラーが書いた『アメリカ小説における愛と死』が思い出される。彼の解釈によればアメリカ的カノンとは男性の文学である。そして彼は俎上に上げたほとんどの男性作家をこきおろしてゆく一方で、女性についてはそもそも俎上に上げないという貶め方をしているのである。彼は『ハックルベリー・フィン』と『白鯨』、そしてジェームズ・フェニモア・クーパーのフロンティア小説の一部に通底する主題は、白人男性と非白人男性の間に生まれる愛情だと指摘している。そしてこれらの作品が舞台とするアメリカの広大な空間では、男が自由にさまよい生きる一方、女が不在なのだ、と。「私たちは少年文学というものは慎みがあり、無垢で、男同士の純粋な愛を至上の内面的経験として描いていると期待するものだが、まさにその通りだ」。ビートはそれほど無垢ではなかったが、少年的であることについては負けず劣らずであった。

　それらの作品に出てくる女性について彼はこう続ける。「彼女たちは死によってのみ、男たちの抱擁のような無垢な抱擁に加わることができる。つまり死んだ女だけが善き女なのだ!」私はあの日は叫ばなかったが、二十代の初めの二月のある晩に、ビートの三大作家のうちの別のひとりを相手に復讐を遂げることにはなった。ちょうど書いたものが活字になり始めた頃なので、一九八四年の初めだったと思う。小さな音楽雑誌で私を担当していた編集者の女性から、サバイバル・リサーチ・ラボがウィリアム・バロウズの誕生日パーティーを開いていると聞いた。彼らはパンクの男性三人組で、ディストピア的で恐ろしげな機械をつくり、それがライブ会場を動き回ったり炎を上げたり爆発したり、というパフォーマンスを行なっているグループだった。そして(本当だったかは分からないが)バロウズとコラボレーションするためにある著名な女性芸術家が髪を切って性別不詳な格好になっているということだった。さらに当時のパンク・パーティーのほとんどはそうだったが参加する全員が暗色のジーンズとレザージャケットというタフガイ風の出で立ちをしていて、女性は自分の性別を出さないようにして、みんな不安げで居心地悪そうにしているということだった。

その春に『ニューヨーク・レビュー・オブ・ブックス』で発表されたリュック・サンテによる辛辣なバロウズ評は印象的だった。サンテはあるインタビューでのバロウズの発言を引いていた。バロウズ曰く「コンラッドの『勝利』に登場する著名な女嫌いのひとりジョーンズ氏の平明な言葉を借りるならば「女はまったくの災いである」。私は、女は根本的な間違いで、この二元論的世界はすべてこの間違いに由来すると思っている」。サンテによれば、「バロウズは女を西洋文化のもっとも抑圧的な側面と結びつけている。そして彼は性的に女を必要としない。導かれる結論は女は余計な邪魔者にしかならないということだ。生殖という厄介な問題が解決された暁には、女はお払い箱にされるのだろう」。バロウズには、一九五一年九月六日に妻のジョーン・ヴォルマーを射殺したという事件もあった。「ウィリアム・テルごっこをするために」頭の上にグラスをのせるよう妻に命じた経緯にはいくつかの異なる証言があるが、いずれにせよバロウズが彼女に銃を向け、額を撃ち抜いて殺したのは事実だ。

　二十代の頃よく一緒にいた男のひとり、ボーイフレンドの弟の親友がバロウズに傾倒していた。当時バロウズはパンク・カルチャーのゴッドファーザーのひとりとされていて、周囲にはこの老作家の崇拝者がたくさんいたが、彼はその中で最右翼だった。この若者はゲイで、テキサスの実家から縁を切られ、生きる道を模索していたミュージシャンだった。才能はあったがドラッグがもたらす錯乱が芸術の天才へ至る道だという考えを信奉していた。錯乱というアイデアはその一世紀前のアルチュール・ランボー以来、カウンターカルチャーの一つのクリシェになっていた。自分がイカれることで創造性が開花するという考え方だ。つまり抑圧の向こうに何かの才覚が隠れていて、それをひっぱり出しさえすれば、計画や修行や枠組みがなくても何とかなるという発想である。

　私の周りにいた若者たちの一部にとって、バロウズはそういったすべてをまるごと体現する存在だった。バロウズは長い間ドラッグを濫用していたが、それは寛大な家族と、明らかに強靭な本人の体質あってのことだ。知人の若者はどちらも欠いていた。ある晩、幻覚を見ながら紙やレコードのカバーに描くつもりでマジックを振り回し、私のアパートの床に何かをなぐり描きしていた彼の姿が懐しく思い出される。そして覚醒剤中毒が進行して、汚れ放題のジーンズをはき、マーケット・ストリートを裸足でうろつくホームレスになり、私のことも分からなくなった彼の姿が悲しみとともに思い出される。少しの間、親切な年長の男がケアをしていたが、やがてゴールデンゲート橋から飛び降りたと聞いた。優しくて才能にあふれた若い魂を殺したもの、それはいくつもあったが、当時流行していたある種の神話もまたその一つだった。

　編集者と私はシフォンドレスに身を包み、高速道路の高架下の産業用地にあったサバイバル・リサーチ・ラボのパーティー会場へ向かった。編集者は長いブロンドの髪をした体格のよい女性で、着ているのは胸元をたっぷりあけた、流れるような綺麗な服だった。私が着ていたのは、当時死んだバレリーナみたいだと思っていたものだ。おそらくもともとは子ども用のドレスで、どこかの地下室で何年もかけて朽ち果てた後に古着屋にやってきたのを見つけたのだ。小さな身頃には黄ばんだレース飾りがついていて、肩ひものないタイプだったが、私は破れかけのレースで肩ひもらしきものをこしらえて着ていた。ふくらはぎまでのスカートは、花びらのようなぼろぼろの薄手の生地が何箇所かでぶら下がっているような代物だった。

　服を着るとその服に恥じない行動をしようと思うものだ。お祭りのような格好をすると気分も陽気になる。彼女と私は大声で笑い、二人でふざけあった。体を揺らし、腕を振り回し、香水の香りを撒き散らし、真っ赤なリップで満面の笑みを浮かべ、厚いシャドーを塗った目で周りを眺めていた。周りの人は仏頂面で、石になったように突っ立っていた。バロウズの付き人が写真を撮っていて、招待客といっしょに私たちを撮影したがっていた。しつこく呼ばれたので、二人でバロウズの両脇へ入り込んだ。すでに衰えて小さく見えていたバロウズが、その一瞬ぎょっとしたような顔で身を縮めたのが分かった。以来、私はそれが二本のソルトシェイカーに挟まれたナメクジみたいだったと語ってきた。大いに溜飲を下げる出来事だった。そして、その件はそれきりにした。

2

　書くことはアートだが出版はビジネスである。最初の本を皮切りに、私は大小の出版社と冒険の旅に出ることになった。書くことは、一人でアイデアと資料と言葉をもって部屋に籠もればたいていはなんとかなった。一方、出版は組織とのやりとりであり、相手にはこちらより人数や力があって、味方として協力してくれることもあれば、敵対せざるを得ないこともあった。

少し前の冬のある晩、友だちのティナと『ペンタゴン・ペーパーズ／最高機密文書』を観にサンフランシスコの西の小さな映画館に行った。空は暗くて風が強く、すべてがどこか夢のような場所だった。映画は二つの絡み合うストーリーを描いていた。一つはペンタゴン・ペーパーズ、つまりダニエル・エルスバーグがリークした、ベトナム戦争の大義を揺るがす資料の公表に至るまでのワシントン・ポスト紙の決断の過程、もう一つは、夫の死によって同紙の発行人となったキャサリン・グラハムが、ビジネスでも人生でも自ら手綱を握り、見下してくる男たちを退け、自信のなさを克服して世界を変える決断をする力と覚悟を得る過程だ。

ポップコーン、一九二〇年代の映画館のインテリア、そしてスクリーン上のグラハム夫人のファッションと輪転機の躍動を堪能して、ドライブを楽しみ、さわやかな夜風を味わった。映画館から夜の闇へ出てきたとき、私はふと、本を出すために難儀していた時代の話を始めていた。久しぶりに、駆け出しの頃に本を出すためにあれこれ苦労したことを思い出していた。そして、いろいろな男がしつこく私の出版の邪魔をしたことも思い出した。彼らの妨害を乗り越えられた点で私はラッキーだったが、そうではなかった人もいたことだろう。出版業界がいかに白人偏重の世界だったかも、今ではよく分かる。私には性別のせいで閉ざされる扉があり、一方で人種ゆえに開けられたままの扉もあったのだ。

苦労の中にはもはやおかしな出来事もあった。第一作を担当した編集者は原稿のあちこちを書き換えてしまった。フランスの芸術家ニキ・ド・サンファルがニキ・ド・サンポールになり、象徴《アイコニック》が皮肉《アイロニック》にされ、一九五七年が一九六七年に変わった。不可解な仕事ぶりに文句を言うと、活字になって誤りが増えることにむしろ私が寛大になるべきだという対応が返ってきた。別の編集者は、この本には結論がないと文句をつけてきた。当人が最終章の原稿を紛失していたのだが、自分のミスとは想像しなかったらしいのだ。この本を世に出すには一年ほど余計にかかってしまった。この種のおかしな横槍に対して、自分の言い分を主張して、効果的に対処するだけの能力や経験が私に足らなかったからだ。

そしてあの版元の顔であるローレンス・ファーリンゲティのことだ。シティライツ・ブックセラーズ＆パブリッシャーズと出版契約をしたのはもう三十年前になる。その頃は書店の最上階の編集部によく顔を出していて、その後も書店の客やスタッフの友人として、あるいはいち読者としてイベントに幾度となく足を運んだ。その数十年間、ローレンス・ファーリンゲティはいつも近くにいたのだが、言葉を交わすことは一度もなかった。普通は声をかけそうな状況でもそうだった。そうしないのか、それともできないのかは分からないままだった。彼の頭の中にはベン図のようなものがあって、シティライツの作家や歴史家とブロンドの若い女は重なる部分がないのだろうという気もした。つまり私は端から存在しないカテゴリーの人間なのか、と。

シティライツと仕事を始めて二年以上経った頃、ファーリンゲティとシティライツの編集部長が私が手伝っていた出版イベントに顔を見せたことがあった。友人のブラッド・エリクソンが出した政治運動のハンドブックのイベントだった。その一週間後、ブラッドと私がシティライツで話をしていると、あの有名な入り口脇のせまい階段室からファーリンゲティが下りてきて、私たちと目があった。私たちのひとりは一度だけ顔をあわせた相手で、もうひとりは自社が版元になり、何年かの間、何十回とすれ違ってきた相手だ。だが彼の口から出た言葉は「やあ、ブラッド」だった。特に仲良しになる気はなかったが、版元なら挨拶の一つくらい交わしてもよいものだ。振り返ってみると、この件があったからこそ、以前のギンズバーグの写真展でのこと、つまり自分が無化されることに大声で抗議したくなったのはゆえなきことではないと確信できた。

あまり笑えない話もある。冬空の下でティナと話をしながら久方ぶりに脳裏によみがえったのは、私の第一作をまるごと葬ろうとした権力ある高齢の男、『アートフォーラム』誌の創刊者のひとりジョン・コプランズのことだ。一九六二年にサンフランシスコで創刊されたこの雑誌は、アメリカのメジャーな芸術誌の中ではもっともエッジが効いたものだった。彼はこの雑誌でベイエリアの芸術家について書いていて、一九八〇年代には本人が写真家としてそれなりの成功をおさめていた。被写体は自身のヌードで、老いて弛んだ毛深い裸体を岩の塊のようにフレームいっぱいに写したものだ。

一九九一年に私の本が出ると、コプランズは弁護士を通して私が名誉毀損をしているという手紙をシティライツに送ってきた。私の本の主な登場人物六人の中にワリー・ヘドリックがいる。ヘドリックは一九五三年以降、アメリカ国旗をテーマにした絵画を制作していた（ベトナム戦争へのプロテストとして黒く塗られた旗が多い）。少し後にニューヨークの画家ジャスパー・ジョーンズが有名な国旗のシリーズを描き始めたことを考えると、マイナーではあれ、アメリカ美術のランドマークとなりえた作品群ではあったが、すべて本人が破棄したり散逸したりして失われてしまった。そのヘドリックの作品の一枚について、私は本の中でこう書いていた。「（ヘドリックによれば）この作品は一九六三年の作品調査の際に美術批評家のジョン・コプランズが借り出し、返却されなかった。彼は購入を検討している女性に渡すよう要求したが、この作品はその後確認されていない」。

コプランズはこれが泥棒のような印象を与えるだけでなく、そもそもヘドリックに会ったこともないと主張した。弁護士の手紙には、この本の在庫をすべて破棄すればそれ以上の措置に訴えることはない、と書かれていたと思う。何年もかけた仕事を平気で葬り去ろうとするその我欲と、やっと最初の本が出たタイミングでの出来事にびっくりしたものだ。私の見たところ手紙を受け取った編集者は私が間違っている可能性が高いと思ったらしく、助けにはならなかった。その頃は人とのやりとりにおいても、歴史の扱いについても、能力や信用が認められていると感じることは稀だった。

今も私には自分の主張を裏付ける証拠をかき集める習性がある。当時の自分の行動も同じだった。SFMOMAのライブラリへ行き、当時の二人の対談や、二人が関わった仕事について発表されている資料をかき集め、山のようなコピーをとった。編集者がそれを弁護士へ送ったはずだ。私の本は処分を免れたものの、ほとんど沈黙をもって迎えられ、今では絶版になっている。二本あった書評記事のうち、一本は著者を詩人で批評家のビル・バークソンに取り違えていた。これは彼が序文を寄せてくれていたからだ。その厚意あふれる序文の冒頭には「誰にも見られることなく苦しむのはよくある悲劇である」というミナ・ロイの引用があった。

二〇〇八年の私のエッセイ「説教したがる男たち」に、「信じてもらうということは、基本的なサバイバル・ツールだ」と書いた。ある意味で信じてもらうことは私の仕事そのもので、少なくともあらゆるノンフィクション作家に必要なものの一つだ。私はまずそれを勝ち取る必要があった。つまり、私生活でも仕事でも、物事をまともに認識する能力があることを人に納得してもらわなければならなかった。そんな経験のたびに自己不信感も植えつけられるので、戦う相手は他人だけではなかった。

ある日の天気が気候変動のせいだと主張することは難しくても、天気の傾向に気候変動が影響していることははっきりしている。差別についても同じことがいえる。つまり誰かの抱くあなたの属するカテゴリーへの偏見がその出来事の原因だとはいえないとしても、それを集めてみればパターンがある。今振り返って考えると、仮に自分の暮らす文化や環境が、肌身で感じる身の危険や女性への暴力と無縁で、かつて見上げるようだった大作家たちの侮蔑の眼差しに晒されることもなかったとしたら、自分が受けた仕打ちは互いに関係のない不運が連続しただけと思えていたかも知れない。

私の第二作は第一作とは全然違う本で、こちらは出だしから幸先がよかった。一九九一年のある月曜日にシエラクラブ・ブックスへ企画を送ると火曜日に編集者から電話がきて、水曜日に打合せをした。ほどなく契約を交わした。ぼろぼろに使い古したダットサンB210を売り、アドバンスの一万二千ドルの一部で中古のシボレーS10を買った。キャンパーシェルのついたピックアップトラックを買ったのは西部を旅しながら調査を続けるためだった。その『知られざる展覧会』を書いている間に私の人生は変わった。第一作が私の直前の世代、つまり比較的最近の地域の歴史を理解するベースになったとすると、第二作はアメリカの西部について、神話や争いや知られざること、驚くべきもの、犯罪者やヒロインたちをもっと広く深く掘り下げるものだった。

第二作『野蛮な夢　アメリカ西部の隠れた闘いへの旅』は、不可視がもたらす残酷さについて書いたものだった。前半ではネヴァダ核実験場を舞台にした闘争を中心に扱った。核戦争という未来に起こるかも知れない悲劇と考えられていた戦争が、一九五一年から一九九一年にかけては毎月一発の核兵器の爆発という形で現実化され、累計で千発を超える核爆発が風下地域の環境や人びとに悲惨な影響をもたらしているという話だ。後半の主題はヨセミテ国立公園で、そこでは遠い昔の悪しき出来事と思われているインディアン戦争が、先住民への別種の加害という形で今も継続していることを扱った。彼らは広く信じられていたように姿を消したわけでも消滅したわけでもなく、〝道の果てに辿りついた〟わけでも、〝夕焼けに向けて旅立った〟わけでも、〝最後のひとり〟になったわけでもなかった。先住民は標識や博物館の展示や土地の管理運用において常に不可視の存在として表象され、あるいは表象されずにいた。そして環境団体や芸術家は、ヨセミテを白人が最近発見した無人の原自然としてただ訪問者のみが存在するかのように表現してきた。

　そこで論じたのは未来の闘いと過去の闘いが現在に重なっているということだ。そして戦争、西部、自然、文化、先住民といったものに私たちが抱いているイメージゆえに、それがほとんど気づかれないままになっているということ。私が影響を受けていたのは、そうしたものへの視線に起こりつつあった根本的な変化だった。先住民の人びとは自分たちが消えてしまったわけではなく、自分たちの権利を放棄したわけでもなく、自分たちの歴史を忘却したわけでもないと声を上げようとしていた。そしてこの土地には歴史が、自然と離反も敵対もしない文化の歴史があるのだ、と。これは象徴的抹消（大衆文化、芸術、あるいはその歴史や信仰の体系から特定のジェンダー、民族、指向などの集団が除かれていること）からの回復であり、私のような先住民ではない者にとっては物事の見方がひっくり返るような告発だった。そして当時の支配的な枠組みとなっていた自然／文化という截然とした二項対立を解体するものでもあった。

編集者は執筆を後押ししてくれたものの、一九九三年に脱稿すると原稿はピアレビューのために西部史の著作のある二人の男性に送付された。そのうちエヴァン・S・コネルはジョージ・アームストロング・カスターとリトル・ビッグホーンの戦いについて独特の史観を提示していたのでポジティブな反応をくれそうな気がしていたが、私の本は一貫性がなく異論の余地ありと評価したようだった。がっかりはしたがまともな意見ではあった。もうひとりの国立公園について著作のある人物は私のヨセミテ論に憤激し、私が文化的盲点と論じたものは偏向した陰謀論だとして、その存在自体を否定してきた。私が本のエピグラフに掲げていたのはジェームズ・ボールドウィンの鮮やかな一文「無垢こそが罪をなす」であった。つまり暴虐の背後にあるのは狡猾さではなく、意図的であれどうであれ忘却だということである。この男性は憤りに満ちた長大な手紙をよこし、あれこれ非難する中で私が「知的に不誠実」であり「隠れた意図がある」と糾弾していた。そして「自分の見解は何人かの信頼に足る同僚にも送らせていただきました。その中にはヨセミテの公園管理者もおります」とあった。

返答として、私は何の意図も隠していないと述べた上で、以下のように書き送った。

「本日、私のかつての指導教官ベン・バグディキアンにこの件で相談をしたところ、貴殿のやり方は間違っていると批難しておりました。バグディキアンはワシントン・ポスト紙のオンブズマンを務め現在はUCバークレーのジャーナリズム大学院教授として教壇に立つ、ジャーナリズム倫理については国を代表する権威です。彼によれば、アカデミアにおいては公表前の論文をレビューのために回覧することはありますが、本件の場合は状況が異なります。拙著に対する貴殿の批判は公平な立場の専門家ではなく利害関係者、しかも政府官僚に送付されている。これは社会的・政治的論点に触れるジャーナリズムの独立性を脅かす前代未聞の暴挙であり、このような行為は出版者に対する圧力を生じる恐れがある、とのことです」。公開情報を突き付けるのと同じで、有力な男性を味方につけることも対立の中で自分の信用のなさ、もしくは信用がないという疑念を補う方法だった。その上で編集者には、この読み手は私の解釈のみに非があると憤っていて、事実関係の誤りは何も指摘していないことを確認した。

　信じてもらうことは基本的なサバイバルツールである。本は通常の編集プロセスを経て一九九四年の秋に刊行された。核実験とその反対運動を扱っていたこと、および反核運動に参加していた私の弟の協力などの事情から、アメリカ西部の各地でトークイベントを開くことになった。弟は人脈を駆使して大学やラジオ局や集会でのトークをセッティングしながら、私と一緒にシボレーのピックアップで七千マイルの旅をした。その間の宿はずっと（主には弟の）友人や知人の世話になった。ダラスのイベントのホストが、サンフランシスコからどの道でお越しになられましたか、と訊いたときには胸を張って「シアトル経由です」と応じたものだった。

シエラクラブ・ブックスでは広報担当者がついた。背の高いブロンド男で、一緒に仕事をするにつれ奇妙に思えてくる人物だった。旅に出たので電話では連絡できなくなったが、その後メールが届き、私が西部を回るのにあわせて各地の書店でイベントを手配をしたという日取りを送ってきた。出版社に彼のことで文句をいっても反応がなく、また考えすぎの世迷い言だと思われているのだろうかと思っていた。出発した後で気がかりになり、公衆電話から彼が手配したはずの最初の書店へ電話をかけた。すると、そんな連絡はないとのことだった。私はさらに何本も電話をかけてみた。

彼の話は出鱈目で、手配したというイベントは一つも存在しなかった。ラジオでインタビューされたときも、前もって送るように彼に頼んでいた本が届いていなかったので訊く側が何を話せばいいか困っていた。経緯はどうであれ、彼は私の本を葬り去る判断をしたのだ。それがなければこの本はもう少しは人目に触れていた気もしたし、彼の行状を知っていれば私たちの旅の空白とか無駄ももう少し埋め合わせることができたはずだった。『野蛮な夢』は重要な本だと思っていた。少なくとも、新しい角度から重要で喫緊の課題に触れるものだとは思っていた（ちなみにタイトルはジェームズ・サヴェッジというカリスマ的人物からとっている。彼はゴールドラッシュの利潤のためにヨセミテ地域でジェノサイド的な戦争を始めた人物である）。

もし広報担当への不信を口に出したときに耳を傾けてくれる人がいれば、彼の悪意とか無能さはそんなに問題にならなかったかも知れない。出版に関わるようになった最初の頃は、私は歴史について書きながらも、日常のやりとりでさえ信用されていなかった。若い女がよく経験するように。人前で自作を朗読することはあっても、版元には話を聞いてもらえないのだ。ティナと映画を観に行ったあの晩、コプランズやその他のことをあれこれ話していて初めて分かったことがあった。すべて、品がよくて物理的な危害がないだけで、何年か前に路上で遭遇した私の存在を消し去ろうとする憤怒と同じもののように感じられるということだ。そこは私の場所ではなく、そこには私の声を聞く者などいない、すべてがそう私に告げているように思えた。

今思えば、こうしたすべてのことをソーシャルメディア以前、インターネットの到来より前に経験したのはラッキーだった。インターネットではそれぞれのジェンダーや人種に向けられる悪意があり、オンラインで結託した人びとが白人、男性、ストレート、シスジェンダーといったカテゴリーから外れる人間を黙らせて排除しようとせっせと働いている。標的となる人びとは、仮に沈黙は避けられたとしても声を上げる代償を支払い、不公正な障害を乗り越えるために余分な努力をしなければならない。誰かがソーシャルメディア上で私に対するヘイト・キャンペーンを立ち上げようとしているのを何度か見たことがある。何十年も本を出してきた後ではなく、私のキャリアの出発点でそんなことをされたらどうだっただろうか、無視したり乗り越えたりすることはもっと難しかったのではないだろうかと思ったこともある（私は私で、出版界で遭遇するおかしな男たちについて大っぴらに投稿して味方を集めたかも知れないけれど）。

私たちに届く声の多くは、困難や障害を生き延び、乗り越えてきた人びとのものだ。彼らにそれができたという事実は、困難や障害がそれほど深刻ではなかったとか、死なない程度の難関は自分を強くしてくれるとかいった解釈をされることが多い。だが誰もがそれを切り抜けられるわけではないのだ。殺されかかければ別のことに使えたはずのエネルギーを消耗するし、疲労や不安を強いられる。ノンフィクションを書き、出版するというプロセスは何事にも増して、自分が信用に値する人間で、何が真実か判断する力があると確信させてくれた。そして、時に自分のため、あるいは他の誰かのために立ち上がる力をくれた。

3

自分や女たちが害を受けた、犯人は男だった。女がそういうと、それは男への憎悪だと非難されることがある。あたかも、実際に起きたことよりも、どんな状況でも彼女が朗らかにしている方が大事だといわんばかりに。あるいは、すべての男が屑ではないという事実の方が、一部の屑が彼女に危害を加えた事実より重要だというように。女の言い分が、内容いかんではなく人となりや感じのよさで推量されることはよくある。二十代の頃、私の周りには二十一歳の誕生日から二十代の終わりまで一緒に過ごした素晴らしいボーイフレンドや、政治運動に誘ってくれた弟がいた。私の仕事は弟の運動と深く関わるようになり、弟はそれを支えてくれた。そしてゲイの男たちがいた。彼らは友人であり、私の街の巨大な文化的原動力であり、男性として生きる意味、そして人間として生きる意味の可能性を示してくれるモデルだった。

*

肺がんを患っていたジェイ・デフェオは、一九八九年末に亡くなるまで、毎日エド・ギルバートに電話をかけていた。後年エドがそう教えてくれた。

「エド、今日は何を着ているの？」彼女はいつもそう尋ねたそうだ。エドが、やわらかくて現実感のない彼女の声色を演じてくれたのをよく憶えている。その声は彼女の煙草の煙か、彼女の渦巻くような木炭画の光のように空中を漂っていた。エドはサンフランシスコを代表する画廊ギャラリー・ポール、今のギャラリー・アングリム・ギルバートのディレクターだった。エドがその日のコーディネイトを説明すると、彼女は「ありがとう、とっても気分がよくなった」といって電話を切る。彼女が徐々に衰えてゆく中で、二人はこのやりとりを幾度となく繰り返した。彼女はいつも楽しんでいるようだった。

　黄金色の肌をして髪を短く刈り込んだエドの目を引く立ち姿を見かけると、つやつやで強そうなオスカー像を思い出したものだ。彼のワードローブは膨大で、地元のデザイナーや有名ブランドから選りすぐりのヴィンテージまで、エレガントなアイテムが詰まっていた。お洒落で、ひねりが効いていて、時には豊穣なまでにカラフルで、靴も疎かにしなかった。お洒落をするのはたいてい自惚れとかセックスのための戦略と思われているけれど、見惚れるようなエドの装いを前にすると、ファッションはパブリックアートとか祝祭のような、周りの人間へのギフトになりうるという感慨を抱いたものだ。エドのようなワードローブは気の利いた会話とか批評みたいなものにもなる。

　人を見るのは人生の喜びの一つだ。身の回りにドラァグ・クイーンとか、〈シスターズ・オブ・パーペチュアル・インダルジェンス〉といったグループ（一九七〇年代の終わりにできたエイズ・アクティヴィスト集団で、パロディ的な友愛団体でもあった）がいたのは幸運だったと思う。そして「死者の日」とかハロウィンとかゲイ・プライドとか旧正月とか、その他もろもろのパレードやストリートパーティーが絶えない街で、あらゆる機会を把えて仮装をする人びとと暮らせたこと、パンクからローライダーやヒップホップまで、ファッションとボディランゲージで思い思いにジェンダーを変容させ、自己表現をするサブカルチャーの中で過ごせたことも幸運だった。群れをつくらない変わり者も、個性の強いはみ出し者も、当時は誰もが街に顔を見せていた。街は新しい自分を創り出す終わりのないカーニヴァルを続けていて、通りを歩けばいつでもパレードになりそうだった。パレードへ向けて頑張る人びとがいる一方で、街にはいつでも虹色に染めたモヒカン頭とか、ズタボロになった夜会服とか、その両方とか、眺めるものに事欠かなかった。

　エドの装いが死にゆくひとりの女にもたらしていた束の間の安らぎは、人のありのままの姿や振る舞い、つくり出すもの、着るものや発言が周りの人びとを助けることもあると私に教えてくれたものの一つだった。そしていちばん価値のある贈り物はたいてい遠回しで、手も触れられない、価値も分からないものなのだということ、人の生き方はそれだけで誰かへの贈り物になるということも。ゲイの男性たちの近くで生きることは私を自由にしてくれた。解放は人を巻き込んでゆくのだ。私は彼らから多くを学び、助けられ、心の底から自分自身を楽しむようになった。もちろん、ここに書いているのはすべてのゲイ男性のことではなくて、私が出会って喜びを感じたり、友人となったりした人びとのことだ。

三十年間、カストロ地区から歩いてすぐの場所に住んでいた。サンフランシスコに馴染む以前からカストロ・シアターへ映画を観に行っていた。まだシネコンに建て替えられていない、数少ない昔ながらの大きな映画館だ。その壮麗な洞窟のような暗がりで、何百本も映画を観た。いろいろな映画祭とか、西部劇やミュージカルの古典、毎年恒例のフィルムノワール特集、エイズのドキュメンタリー『あの頃、僕らは』、大量のタルコフスキーやアントニオーニを観た。ハーヴェイ・ミルクの伝記映画では自分のいる映画館がスクリーンに登場した。漏れてくる囁き声やため息、歓声、罵りや忍び笑いをここで聞いているうちに、同性愛の機微とか演出のわざとらしさが読み取れるようになった。昔の映画に残っている同性愛への嫌悪や、新作の出来の悪い点に気がつくようにもなった。暗がりで（ほとんどの人が）静かに座っている間に、ゲイの男たちは物事を注意深く見る方法や、称賛や批判の流儀や、ジョークにして分かち合うことを教えてくれた。

　自分の街の公共建築やスポーツチームを誇りに感じる人がいるのと同じように、私のようなストレートの人間の中には自分の街のゲイの人びとを誇りに思う人がいた気がする。たとえば、人びとはエイズが蔓延する前の時代の禁欲的とは言い難い公衆浴場の文化とか、クィアのレザーファッションを世俗の一部として進んで受け容れていた。洒落っ気がある人は、ドラァグ・クイーンと冗談を交わしたり、気ままで華やかなお祭りだったカストロ地区のハロウィンに溶け込んだりしていた（やがて祭りには学生や見物人が押し寄せるようになり、暴力沙汰が増えてしまうのだが）。よそでは見かけない出来事とか個性が開花する街を喜び、アメリカの「健全さ」の迫害を逃れた人びとを磁石のように引き寄せるかけがえのない場所だと思っていた。そして、街頭から生まれて、やがて議席に反映されてゆく政治運動のヴィジョンと勇気に胸を打たれていた。

　最初にゲイ男性の友人ができたのは十三歳のときだった。ほどなくして、彼に連れられて初めてポルク通りのドラァグ・クイーンのバーへ行った。かすかな記憶では、厚く白粉を塗ったクイーンたちが蝶のように陽気に立ち回り、小さなカフェテーブルを囲んで私の幼い肌をほめそやしてくれた。サンフランシスコにはセクシュアリティの地理があった。フォルサム通りにはレザー愛好家のシーンがあり、テンダロインにはトランス女性とドラァグ・クイーンたちがいた。ゲイの男たちはポルク通りにいたが、カストロ地区が新しい中心になるにつれて元の賑わいは消えていった。私が来る前の時代にはレズビアンのバーやクラブがノースビーチに集まっていて、やがて市内のそこかしこに広がり、同じように少しずつ消えていった。十代の終わりから二十代の初めに踊りに行った「スタッド」はレザー・バーだったが、そこはパンクスとゲイが入り混じる珍しい場所の一つだった（両方を兼ねている人もいた）。

　ジェンダーとは何かということは人それぞれが考えるもので、破れないルールはない。ルールを破ることには、代償はあるけれどお釣りが返ってくるくらいの価値もある。身の回りのゲイやレズビアンを見ているとそんな風に思うようになった。ストレート男性の中で私が遭遇する厄介事とか不満の原因は、もともとの性に備わっているのではなく役割に組み込まれているということをはっきりさせてくれたのは男たちだった。直接行動グループの〈クィア・ネーション〉が一九九〇年代の初めに街で貼っていたステッカーの言葉を借りるなら「ヘテロセクシュアリティの元凶を問え」ということだ。彼らは、与えられた役回りを拒否することがもつ、ラディカルな素晴らしさのモデルだった。彼らがあるべきとされる生き方を拒否できるのならば、私もまたそうできるのだ。

　アメリカ合衆国には（あるいは他の場所にも）社会が同質であることを自分たちの権利と思ったり、望んだり、あるいは要求する者がいる。彼らは共存は妥協であり自分たちへの脅威だという。彼らのように、自分たちが永遠にその国や文化の支配者と信じて、一様な社会に安らぎを見出し、不均質な社会を（たいていは想像上の、あるいは理念的な）危険と見なす人びとの目には何が見えているのだろうか。私は白人ではあった。ただし、リベラルなアイルランド系カトリックとロシア系ユダヤ人の子であり、育ったのは保守的で、時として反ユダヤ的な界隈だった。反知性的な町でひとり本の世界に没頭する子どもであり、男兄弟の中の唯一の女だった。私とまったく同じ境遇の人が大勢いるとは思わないし、それがどこかでマジョリティになっている気もしない。均質な環境にいると、いつも自分がはみ出し者に思えて、そのせいで罰せられるのではという気がしていた。雑多な人びとの中にいる方が安心できたし、得るものも多かった。そして白人が少数の界隈に暮らして、「私みたいな人びと」とは自分と同じものを愛しているとか、同じ理想を抱いている人のことだと思うようになった。

人が姿を消す方法はいくらでもある。ただし、そもそも姿を見せることが許されない者もいた。サンフランシスコ市会議員ハーヴェイ・ミルクの補佐で、その親しい友人でもあり、自分も政界で活躍したクリーヴ・ジョーンズは回顧録『私たちが立ち上がるとき』にこう書いていた。「私の世代は、同性愛の人びとが、自分と同じような心の持ち主がこの世に存在するか知ることなく育った最後の世代だった。それは端的に、決して口の端に上らないことだった……クィアは病気であり、違法であり、嫌悪すべきであり、捕まれば投獄か精神病院送りを免れなかった。逮捕された者はすべてを失った。仕事も、家族も、しばしば命さえも。あらゆる州や街で、警察の専門部隊が情け容赦なく私たちを追い立てていた……十二歳になる頃、自分は周到に生きねばならないと悟った。その唯一の方策は隠れて生きることだった。自分の秘密を決して明かさないこと、そして、もし露見したら命を断つこと」。

私が大人への道を歩んだ時代は、クィア・カルチャーが曲がり角を迎えた時代だった。私の知っていた男の多くは、友人や恋人を見つけ、この世界で（あるいはこの街で、そのいくつかの街角で）自分の居場所を探すために、大なり小なりクリーヴと同じような秘密と恥の旅をしなければならなかった。一方でここは政治的なテンションの高い場所でもあった。一九七〇年代には反同性愛的な法制への抗議運動があり、ミルクが保守派の元警官に暗殺され、「ホワイトナイト」暴動が起こり、過激さを増した〈アクト・アップ〉や〈クィア・ネーション〉の活動が九〇年代へ続いた。そしてエイズ危機の中心地であり、対策のために人びとが結束する現場でもあった。〈シスターズ・オブ・パーペチュアル・インダルジェンス〉によるセーフセックスの啓発活動があり、〈アクト・アップ〉や〈クィア・ネーション〉の運動があり、そしてクリーヴのメモリアル・キルトのプロジェクトがあった。このプロジェクトは盛り上がり、一九九六年に最後に完全な形で披露されたときにはワシントンのナショナル・モールを覆ってしまうほどのキルトができ上がった。

　私はカストロ地区を行き来するひとりの傍観者としてエイズ禍に立ち会っていた。あるとき、不意に地区の掲示板やゲイコミュニティの新聞で新しい奇妙な病気の報せを目にするようになった。やがて、よろめきながら道を歩く骸骨のような男が現れ、追悼の場ができ、抗議や行進が行なわれるようになった。私はその頃ひとりの男と親しくしていた。芸術家のデヴィッド・キャノン・ダシールだ。バリーという名の彼の長年のパートナーが試行中のエイズ治療薬で命を落とし、それから四年ほど後に彼自身も死ぬまでのことだ。私がレザージャケットを盗まれてしまったときに、デヴィッドがバリーの黒いライダースをくれたことがあった。私は長い間それを着ていた。あの頃、レザージャケットは私たちのユニフォームのようなものだった。

　デヴィッドはバリーの死に打ちのめされていた。ただしパートナーの生命保険の受取人になっていたため、欲しがっていたものがいろいろ手に入った。まず作品制作の時間ができた。そして手当たり次第にものを買った。アパートメントを買い、改装して家具を入れた。ジェローム、ネイランド・ブレーク、ラリ・ピットマンといった憧れのゲイの芸術家の作品を大量に買い集めた。彼は私には見えていなかったもの、つまり自分に残された時間の短さが見えていた。彼は家具調度にさえ辛辣なウィットを欠かさなかった。ダイニングテーブルのまわりに鉄製の車椅子が六脚並べられ、すべて深みのあるサテンのモアレ生地に張り替えられ、肘置きには房飾りが下がっていた。それは、きっと自分の自由を奪うであろう病への目配せだった。私たちはよくその車椅子に座ってアパート中を走り回り、笑いあった。

　彼の芸術は、既存の表象体系をクィア的に再解釈する知的なものだった。黒い円形の大きな紙にチョークで描いたタロットのシリーズがあり、その一枚を私はまだ持っている。頭上から見た男の姿が描かれていて、速描きのわずかな描線で男の筋肉が造形され、分厚い胸板に小さな棘のような乳首がある。デヴィッドはしなやかな長身で青白い肌をしていた。物腰がやわらかく、上品な茶目っ気があった。退廃と侵犯に愉しみを見出す人だった。エイズが発症した晩、彼が電話をかけた相手は私だった。私はフルーツジュースとスープと、いちばん馬鹿馬鹿しい映画をかきあつめて彼の艶やかなアパートへ駆けつけた。ヴィクトリア朝時代のアパートの張り出し窓に据えたベッドに横になって、キム・ノヴァクとウィリアム・ホールデンの『ピクニック』を観た。こういう映画は超がつくほどヘテロセクシュアルな御都合主義にあふれていて、あれこれ文句をつけながら観るのにうってつけだった。スープを飲み、映画を観ながら遅くまで起きていた。朝になると彼は医者へ行った。そのとき起きつつあることは私たち二人には言葉にできないことだった。けれどもいずれにせよそれは現実のものとなった。

　デヴィッドは再び恋に落ち、服でいっぱいのスーツケースと薬でいっぱいのスーツケースを手に、その相手とヨーロッパを旅行した。代表作となる大作を完成させたのは死の直前だった。ポンペイの秘儀荘の壁画をモチーフにした巨大なインスタレーションで、高さ八フィートのアクリル板に等身大の人物群像を描いたものだった。エドワード朝風のゲイの男たちがキスをしたり人肉を喰らったり体液を交換したりしている情景が白とラベンダー色で描かれていた。緑色の肌で描かれたＳＦめいたレズビアンたちもその禁忌とエロティシズムの宴に加わっていた。私は彼の出現と消失を同時に目にしていた。彼は野心的な芸術家として頭角を現しつつあった。そして一九九三年、四十歳の夏に彼は病によってこの世から失われた。

　サンフランシスコは人びとが身を寄せる場所ではあったが理想とはほど遠く、同性愛への嫌悪による暴力がいつも存在していた。ジェームズ・フィンという人物が、ゲイゆえに攻撃されることについて書く中でこう指摘している（ただし別の街のことで、そのときは腕自慢の夫に助けられたらしい）。「ホモフォビアの男がゲイの男に文句をつけるときは、決まって女になぞらえて酷い言葉を吐く」。同性愛嫌悪者の頭の中では、ゲイの男は女のようになることを選んだ男であり、それゆえに嫌悪される。女のようになることとは、女のように挿入される対象となることであり、それは征服され、侵され、辱めを受けることと見なされるのだ。これはストレートの女が男に服従する者と見なされることと同じである（同じ理屈で、男に服従しないノン・ストレートの女は彼らの神経を逆撫でする。彼らは繊細なのだ）。

　これが意味するのは、一部のヘテロの男は女とのセックスを懲罰や加害や敵対的な行為と把えて、自分の立場を高めて相手を貶めるものと考えているということだ（そしてこの件については、私の暮らす社会を始めとして、多くの社会に同じような認識がある）。対象が誰であれ、何であれ、それが他の男であれ、地位を保つのは挿入した側の男であり、挿入を許した男は男のステータスを失う、そういう文化があるのだ（そこではレイプ被害にあった男は、少年でも成人でも二重に苛酷な立場におかれる）。ある知人が、大学の友人だったウォール街のブローカーの息子の昔話を聞かせてくれたことがある。家族がアッパーイーストサイドの豪奢なアパートで夕食を楽しんでいるとブローカーが帰宅した。みなが押し黙っている中、彼は席に着くなりその日の株の取引きについて話し始めて、「あいつのカマを掘ってやった」とがなり立てたそうだ。競争相手に勝つのが性交と同じで、性交とは一方の当事者が行なう敵対的な懲罰であり、他方には屈辱ということだ。夕食の席で妻や子どもにする話としてはなかなか興味深いともいえる。

　同性愛嫌悪の背後には女性嫌悪が潜んでいる。そのとき男であるということは、女にならないために藻掻きつづけることを意味する。男が女にすること、あるいは誰であれ挿入する相手にすることが侵犯や掠奪と見なされるとき、潔癖な想像力には屈辱や堕落と、セクシュアリティやその象徴とが区別できなくなる。近年目にした無数の性的暴行の報告には、その目的とされる肉体的な充足とは無関係な加害が数多く含まれていた。それは愛の一変種としての戦争であり、男の身体を武器として、女の身体を標的と見なす一連のメタファーを上演し現実化するものだ。そしてクィアの身体は枠組みを拒絶し、峻別を攪乱するものとして憎悪される。

　みんなお互いに依りかかりながら存在している。誰もが傷つきやすく、穴だらけで、絶え間ない侵入を受け容れている。音の振動は内耳に達する。光は眼球や肌に触れる。呼吸で出入りする空気を止めることはできないし、食べ物や水も摂り入れている。何かが皮膚に触れれば感触は脳まで届く。空気や接触を介して、気づかないうちにフェロモンやバクテリアを交換している。匂いは吸い込まれた微粒子だ。腸内を始めとして夥しい微生物の恩恵を受けている私たちの体は、少なくとも群れか集団であって、それを自分と呼ぶのはほとんど誤りでさえある。本当に何の侵入をも許さずにいれば人は数分と経たずに死ぬだろう。想像するだけで息のつまるような重苦しさがある。

「私があなたの思っているような存在でないとすれば、あなたもまたあなたが思っているような人間ではない」。ジェームズ・ボールドウィンの有名な言葉だ。女とその役割の再定義は、男と男性性の再定義でもあった。そして逆も同じだ。仮にジェンダーが二極対立ではなく、人間性の中心を占めるもののなだらかなバリエーションだとすればどうだろうか。そして自分の役回りを引き受けたり、拒んだりする道がいくつもあったらどうだろう。別のジェンダーのものとされていた役割や美点や感受性を自由に引き受けたり、あるいは何か第三（あるいは何番目でも）の道を見つけることが許されること、それがジェンダーの解放だとすれば、そのとき牢獄は打ち破られて誰もが自由になるのではないだろうか。

　ヘテロセクシュアルな男性性には大きな断念や拒絶が含まれていると感じることがある。男らしくないとされることを拒むだけではなく、気に留めることさえ避けていることが数多くあるように思えるのだ。知人のゲイの男たちの多くは感情の綾や美的感覚に関わること、あるいは物事の政治性に鋭い感覚をもっていて、それが会話の楽しみの一つだった。ほんの些細な物事の機微に触れて、そのかすかなニュアンスや重みを感じ取ることができるのだ。

彼らは言葉を交わすことが祝祭にも、娯楽にも、治療にもなることを知っていた。からかったり、いちゃついたり、法螺を吹いたりすること、あるいはユーモアや毒舌や馬鹿話もすべて楽しむ価値があるということ、会話は多くのストレートの男が考えるようなただの命令とか情報のやりとりではないと知っていた。会話は、アイデアや口振りを出鱈目に脱線させて遊ぶこともできるし、励ましたり愛情を伝えたりすることもできるし、自分を取り戻し、自分を知り、人に知ってもらうこともできる。そこにはさまざまな愛の働きがある。詩や、刺すようなウィットや、深々とした洞察を生み出す鮮烈で鋭い言葉への愛、人と思考とを編んでゆく対話への愛がそこにはあるのだ。

　ユーモアの肝は、物事のあるべき姿と実際の姿のギャップを指摘することだとしてみよう。実際、それほど酷でないユーモアはたいていその類いだ。そうすると、その種のギャップを笑う才覚があり、実際そうできるのはあるべき姿とはほど遠い者だったり、本当は慣習の敵や犠牲者にされている者だったりする。ユーモアにおいて「まっすぐな人《ストレート》」という言い方は、ジョークを発することも解することもない人物という意味だ。「まっすぐ《ストレート》」には、異性愛に加えて、頭が単純とか型通りの生き方という含みもある。

　最初の本のデザインをしてくれた偉大な芸術家にしてグラフィックデザイナーのレックス・レイと私は、長い間、互いを見つけると親愛の挨拶を叫びあっていたものだった。私が「ラムチョップ!!!」と叫ぶと、彼はあの豊かで朗らかな、浮かれた声で「カップケーキ!!!」と吠えるように叫び返すのだ。一九九〇年ごろ、若い建築家のティム・オトゥールに初めて会ったときにはお互いにわざと刺々しく「こんにちわ《ハロー》、子猫ちゃん《キティ》」と挨拶を交わしたものだった。「ハロー」を抑えて「キティ」で持ち上げる抑揚には、秘密の握手のような、同じ仲間だと伝えあう響きがあった。彼らのまわりで私がどれだけ自由になれて、感情をさらけ出して馬鹿なことをやっていたかを思い出す。それがどれほど愉快だったか、どんなに笑い合っていられたことか。悲しみにくれる者や、ひとり残された者が身を寄せる隙間もそこにはあった。その不条理や過酷さも何か過剰で馬鹿馬鹿しいものに変わり、また別のウィットに変わっていった。なぜなら悲嘆や孤独にもそれぞれにおかしな面が隠れていて、それを見つけることが生き延びるための鍵になるからだ。それは、それ以外の場所ではなり得ない自分になることのできる場所だった。ゲイの友人は、みんなが洒落者や文化人というわけでもなかった。たとえばボブ・ファルカーソンは頑健なアウトドアマンで、五世代目のネヴァダ人として地元に身を捧げる政治運動家だった。けれども、ネヴァダ核実験場で出会ってもう三十年になる彼も私への愛を伝えるために電話をかけてメッセージを残すような人なのだった。

　クィア・カルチャーがはっきり教えてくれたのは、家族のような堅固な友情は人生の礎になりうるということだった。そして家族もまた、婚姻契約と生殖と血縁にしばられた因習的な役割から自由になれるということ。それは、愛と安定をもたらすのは核家族だけ、という広く信じられた押し付けがましい主張に対峙する砦だった（それは当たっている場合もあるけれど、不幸と害悪の元凶になるということも私たちはみな知っている）。もちろん、そこに至る道の一部にはクィアの人びとが婚姻から排除され、自分の家族からも拒絶されてきたという事情があった。婚姻の平等性が国の法で保障され、養子縁組が同性カップルにも開かれるまでには長い時間がかかった。ずっと後年、自分がインタビューされるようになると、男にはそんな質問をしないでしょうと言い返したり、失礼な相手の首を締めてしまいたくなることがあった。そうしなかったときは、なぜ結婚せず子どもを持たなかったのかという立ち入った質問に対して、私はサンフランシスコの人間だから、と答えたこともある。つまり、それぞれの人生の姿と、その根本にある愛の形について、因習にとらわれずに考える人びとと生きてきた、ということだ。それは素晴らしい贈り物だった。

　あの古めかしいアパートから西へ向かえば、太平洋に触れるまで歩くことができた。真南へ向かえばカストロ地区があり、劇場とか、さまざまな娯楽とか、移り変わってゆく友人たちが待っていた。北へ向けて歩くことは稀だった。それでも車でゴールデンゲート橋を渡り、その先に広がる郊外に向かったり、母を訪ねたりすることはあった。だからあの橋を越える旅は私を解き放ち、同時に畏れさせた。東へ少し歩くとシビックセンターがあり、今も調べものに使う私の図書館があり、イーストベイへ向かう電車乗り場があった。

難破船へ潜る
Diving Into the Wreck

一九九〇年代が過ぎてゆくにつれて、ベイブリッジを東に渡って西部へ向かう時間が多くなった。山へ、砂漠へ、そして、そこで出会う新しい生活と、友人たちのもとへ。世界はあらゆる物事を抱えながら、私の前で開かれようとしていた。あるいは、私が世界に開かれようとしていたのかもしれなかった。

声と信用と重み

Audibility, Credibility, Consequence

1

成長することを「大きくなる」という。そういうと、まるで樹木のようにただ背が高くなってゆく気がする。けれども、成長の過程のほとんどは断片的なものが寄り集まり、さまざまな形が姿を現し、そうやって全体が発展していくことだ。人間の子は頭骨を構成する四枚の骨がきっちりとドーム状に接合されていない状態で生まれてくる。これは狭い産道をくぐり抜けるためであり、その後に内側の脳が成長するためだ。その骨と骨の接ぎ目は精妙な曲線を描いている。絡みあわせた指のようにも見え、曲がりくねりながらツンドラに横たわる北極圏の河にも似ている。

生まれて数年で頭骨のサイズは四倍になる。接合するのが早すぎれば脳の成長を妨げてしまうけれど、接合されなければ脳は護られない。成長できるように開かれていて、ばらばらになってしまわないように閉じられていること。人生に求められるのもまた同じことだ。私たちはコラージュのように自分をつくり上げる。幾許かの世界観、愛する人びと、生きる理由を見つけ出して一つにまとめ上げ、信じることや望むことと矛盾のない生をつくり上げてゆく。そうできる運に恵まれていれば。

一九八〇年代には、都市が私の偉大な教師だった。最初の本は、街路や住んでいる界隈を歩き回り、さまざまなサブカルチャーや飛び地のような場所と遭遇して学んだことから生まれた。二冊目は、山々や砂漠といった広大な場所とそこにいる人びとの教えから生まれた。その教えは壮大で、途方もなくて、時には畏怖を誘うものだった。そしてさまざまな場所が新しい友人たちと新しい自意識をもたらしてくれた。

二十代半ばのいつごろからか、子どもの頃に抱いていた自然の場所への興味が新しい熱を帯びて私の中に戻ってきた。暮らしている土地にある森や草原や海岸に身を置くと、目を開かれて解放される気がした。自然や場所や風景にまつわる思想、表現、欲望の文化史を学び始めた。最初は芸術や美術史を通じて、次第に環境文学や文化史に関心を向けるようになり、やがて自分で書き始めることになった。

遠征やキャンプをするようになった。初めは、手近な場所を歩き回りながらイギリス的な風景観について考えていた。やがて地平線の向こうに広がるものへ、つまりアメリカの西部へ、私たちの土地の東へ広がる乾燥したオープンスペースに足を踏み入れながら、非西洋的な自然の見方、つまり眺望をまるごと絵のようにとらえるのではなく、その中にあるパターンや関係性を理解することについて考えるようになった（キャンプを始めた頃は都会で遭遇する暴力が頭を離れず、戸外で横になるのは無謀で恐ろしく感じた。都会では都市の構造やシステムを活用して身を守るのだが、田舎では危険と距離をとることで安全を確保する。そのやり方に慣れるのに時間がかかった。未だにひとりきりで野山のキャンプをすることはないがひとりで歩くことはある。そんなときは頭のどこかで近くに潜む危険について考えている。結局、自然に触れることは身の安全をどう考えるか次第ではある。これは非白人の人びとならばよく知っていることだ)。私は風景を主題とするイメージや文学に没頭するようになり、やがて場所、風景、自然、そして旅を探求した芸術家に関心を寄せていった。

望むような形で生活が落ち着き始めたのは一九八〇年代の終わり頃だった。とはいえ、そこへ流れついたものにはさまざまな出発点があった。大量の種を植えた後、地面の下で何が芽を出して成長するのかを知らずに待ちつづけ、最後にようやく目に見えるようになる、そんな感じだった。初めての本を書き、初めて生涯の友といえる友人をつくり、アメリカ西部という大きな世界に出てゆく術を見出し、そして私はいわゆる自分の声を発見した。

書くことを教えてくれたのはネヴァダ核実験場だ、という言い方をすることがある。一九八八年の春に開催された大規模な反核運動に野営しながら参加して以来、新しい千年紀になっても毎年現地を訪れている。現地で出会う風景はあまりに荒涼として、広大で、私の目には不可思議にすら映るものだった。多くの文化や物語が流れ込む場所でもあった。私はそれを眼前にして、それまでやってきた物事の断片に新しい形を与えて、見つけたものにふさわしい何かをつくり上げなければならないと感じた。それ以前はいろいろな細かい分類を受け容れて書いていた。批評やレビューは自信ありげで主観を抑えた調子で書き、ジャーナリスティックな報告ではそれに相応しい人目を引くような文章を書いていた。その時期には短くて密度の濃いエッセイも書いていた。そこでは形式や文体をいろいろ試しながら、抒情、私的なこと、感情、隠喩的な表現を臆することなく文字にした。詩や預言のような文学から吸収したもの、批評やジャーナリズムでは禁忌とされるあらゆるものを注ぎ込んで、謎やメランコリーや曖昧なものに居場所を与え、言葉の可能性に身を委ねようとした。

ネヴァダ核実験場はあらゆるものが交わる場所だった。人びとが集まり、歴史が交錯し、価値観や思想が重なりあい、核兵器開発競争からヨーロッパ中心主義的な砂漠観まで、あらゆる力学が収斂する土地だった。その意味するところを記述するためには、それまでに身につけたあらゆる文体がすべて、分け隔てなく必要なのだと思った。それが私の書き方の大きな転機になった。その結果として書かれた『野蛮な夢』は、いろいろな文章のスタイルや文体を一つの豊穣さに編み上げて、それが政治状況や歴史の瞬間を歴史的、個人的、分析的に語る一つの声になりうるということを確かめるための最初の実験だった。

強烈な場所だった。そこに立ったときの感覚は今でもありありと思い出せる。土ぼこりの色をして石に覆われた大地が洋々と広がり、キラキラと輝くピンク色の石英や棘のある逞しい植物が、石と石の間の白茶けた土にぽつぽつと姿を見せている。乾いた大気は壮麗なまでに澄み切っていて（砂嵐や陽炎が立つほど熱射が強いときは別として）、遠くにある切り立った山並みまで何十マイルも見通すことができる。その広大さは思うままに動き回るように私を誘い、そのうちに人間の体や悩み事の小ささを悟らせた。見通し距離が一〇〇マイルに及ぶこともあり、一軒の家も目にすることなく五〇マイルも車を走らせることができた。三分の二が水分とされる人体はこんなに乾いた場所で大丈夫なのだろうか、という不安と解放感を同時に感じながら地平線を目指してさまようこともできたし、何度もそうしていた。ただじっと座っているときにも、吐く息や肌の表面から水が失われて大気の中へ消えてゆくのが分かるようだった。合衆国の中でもっとも乾燥した州のもっとも乾燥したこの地方では、雲が集まって雨を降らせることがあっても、雨は地上へ落ちてくる間に蒸発してしまうか、叩きつけるように地上をぬらしてわずか数分で乾いてしまうのだった。

　いつも広大無辺な空間への憧れがあった。以前には街の外れにあるオーシャンビーチ、子どもの頃には連なる丘がそんな場所だった。夜、草原に寝ころがって背中に大地を感じながら、星々の間に落ちてゆくような気がするまでずっと星を見つめていることもあった。飛ぶ夢や、徒歩でさまようこと、書物の中で時間と空間を漂うこともそうだった。そしてついに、憧れを凌駕するほどの、ほとんど望んでいたもののすべてを手にしたのだ。

閉ざされた場所へ入り込むにはその手段を知らなければならない。一方でこれほどに茫洋とした空間へ足を踏み入れるときにもまた必要な手続きがある。その何年か前にボーイフレンドとデスヴァレーから南西部にかけて車で旅をしたときは、早々に引き返してしまった。泉は水の集まる谷間や渓谷にあるということも、その探し方も知らなかったし、草木がほとんど、時にはまったくない土地の美しさを感じる術も知らなかったし、沈黙や、巡りつづける深い時間の感覚に身を委ねる術も知らなかった。そこへ足を踏み入れる術を教えてくれたのはネヴァダ核実験場だった。毎年春のキャンプと抗議活動が、人里離れた土地に深いつながりをもつ人びとと私を結びつけ、現実離れした、それでいて安全と感じる時間と場所を与えてくれたのだ。さほど離れてない場所で核兵器が炸裂し、放射性降下物を吸い込んでいないかと危惧しながら、あるいは実験場の武装警備員に時に暴力的に拘束されているときでも、そこで私は安全だと感じていた。なぜなら、私は友人たちと野営をしながら平和と軍縮に身を捧げようという何千もの人びとの中にいたからだ（ただし若い女である私たちには、ハグを求めてくるヒッピー男から身を躱《かわ》す際限のない苦労が伴いはした）。

一九八八年に弟に誘われて同行したとき、彼は環境運動を組織する手伝いをしていた。核実験場は私が抱いていた環境保護への思いと、弟の反戦への思いが重なる場でもあった。定期的に実施されていた核実験は風下のあらゆる生物、つまり居留地の先住民や、牧場の人びとや、家畜、小さな町の住人、野生動物のすべてに終末戦争の予行を強いる蛮行だったのだ。そして大都市に入植した移民の出だった私たちは、牧場の人びとや、ネヴァダの先住民、アクティヴィスト、モルモン教徒の風下住民《ダウンウインダー》たち、そして核開発に携った退役軍人たちと協力しあい、生活をともにしながら内陸の奥地を冒険して、ようやくこの大陸の裸の大地に辿りついた気がしていた。

やがて、私たちはその大地を根本的に再定義するという大それた企てに参画してゆくことになった。運動に合流した多くの西ショショーニ族の長老が、核実験が行なわれているのはもともと彼らの土地であり、これ以上核爆発や汚染に曝さずに返して欲しいと求めるようになったのだ。ちょうど、環境破壊の影響下にある人種や階級の問題に目を向けた「環境正義」の運動が勢いづき、新しい考え方として広まりつつあった時期だった。私は一九八〇年代の終わり頃に〈アース・アイランド・インスティチュート〉にボランティアとして参加していた。これはさまざまな環境プロジェクトを包括する組織で、傘下には黎明期の〈レインフォレスト・アクション・ネットワーク〉やＥＰＯＣＡ（中央アメリカ環境プロジェクト）などがあった。いずれも、彼らが保護しようとする熱帯の土地にはそこに住んできた人間がいるということ、環境保護と人権擁護は切り離すことのできない目的であることを主張していた。今では当然と思えることも、当時は新しい考え方だった。

その頃、先住民ではない私たちのような人間がどれほど物事に目をつぶったままでいたか、後にやってきた世代には理解しにくいかもしれない。表立った対話の場面では先住民の人びとはまるでいないことになっていたし、そもそも言及されたことすらないか、遠い昔に消滅した人びとのように過去形で語られるだけだった。彼ら自身が声を上げるとは微塵も思われていなかったのだ。芸術家も、写真家も、環境保護運動家も、あるいは詩人や探検家や歴史家も、みな北米を人類とりわけ白人がつい最近発見した土地として表現していた。

今では月並に思える考え方も、当時は思想の枠組みをまるごとひっくり返すものだった。それがようやく、ヨーロッパ人が到達するまで北米の風景は手つかずで残っていたという物語の時代を、十分とはいえなくとも少なくともある程度終わらせた。私は、それは土地の「聖母／娼婦」論だと感じていた。つまり人間の接触は脆弱で受動的な自然への加害と見なされ、自然は私たちによって避けがたく堕落すると考えられていた。白人は、歴史や文化が始まる前からそこに眠っていた土地を発見する者と想定されていた。そうではない人間の在り方、自然と交わる別のやり方はこの二項対立を超えたところにあるはずだった。そうして、ようやく環境保護の主張が土地の先住民の存在を認め、尊重することにも通じるようになった。狩猟や収穫や火の使用といった人間の関わりも、ヨーロッパ系の人びとが到着する前にすでに成立していた生態系の一要素として考えられるようになった。こうした新しい考え方やさまざまな声が歴史、自然、文化をその遠い裾野まで変容させることになったのだ。

ユダヤ＝キリスト教的、ヨーロッパ的な世界観とは違うものに根差し、何千年もの間その土地をほとんど破壊することなく生きてきた人びとがふたたび表舞台に姿を現した。それは私には途方もない希望に感じられた。彼らの中に残されている古い流儀や場所との深い結びつきは、未来を拓く貴重な力の源に思えたのだ（その力は一九九四年に始まる南メキシコのサパティスタの活動に示されることになった。二十一世紀における気候変動をめぐる議論での、先住民の人びとの力強い存在感にも現れている）。北米先住民の創造神話は、世界は決して完全ではなく、堕落もしておらず、まだ創造の途上にあると伝えている。これはユダヤ＝キリスト教的な、創世記の物語や完結性、純粋性、そして恩寵からの失墜への拘泥に由来するさまざまな問題に新鮮な光を投げかけるものだった。同じ頃にはカリフォルニア先住民の芸術家ルイス・デソトとも仕事をして、彼のインスタレーションや風景を主題にした作品や、土地や聖性についての考え方からも新しいものの見方や可能性を学んでいた。

一九九〇年に環境運動のオーガナイザー、ボブ・ファルカーソンの知遇を得た。五代にわたるネヴァダ人の末裔で、他のネヴァダの人びとに引き合わせてくれたり、この州のさらに奥を目指す旅に誘い出してくれたりした。軍事インフラが西部一帯にいかに大規模で破壊的な影響を与えているかを知ったのは、その短い車の旅でのことだった。彼のように、勇敢で機略ある西部の人びとが人里離れた自分たちの土地に寄せている思いも感じた。そこに加わりたいという自分の望みにも気がついて、幼い頃から彼らを探していたような気さえした。交流を続けていると、一九九一年の晩春、ボブはメアリーとキャリー・ダンという西ショショーニ族の姉妹の裁判がネヴァダ州レノで結審すると教えてくれ、ぜひ見に来るようにと言うので現地へ向かった。彼女たちの紛争の発端は、一九七三年に、政府職員がメアリーに牛の放牧料を払わない理由を尋ねたことだった。メアリーはこの土地は合衆国政府の土地ではないと反論した。一八六三年に西ショショーニが署名した協定では土地は引き渡しておらず、これは彼女の方が正しかった。ダン姉妹は最高裁まで争って敗れはしたが、その理由は合衆国が一八七〇年代に土地を接収していたとする日付を政府側がひねり出してみせたからだった。その日付は何かが実際に起こった日ですらなかったが、政府はそれゆえに一八七二年時点の地価、それも利息なしで土地の対価を補償すると主張した。ダン姉妹に触発されて糾合した先住民の地位回復を目指す人びとはその補償を拒否した。

　裁判が終わった後、ボブは私を西ショショーニの環境運動オーガナイザー、ヴァージニア・サンチェスに引き合わせた。彼女は、環境問題を扱っていた小さな版元のために西ショショーニの土地の権利をめぐる歴史が分かるような本を書いて欲しいと言った。二つ返事で引き受けた私は、手始めにレノのネヴァダ大学のアーカイブに何日かこもった。座り心地の悪い椅子でひたすらＣＩＡ（内務省インディアン事務局の前身であるインディアン総務委員会）のマイクロフィルムを繰り、読み、印刷しながら一八六〇年代から七〇年代にかけてのネヴァダ州担当官の報告書のメモを取った。マイクロフィルムにはリールに巻かれた際の長い傷があり、書かれているのは読みづらいカッパープレート体の達筆だったが、だんだんとその中身は分かってきた。

　手書きの罫線に沿って整然と綴られた優美な筆記体には、ある種の規律と真っ当さがあった。その印象は書類に残された懇切丁寧な挨拶や結びの言葉にも感じるものだったが、そこに記録されているのは大量虐殺《ジェノサイド》だった。西部へ殺到する白人たちが先住民を排除し、屈服させ、その資源を略奪する過程であり、彼らを閉じ込め、スズメの涙ほどの施しと引き換えに、食糧も生産できぬほどに彼らの故郷を荒廃させた過程だった。極悪非道な行ないをした人間は見るからに極悪非道であって欲しいと思うものだが、実はそのほとんどは勤勉で、当時の規範に疑問をもたずに従う従順な人間である。彼らは何を感じたり考えたりすればよいか、そして何を感じたり考えたりするべきではないかを訓練されている。報告を記した男たちは実直な官僚と見えた。片時も自分たちの良識を疑うことはなく、時には自分が抹殺に加担している人びとの惨状に同情的でさえあった。無垢こそが罪をなすのだ。

　その無垢から多少なりとも解放された私は、その明くる春、政府との対決に備えるダン姉妹を支援するために創設された〈西ショショーニ防衛プロジェクト〉に参加した。彼女たちは威厳と豪胆さを備えた古老で、私の知る中でもっとも服従から遠い女性だった。一家の女王であり、同時に牧場の頭領であり、発電機の修理もできれば大群をなす野生馬の一頭を従わせることもできた。そして私たちへの英語と自分たちの言葉を使い分けながら朗らかで要を得た話をするのだ（この二人を取り上げた『野蛮な夢』では他にも非凡な女性や女性のグループを数多く取り上げた。フェミニズムの本として読んでくれた人がいるかは分からないが）。その傍らにいるだけで蒙を拓かれるような気がした。そこは白人の到来以前にさかのぼる一族の記憶をもつ神聖な大地であり、女たちが支える場所なのだ。そして私たちの活動は、遠い将来まで続く大切なものを護るためなのだ。そこではたとえば地勢や西部の歴史といった具体的な物事を学んでいた。けれども同時に精神的なもの、人生をどう生きるかということを教えられていた。

　プロジェクトに加わるということは、つまりネヴァダ州北東のダン姉妹の牧場に行き、一度行けば何週間かそこで過ごすということだった。生活の場となるのは自分のピックアップトラックと姉妹の家のそばのトレイラーで、電源が取れるトレイラーで担いで行ったデスクトップコンピュータとプリンタを使った。そして反核運動以来の友人や初対面の人を含めて、先住民とそうでない者が一つの連合となり、部族の会議や集会に出席するということでもあった。私の場合はさらに、キャリーのために書簡や声明を起草したり、プロジェクトのさまざまな文書や報道向けの資料を作成することでもあった（マイクロフィルムに埋もれて記録を漁り、さらに長めの概要的な記事を書くために調査したことがとても役立った）。そして、待ち構えることを意味していた。というのは、すでに法廷闘争は終わり、政府が家畜を接収すると警告している段階だったのだ。

　実力行使が始まったのは一九九二年四月十一日だった。たまたま通りかかった女性が近くの集落の集会所に集結した保安官の車を訝しく思い、牧場にいたプロジェクトのまとめ役に伝えたのである。政府は牛の接収のために牛追いのチームを雇い、その支援に保安官が集まっているというわけだった。電話で報せを聞いた私はすべての予定をキャンセルして、ものの一時間も経たないうちに手荷物をひっつかんで車に乗り込み、東へ向かった。ベイブリッジを渡り、イーストベイを越え、サクラメント河を渡り、広大なサクラメントヴァレーを横切り、樫の森を過ぎて、松の木陰を抜け、シエラネヴァダを通過し、砂漠の中へ。そしてサービスエリアで二、三時間まどろみ、夜明けにふたたびハンドルを握って、私の家から彼女たちの家まで五〇〇マイルを走った。そのとき、私は生まれて初めて自分から暴力へ近づこうとしていた。

　朝の十時に到着すると、牧場の中心部は家の中も家畜の囲い場も納屋もトレーラーもほとんど人気がなかった。衝突が起きたのはそこではなかった。連邦政府の牛追いチームが家畜を追い、それを拒もうとするショショーニの支援者が姉妹の手なずけたタフな野生馬で走る、そんな馬上の争いが展開されたのだった。何頭かの牛が囲いに追い込まれた後、キャリーがそこにいた政府の役人や保安官に土地の権利や協定について抗議を始めると、役人は邪魔をさせまいと彼女の腕をつかんで連れて行こうとした。キャリーは振り払って囲いに飛び込み、牛の移動を止めてしまった。役人たちはそれ以上争いがエスカレートするのを嫌って引き揚げていった。この争いはキャリーの勝利に終わったものの、一八五〇年代以来の戦いは終わっていなかった。

　困難が解消されたことは一度たりともなかった。さまざまな衝突があり、部族内の不和があり、時代が流転し、金鉱が発見され、その結果彼らの谷が掘り返されて開発され、汚染され、水が汲み出され、ダン一族の墓が沈められ、そのすべてを経ても何も解決されないままだった。私は、彼らが陥っている膠着と政府相手の消耗戦に胸を痛めつつ、彼女たちとともに過ごした時間に感謝していた。一方で、訪れつつあった大きな変革の波にはそれまでにない希望を感じていた。辺境に追いやられた人びとが建国の物語を書き直そうとする力を目の当たりにしていたのだ。かつて見たこともないものが現れつつあった。変革の波が広がるにつれて、路傍の標識や教科書や、モニュメントや地名や土地を巡る行政や、時には法律さえもが変わっていった。博物館は遺骨や遺物を子孫や持ち主に返し始めていた。私が目撃していたのは、手に触れられる物のもつ意味が、それ自体を超え、手の触れることのできないもっと重大なものへつながってゆく過程だった。

万事が問題なしというわけではなかったが、これは表面的な部分に留まらない実質的な帰結をもたらす変化だった。そこには自然界や土地への理解、それらと人間との関係も含まれていた。文化は政治を動かすことができる。表象には現実を変える力がある。この変革は、私にそう確信させてくれた。物書きや歴史家の仕事には意味がある。過去の物語が新たに書かれるとき、未来の物語もまた違ったものになるのだ。私の中には一つの深い希望が芽生えていた。物事は、予想もしないやり方で根底から変わり得るということ。その原動力は周縁的な、取るに足らぬと思われている者にあるということ。南北アメリカ大陸で声をあげ始めた先住民たちの力は、私が高揚とともにつぶさに見つめていた出来事、つまり全体主義を打倒した一九八九年の東欧の非暴力革命や、その数年後のソ連崩壊と共通しているようにも感じられた。

この時期は私の黄金時代だった。この世の邪悪を逃れることができたからではなく、それについて考え、時にはそれに対処する術を見つけられたからだ。歩みをともにする勇敢な人びとと出会い、愛する場所を見つけ、自分を変えてゆく考え方を見つけることができたからだ。私は人生の最初の二年間を過ごした土地である北ニューメキシコにも戻るようになり、そこで年長のフェミニストの著作家ルーシー・リパードという友人を得る幸運に恵まれた。彼女は『野蛮な夢』の原稿を読んでくれて、あれこれあった後で私は彼女の小さな家の鍵を預かることになった（もちろん彼女は素敵な推薦文も寄せてくれた）。私は毎年の夏、草原にある家の留守番をしながら、空と広大さと光と雷雨に見惚れて過ごすようになった。一九九〇年代の後半にはカリフォルニアのモハーヴェ砂漠の南東に住む男とつきあうようになり、四年間はそちらでも時間を過ごした。

最悪の感情も最良の感情も人を巻き込んでゆくものだ。大地に身を寄せて暮らしているあの西部の人びとは、ひとり残らず勇敢さや大胆さ、献身やユーモアで私を潤してくれた（そしてルーシーがニューイングランドから持ち込んだ小気味良い豪胆さも）。いろいろな場所にも近づけるようになり、そこから喜びや強さを受け取った。思うままに西部を動き回る自信もつき、手に入れたピックアップトラックで未舗装の道を走破し、僻地を訪ね、荷台の寝床で数え切れない夜を過ごした。ユタ、コロラド、ニューメキシコ、ネヴァダの各地にできた友人を訪ねて回った。いつのまにかアメリカ合衆国の西部を気ままに動き回るようになっていた。何かから逃げ出すためではなく、故郷というものの深い意味に近づき、この土地で結ばれたさまざまな関係を育むためだった。車や徒歩の長旅から、野外の生活、環境運動で政府と対峙することまで、さまざまな具体的な困難を苦にしなくなり、その中でこの場所に根を下ろした人間性を鍛えていった。これが、私がそうなりたいと思っていた私だった。パールのスナップボタンのシャツとか、ピックアップトラックで古くさいカントリーミュージックを聞くこととか、洒落たキャンプ用品とか、そんなもので上辺を装った部分もあったけれど、深いところへ届くものは確かにあったのだ。

物書きの仕事は楽観的になれる程度には好調で、多忙を極めなくてよい程度には低調だった（その後はそうもいえなくなったのだが）。それもあって、私は舞い込んでくる誘いのほとんどすべてに応えながら、自由に巡り歩いていた。時間はたっぷりあった。目の前には世界と人びととのつながりとさまざまなアイデアが開けてゆき、その刺激の中で充実した日々を送った。車に飛び乗ってどこかへ行き、そのまま一、二週間過ごしたり、長い遠回りをしてみたり、仕事の心配を脇においてぶらぶらしたり探検したり、この頃はそんなこともできていた。私は自由だったのだ。

2

一日の終わりに地平線近くの空が杏色に染まり、頭上にはまだ青みが残っているとき、その二つの色の境目を見つけようと目を凝らすことがある。でも空の上の正反対の色の中間には、ほとんど見つけることも難しいかすかな蒼白さがあるだけだ。夕暮れ時には、変わってゆく色や風景の中に伸びてゆく影を見つめようとすることもある。けれども、ほんの一瞬でも目を逸らしてしまうと、半分ほど光の中に留まっていた樹々はもう闇に呑まれていて、鮮明だった光と影の境界は気がつけばすっかり曖昧になってしまっている。太陽は沈んでしまい、コバルトの空はもう真夜中の青の色をしている。物事は次の瞬間には姿を変えていて、変化を把えることは難しい。

　現在は、小さすぎて分からない一つひとつの変化によって過去へと姿を変えてゆく。あるものがあったものへ、私たちの生き方も過去とは違うものとなる。変化を生きた者は、何が変わったか容易に思い出すことはできない。後にやってきた者は想像することも難しい。アメリカ社会の多くの領域で、あらゆる人と人との交流の場面で思いやりが求められるようになった。だが、それがかつて存在しなかったことは忘れられがちだ。その部屋に誰がいないのか、何が無いのかを気づかぬまま過ごすことはあまりに容易い。無数の不正義が陽の下に曝された。それがあたりまえに気がつくものになり、目に見えるようになるまでに支払われた労苦はいとも容易く忘れられてしまうようだ（問われているのは、私たちにまだ見えていないものは何かということだ。未来は私たちが何を見落していたと指弾することになるのか）。フェミニズムの歩みは、かつての差別的行為を覆い隠していた名状しようのない目立たなさの一部を、もはや思い出すこともできないものに変えた。しかしそれも、かつてと今の隔たりを測る尺度の一つに過ぎない。

　世の中は、私の若者時代が異国の風景に思えるほど大きく変化した。もはや私の姿もなく、若者が訪れることも決してないどこかの国だ。どれほど異なるものだったのか、なぜそれほどに変わったのか、それは誰の寄与だったのか、ほとんどの人間は知ることすらないだろう。私自身の人生もまた、顧みてようやく何が変わったか悟るような変化を経験していた。ほとんど友人と呼べる者をもたず、十代から二十代の初めにできた友人の多くは反りが合わなかった。それは私が自分を分かっていなかったか、誰か別の人間になろうとしていたせいかも知れない。どういう人間が自分に近いのか、誰が自分を大事にしてくれるのかが分かっていなかったのだ。あるいは、当時は思いやりという尺度が存在していなかったせいかも知れない。二十代の後半になると長くつきあってゆく友人ができ、少しずつ増えていった。一人で世界のへりに立っているような感覚は、やがてさまざまな世界の合わせ目にいる感覚に変わり、アイデアやプロジェクトや人びとを一つの場所から別の場所へもたらすことに喜びを感じるようになった。そうして欠乏や孤独はどこかへ消えていった。

　自分、あるいは自分のジェンダーのものではないと思っていた力を手に入れようとした時期もあった。一九九〇年代の初めに単車を買った。エンジンを吹かす、キックスタートする、重い車体を押して動かす、倒れたら引き起こす、そういったことにある種男性《マッチョ》的な快感を覚えた（走らせることはそうでもなかった。路上では車が恐ろしいのだ。結局、買ってから九ヶ月後に盗まれてしまった）。少し後にはバーベルやウェイトマシンを使ったワークアウトを始めた。肉体にもメンテナンスが必要ということにようやく気がついて、思い切り体を動かせば体を強張らせるストレスもしばらくは安らぐと知ったからだ。

その二、三年後には、モハーヴェ砂漠に住むボーイフレンドから二十二口径のライフルの撃ち方を教わった。好天の午後遅くに砂漠へ行き、発泡酒の缶を的にして、日が傾いて自分たちの影が真っ平らな大地を一〇〇フィートも先へ伸びるまで、射撃をした。不安を感じるほど面白かった。けれどもその後、元軍人で戦場の経験が長い彼の父と三人で射撃をしたとき、離れた丘の上にいる民間人を撃つよう上官から命令されて従わざるを得ず、それから悪夢を見つづけていると聞かされた。それは銃の重みを教える厳粛で優しさの込もった戒めだった。松濤館流の空手を世界チャンピオンから教わった時期もあった。彼女は街を歩くときも何も恐れるものがないといっていた。声を出し、蹴りや突きを繰り出す、それだけのことにも今までとは違う自意識が必要だった。こういった経験は、自分のような者には縁がないと思い込んでいた力を少しずつ奪取することのように感じられた。物事は変化していたのだ。

往来で不快な嫌がらせに遭遇することはあまりなくなった。警戒心は消えることはなかったものの、少し穏やかになった。科学の比較実験とは違うので何が変わったのか正確に名指すことは難しい。もっとも標的になりやすい年齢を過ぎたせいかも知れない。文化も多少は変わったのかも知れないが、若い女性は未だに路上で嫌がらせや加害を受けている。私が世慣れた振る舞いを身につけたということなのかも知れない。出喰わす人間には敬意と礼節をもって応じるようになり、厄介に巻き込まれない術を習得した。通りではするすると流れるように動いて、何かに引っかかったりぶつかったりしないよう、なめらかに身をこなすのだ。白人の男は静かになった。黒人の男がかけてくる声は、私の住む界隈ではほぼ暖かみのある言葉に変わった（一部は昔からずっとそうだった）。陽気な言葉を返して、やりとりを楽しむようになった。

　短い文章やレビューが世に出るようになり、やがてもっと長いものや大胆なエッセイを書くようになった。本を一冊書き、それよりも野心的な本を書き、それと似た本を書き、そして二〇〇〇年に歩行の歴史を綴る『ウォークス』を世に出した。生活を賄えるくらいのアドバンスをもらった本はそれが初めてだった。なんとか生活を賄えるくらいの額だった。広く読まれた最初の本でもあった。本はそれぞれ私が抱いた問いに始まり、新たな問いを生み出して終わっていた。歩行の歴史をきっかけに二つのことを考えるようになった。その二つの問いが次の二冊の本になった。

『迷うことについて』を書いたのは、さまようこと、未知へ足を踏み出すこと、物事のいちばん内奥にある本質的な謎を受け容れること、そんなことをもっと深く考えるためだった。喪失について考えるためでもあった。人に見せるつもりで書いているのか、そもそも書き上がるのか、出版に堪える原稿なのか、そもそも出版したいのかもはっきりとは分からなかった。いざ世に出ると最初はひっそりと目立たない本だったものの、少しずつ読者に見つかるにつれて引用する人が現れたり、本をきっかけに作品を制作する芸術家が現れたり、興味深い運命を辿る本になった。『ウォークス』から生まれた二冊のうち、もう一冊はエドワード・マイブリッジを中心として、機械が可能にした時空間の超克を鍵に、テクノロジーの変容と脱身体化について考えるものだった。マイブリッジは英国人の写真家で、映像技術の礎となる仕事をした人物だった（サンフランシスコの記録者でもあった。彼はこの地で活動期間の大半を過ごし、妻の愛人を射殺し、十九世紀で最上といえる風景写真やパノラマ写真を制作し、高速連続写真の技術によって人体運動について科学者や芸術家がもっていた理解を一変させた）。

　二〇〇三年春にマイブリッジの本を出した頃、仕事には別の変化の兆しもあった。バリー・ロペスとテリー・テンペスト・ウィリアムズのトークを聞いたこと、そしてスーザン・ソンタグと会ったことがそのきっかけの一部だった。いろいろな形で政治について書いてはいたものの、時事的な事柄についてソンタグのように直接的な発言はしなかったし、バリーやテリーのように、ニュースの深層に潜み、公私を問わず私たちを突き動かしている恐怖や願望や理想について語ることもなかった。私はなぜそうしなかったのだろう、と思ったのだ。そうして、世の中はどう変わってきたのか、力はどこに潜んでいるのか、希望はどこに声を上げることができるのか、そんなことについての自分の感覚の移ろいを跡付けようとストーリーを集め始めた。

　そんな風にしてまとめた考えは二〇〇三年五月に発表した「暗闇のなかの希望」という

エッセイになり、二〇〇四年には同名の本として実を結んだ。その後押しになったのは、これまた年長の白人男性とのおかしいほどに最低な出会いだった。二〇〇三年春、私の仕事がとある大学のコロキウムに採り上げられた。その参加者だったひとりの男が私について、および私の仕事の動機と楽観性について長大な人格批判を展開した。私がある種の楽観的な希望にたどりついたのは、ヨセミテ国立公園を再訪するプロジェクトを進めていたときだった。二〇〇一年に、芸術家のマーク・クレットとバイロン・ウルフとともにエドワード・マイブリッジの写真を現地で再撮影して、マイブリッジが撮影した一八七二年からの変化を理解する試みに取り組んでいた。この企てはより大規模に、モダニズムのみならずヴィクトリア朝時代も含めて初期の写真家を幅広く調べ上げ、彼らの時代から変化したもの、変化していないものを追跡する一大プロジェクトとなった。この調査は、物事の変化は驚くほど複雑だということを教えてくれた。変化の速度は予見できるような一様なものではなく、場所や対象によってさまざまな差がある。木立ちの中には一世紀を経ても同じものと分かる木があり、長大な年月の間まったく動かない岩もある。一方でマーセド川の河床は移動し、森は草地を呑み込み、かつて有名だったランドマークは消え失せていた。

　百三十年間の変化を見るために訪れたはずが、むしろ『野蛮な夢』を書くために調査をした当時からの十年にも満たない時間で起こった変化に驚かされた。先住民の人びとは幾許かの権利を勝ち取り、以前より公園内で存在が尊重されているのを見て取ることができた。白人がやってくる以前、彼らは土地の管理の一環として野焼きを行なっていた。公園管理者は一世紀の間火気を禁止してきたが、ようやく火の使用もこの土地の生態系の一部と認めた。そして以前より幅広い人種の人びとが公園を訪れるようになっていた。少なくとも私には、それぞれの世界観が排斥しあっていた印象は消え、代わりに数多くの世界観が共存している感覚があった。ヨーロッパ中心主義的なものの見方には、まだまだ不完全とはいえ、アメリカの先住民の存在とその権利を認める方向へ大きな変化が起こっているように思えた。カリフォルニアは非白人がマジョリティを占める州へと変わりつつあり、私は当時の国立公園でその先触れのようなものを目にしていた。

　これが私が大学で報告した期待を込めた展望だった。その男性研究者は、私がライティングを教えていた美術学校から連れてきた学生たちの前で、私の動機と人格について三十分近く激しい非難を繰り広げた。彼はあらゆるものごとは悪化する一方だという自分のストーリーとその希望のなさに固執していた（共通の知人から聞いたところでは、私の業績が積み上がってゆくのを恨みがましく思っていたようでもあった）。レベルの高い議論を聞かせたいという学部長の勧めで女子学生を連れてきていた私は、代わりに聞かせる破目になった話の内容に愕然としてしまった。頭の中でこの出来事がぐるぐるとしたまま数日を過ごした後、夜明け前に起き出した私は東向きの張り出し窓に据えたあの古い書き物机に戻り、書き始めた。夜が明けて、窓のすぐ外にある電線にカラスがやってくるまで、納得のゆくまで綴っていたのは希望を弁護するための準備書面のようなものだった。「ある意味とても興味深い研究会に終わりまでつきあってくれてありがとう。とりわけ部屋の向こうから目で応援してくれたマギーとクリスティーナに御礼を言います」、学生たちに向けてそんなことを書いた。「私にとって、究極のテーマは私たちがいったいどんな歴史を想像することができ、語ることができるかだと思っています」。

　私の考えが学者の紛糾を招いたのは、雨あられと降り注ぐアメリカの爆弾によってイラク戦争が幕を開けた二〇〇三年三月二十日の十三日前だった。その年の初めに、友人たちとベイエリア直接行動秘密結社、略称ＢＡＤＡＳＳというグループを拵えていた。湾岸戦争帰りの元軍人、ネヴァダ核実験場以来の古い友人だった歌手、ゲイのキューバ人仏教徒、天体物理学者、ＤＶ専門の弁護士といった面々で、開戦ひと月前にすべての大陸の何百という国、何千という街で一斉に行なわれた史上最大のデモ活動に参加したのだ。スーパーヒーローのコスプレをしたり、ビジネスカジュアルだったり、顔まで全身白装束でイラクの子どもの顔を胸に掲げた者や、全身真っ黒の者もいて、行進をしてパフォーマンスを繰り広げ、歌っていた。やがて空爆が開始されると誰もが一瞬恐怖に足を止めた後、金融街の封鎖の加勢に向かった。

　何年も後になって、当時、金融地区の高層マンションに住んでいた企業弁護士のナターシャ・デオンに話を聞いたことがある。大きなデモが行なわれていた日にソーダを買いに下界に降りた彼女は、通りを埋め尽くす群衆を見回して、自分は人生でいったい何をしてきたのだろうと思ったそうだ。そして人生を変えることにした。低所得者の弁護活動に情熱を注ぐようになり、私たちが友人になってまもなく小説家としても有名になった。その何年も後になって彼女の語っていたことは、自分がやっていることの重要性はやっている本人でも分からないと思った方がいい、という教訓を説く材料にしたいような話だった。少なくともすぐには失敗だと判断できないのだ。なぜなら物事はすぐに直接目に見えるような成果をもたらすとは限らないし、巡り巡ってやってくるものの方が重要なのだから。

　バグダッドの空爆が始まったとき、一緒に抗議運動をしてきた友人や身の周りにいた人びとの中には、戦争を止められなかった事実から自分たちは何も成し遂げなかったと思い、さらには私たちはこの先も何も実現できない、無力で救い難い存在だと考える者がいた。絶望は機械のように、何を与えてもすべてを打ち砕いてしまう。それを見て、希望を擁護するための作業にそれまで以上に力を入れるようになった。それまでも少しずつ文章や事例を溜めていて、大学で批判を受けた翌日には、その場にいた何人かに宛てて希望をもつことを擁護する手紙を書き送っていた。意見の対立は物事を明確にしてくれることが多い。少なくとも私の場合はそうだった。敵意から来る意見ですら役に立つことはある。今までの私のミューズの半数くらいは私を毛嫌いする人びとだった。

　戦争が始まった後、三日か四日ほど取り憑かれたように昼も夜もかかり切りになって、集めた素材を「暗闇のなかの希望」というエッセイにまとめあげた。何年もかけて集まったエピソードや事例が不意に、希望することの擁護という一つの形へとまとまった。学生への手紙に書いたことも使った。それを初めてオンラインでのみ発表したところ、これまでのどの仕事よりも反響を呼び、反主流派のメディアに採り上げられ、小さな冊子にしてくれるグラフィックデザイナーが現われ、記事を伝える夥しい数のEメールが書かれた。ソーシャルメディアがまだない時代のことだ。

　そこで書いたのは、私たちには力があるということ、忘れられてしまったり、正当に評価されていない勝利の歴史があるということだった。そして、何かが悪くなっているときでも、長い目で見れば私たち、とりわけ男性やストレートや白人でない者の権利や役割は目覚ましい進展を遂げているということ。私たちの活動が何に結びつくかということは、前もって知ることはできないということ。少し後になっても、あるいは永遠にそれが分からないこともある。なぜなら偉大な戦術家や理想主義者や運動は、直接関係のない時代や場所や戦いに影響を及ぼすことがあるからだ。私は一九八九年に、東欧諸国の非暴力直接行動が全体主義体制からの解放を勝ち取る様を目撃した。一九九四年には、ラカンドンのジャングルからサパティスタの反乱が起こるのを見た。一九九九年には、カナダ政府がヌナヴァットに巨大な先住民自治領をつくるのを見ていた。それまでありえると思えなかったことが起こるのを目の当たりにしてきた。二〇〇四年にそのエッセイが小さな本になると、その後の何年かの間に十を越える国や言葉で刊行された。

　大学で議論をした相手が非難したのは、私が受けのよさを狙って聞こえのいい話をしているということだった。けれども、私がそこで伝えようと試みたのは何か勇気づけるものだった。仮に心地よさという烙印がついて回るとしても、文字通りに勇気を与える言葉を語りたかったのだ。人をいい気分にさせるのではなく、自分には力があると感じさせるような言葉だ。そのとき自分がやっていたのは、人から何もしないことの最良の言い訳を、つまり自分には力がなく、何をやっても意味がないというエクスキューズを奪い去ることだとも思えてきた。可能性の感覚を人びとの中に育てようとしていたのだ。それは何かに参画しないことを絶望とシニシズムで正当化する、よく耳にする語り口に異を唱えるものだった。それは、行く末に過剰な確信を抱くがゆえに、役割を果たそうというそれぞれの意志が挫かれてしまうという奇妙な定式なのだ。何かが大きく変化して、私には人びとの考え方を変えることができる、そして人びとの心に訴える責任があるのだと思うようになっていた。無力で仲間もいないという感覚がどこかへ遠のいて、代わりに可能性の感触を強く感じるようになっていた。それは自分の能力、役割、そして変化という現象そのものの働きについての可能性だった。

　その後の数年間、私は政治について書いた。そのとき起こっている出来事や世情に応えてウェブサイトにエッセイを綴ると、世界中のニュースサイトが取り上げてくれた。筆を執らせるのは最悪の出来事や、同意できないこと、怒りを覚えたものが多かったが、愛するものについてもよく書いた。そして愛するものを傷つけたりその恐怖をもたらすがゆえに、異を唱えざるを得ないものについても。書いたことの中には、野の動物のようにそれ自身で育ってゆくものもあった。これはそれまで何についてでも書いてきたのと同じように、肩の力を抜いて書いたものだった。それ以外の、そのときまで書いてきたものはすべて、自分で選び取り、こちらから主題に分け入って書いたものだ。ただしフェミニズムは、私の方が選ばれたといえばよいのか、離れていることのできない何かだった。

3

その頃は、遠地で教職に赴任してベイエリアを恋しがっていたティナに宛てて、天気の報告を添えたメールをよく書き送っていた。もう何年もの間ほとんど毎日のようにメールを書き、一日に何通も書くこともあった。二〇〇八年三月二十四日、この日まで私たちは三月二十日に私の送った「満月、春分、好天だが肌寒い」と見出しをつけたメールの返信のやりとりを続けていた。三月二十四日の夕方、私は「日没前、鰯雲が淡く伸びている」

という新しい見出しをつけて送信した。

その二年前、ワンルームのアパートを出て、六ブロック南のもっと広い屋根裏部屋へ引っ越しをした。ちょうどそこへ別れる間際の酷いボーイフレンドから逃げてきた友人のマリーナが転がり込んできて、私は喜んで彼女を迎え入れた。私はその冬に気がかりな診断を受けたのだが、それも彼女とすっかり親友になった後のことだった。診断からの流れで数週間前に大きな手術をしたばかりだったので、私たちは巣ごもりをして、それぞれがそれぞれの快復に努めた。会話を一度始めると話が勝手に転がり始め、流れていって、ジョークや笑いをはさみながら考えごとや出来事、望みや感情が深く掘り下げられてゆく。彼女は、私が夢見ていたそんな話のできる相手のひとりだった。

顔を合わせて話をする友人と毎日メールを書く友人。平穏無事な時期とは言えず、ティナ宛てのメールには不平も漏らしていたけれど、そのときは人づきあいの面ではそれ以上望むものがない生活を送っていた。ふだんのマリーナは小鳥のような輝く目をして、快活でとび抜けて温かい人柄に加えて鋭敏な政治的精神の持ち主でもあった。けれど、あの淡く伸びゆく鰯雲の夕方までは別離の痛手に落ち込んでいた。メールによると（ティナは私が食べものについて書くのが好きだった）、その晩私はパスタとアーティチョークとシビックセンターの市場から買ってきた野菜の夕食を作ったらしい。そしてマリーナとも親しかった弟を招待した。弟はイラク戦争の犠牲になった米兵のために四千のキャンドルを灯すデモの後でやってきた。そして赤ワインを一本空け、ほろよいのマリーナはようやく本来のきらきらとした輝きを取り戻していた。

鰯雲のメールに書かれていなかったのは、その晩も、私が何年か越しのジョークのように「説教したがる男たち」というエッセイを書こうかという話をしていたことだ。お隣りに住んでいた高齢のレズビアンのカップルから買った花瓶のような形の太い脚をした小さなオークの折り畳みダイニングテーブルで夕食をとりながらその話をした。するとマリーナは絶対に書くべき、と熱を入れて私を説得した。たとえば彼女の妹も含めて、たくさんの若い女性が必要としていることだから、と言って。

その後何年も後になって、今度は今住んでいるアパートのまた別のキッチンテーブルを挟んで、ある映画女優とフェミニズムについて話していた。翌日に巨大な花束が届き、添えられたカードには、私が口にした「問題はあなたではなく家父長制」という言葉がいちばん気に入ったと書かれていた。これはフェミニズムの基本のようなメッセージの一つといえるかも知れない。つまり、あなたは何も間違っていないということ、あなたを押さえつけて、あなたが無益で無能で信頼にも評価にも値しない駄目な存在だと吹き込むシステムの方が間違っているのだ、ということだ。マリーナは、私の逸話は広く世の中へ、世の中にいる女性へ届けた方がいいと感じていた。女性たちに聞き届けられるべきだと思ったのだ。

声と信用と重み
Audibility, Credibility, Consequence

私は早起きで、彼女の方は不足気味の睡眠を取り戻すことに忙しかった。そして屋根裏のアパートの大きな部屋は二つだけだった。西の部屋にはキッチンと、ゲスト用のデイベッドがあった。東の部屋は私の寝室兼仕事場で、細長い造りつけの机があり、その真ん中にあのろくろ脚の書き物机を組み合わせて使っていた。二十五日の朝、私は彼女の眠りを妨げることなく求めに応じようと、あの書き物机の前にもう一度座った。エッセイまるでひとりでに流れ出て転がってゆくように、すいすいと筆が進んだ。こういうときは考えごとはもう時間をかけて育っていて、書くことは目に見えないところで形になったものの誕生を手伝っているだけみたいだ。書くという作業の多くの部分は、何もしていないように思える間に意識もコントロールも及ばないところで為されている。そんな風に物事ができ上がってくるとき、自分の仕事は邪魔をしないことだけだ。

その朝に書いた文章は自分でもびっくりした。前夜に冗談を言っていたときには、説教したがる男たちの話が朝でき上がった内容につながるとは思っていなかったからだ。エッセイの始まりは笑い話だった。五年前に、ある男が私に向って私の書いた本について話をしていて、私が、つまり彼が勝手に単なる聞き手だと思い込んでいた人間が、自分が長々と蘊蓄を傾けていたエドワード・マイブリッジの「とても重要な本」の著者だと知って（そこでようやく連れの友人が口を挟めたのだ）しばし喫驚していた、そんな出来事だ。

ときどき、ささいな非礼を重大な犯罪のように言っていると私を咎める人がいる。そんな人は、私たちがひと連なりの問題として物事を語っていることを理解していないか、理解しようとしない。そのまとまりの中にある物事は別個に語ることもできるけれど、重要なのは一つのまとまりの中にあるということだ。黒人専用の水飲み器を設けることと黒人をリンチすることとは、程度と種類は別でも、どちらも差別と不平等を押しつけるという同じ営みから生み出されている、これを理解できない人はほとんどいない。

その朝書き上げたエッセイが世に出ると、私のもとには弁護士や科学者や医者やあらゆるフィールドの研究者、あるいはアスリートや登山家、機械工、建築職人、映画技師等々の女性の声が届いた。みんな自分の専門分野について、自分でも何を言っているのか分かっていないような男に御高説を聞かされたという話だった。そんな男たちは、男にはもともと知恵があって、女はそうではなく、女は聞き手になるのが当然、長広舌を振るうのが男の権利、そんな風にこの世ができていると思っている。男の自我を肥大させ、女のそれを縮こまらせること、それが女の仕事だと思っているのかも知れない。誰がファクトを司るのか、ということを巡る非対称性は、知的な問題からついさっきの出来事まであらゆるものに及ぶ。そして女性たちからあらゆる行動の能力を削り取る。時には生きることも含めて。

エッセイの冒頭は、そのマイブリッジの重要な本について私に教えてくれた男の面白おかしな話だ。ただしその後に書いた私の経験はそういう話ではない。

まだずっと若くて、フェミニズムとは一体何で、なぜそれが必要なのかようやくわかり始めた頃のこと。私は核物理学者をおじに持つボーイフレンドとつきあっていた。ある年のクリスマスにこのおじは、爆弾屋たちが住む郊外のコミュニティで、近所のある女性が真夜中に、夫に殺される、と叫びながら裸で外に出てきたという話をして聞かせた。まるで当たり障りのない笑い話のような語り口だった。どうして、と私は尋ねた。その人が奥さんを殺そうとしていたわけじゃないって分かったんですか？おじは、噛んで含めるように説明した。いいかい、彼らは尊敬すべきミドルクラスの人間だ。だから、奥さんが家から飛び出して夫に殺される、とわめきちらしたからといって、夫が彼女を殺そうとしていることの信頼に足る証拠にはならない。一方、あの女の頭がいかれてるってことはだね……。

専門領域に関してまともな能力がないと決めつけることと、誰か自分を殺そうとしているかどうかも判断する能力がないという決めつけの根は同じだ。その同じ思い込みが、家庭内暴力やストーカー被害による夥しい数の犠牲者の死につながっている。このエッセイは私も予想はしていなかった方向へ私を導いた。

あるとき詩人の友人が、カトリックの学校で修道女にされた仕打ちについて「誰かに殴られたのはそのときだけ」と言った。私はそれを聞いて、この類いのことでそれほど安全で穏やかな人生を送るのはどんな感じだろうとしばし茫然とした。私は、女や子どもを殴るのは自分の権利だと自分の父親と同じように考えて実行してきた男と、二十年間にわたってその男に何の償いも求めず、どこにも訴え出ることもせず、そう思いさえしなかった女の娘だった。十代の初めにはもう、言い寄ってくる大人の男から身をよじって逃れ、その場から姿を消すことを学ばねばならなかった。なぜならその時代に彼らに向かって放っておいてくださいと言うことは、そう口にする権利や安全があり、彼らが耳を貸す義務とか期待があることは想像できないことだったのだ。若い頃はいつも、自分はたぶんレイプされるのだろう、殺されるのかも知れないと思っていた。自分が生きてきた世界は、見ず知らずの男によって女が女であるがゆえに殺され、顔見知りの男によって勝手な権利の押しつけのために、あるいはただ女であるがゆえに殺され、そんな強姦や殺人が美術の中に挑発的に描かれつづける世界だと思ってきた。私は信じるに値せず、混乱していて、ファクトを扱う能力がない、そう大事な場面で言われた。私はそんな女だ。そのすべてにおいて、それがごく普通のことなのだ。私が生きている社会はレイプ被害後の証拠保全キットとか、大学内のストーカー被害啓蒙月間とか、妻や子どもが夫や父親から身を隠すためのＤＶ被害者用のシェルターとか、そんなものが日常の一部になっている社会なのだ。

　そして私は物書きとなり、芸術や闘いなどについて書くうちに幾許かの地歩を得て、ときどきはそれを私以外の者の声のための空間を開くために使おうとしてきた。「説教したがる男たち」というエッセイは、ある朝そんなひとりの女が書いたものだった。自分で何を話しているか分かっていないということすら分からず、誰に向って話しているのかも分かっていない馬鹿者が彼の専門分野でさえない分野について解説してくるという些細な侮蔑の経験が、あるひと連なりのものの一部だということ、その反対側には惨たらしい死があふれているということについて書いたものだった。

数時間後、エッセイをプリントアウトしてマリーナのコーヒーと自分の紅茶と一緒に朝食のテーブルに置いた。その朝の十時四十二分に、エッセイと同じ「説教したがる男たち」という標題をつけたメールでティナを含めて十三人の友人たちに送信した。その朝のバージョンには、キーツの「サヨナキドリに寄す」から引いたエプグラフなど自分でもびっくりするような文章の装飾があったけれど、それを削った以外はオンラインで発表したものとほとんど同じだった。二、三週間後には短いバージョンがロサンゼルス・タイムスに載った。

私は自分の経験や感覚を書いたのだが、他の女性の経験や感覚にもたくさん共通点があったのだ。すぐにヴァイラルに拡散されて、ウェブサイト「ゲルニカ」には何年もの間に何百万ものアクセスがあった。それは、私が書いたような状況は残酷なまでにありふれていて、しかもまったくまともに扱われてこなかったからだった。あの朝一息に書き上げたエッセイへの反響は、たぶん私がやってきたことの中で一番大きかった。二〇一四年にはフェミニズムに関するエッセイを集めた本の冒頭に収録され、韓国でベストセラーになり、アメリカでも何年も売れつづけ、オランダ語からスペイン語やペルシア語にまで何ヶ国語にも翻訳された。

公開されたすぐ後に、ウェブサイト「ライブジャーナル」の匿名コメント投稿者が「マンスプレイニング」という言葉をつくった。この言葉は瞬く間に広まり、二〇一四年にはオックスフォード英語辞典に採録された。英語で広まったのみならず、他のたくさんの言語にも登場し、「ホワイトスプレイニング」など多くのバリエーションが生み出された（ただ、よく私の造語といわれるのだが、「マンスプレイニング」自体は私が編み出した言葉ではない）。そして誇らしいことに、この文章は何人かの背中を押すことにもなった。ある著名な女性作家は、このエッセイが出てすぐ、名の知られた評論家で好戦的なミソジニストに宛てて私の文章を送りつけたそうだ。「このレベッカ・ソルニットの素晴らしいエッセイを読んで、もうずっと長い間あなたに言おうとしていたことを思い出しました。犬にでも喰われるといい」という言葉を添えて。そして私の知る若い女性が離婚するきっかけにもなった。

若い女性が私のところへ来て、私の書いたものがきっかけで自分の力や価値に気づき、服従を拒絶できたと聞くと身震いするような感動を覚えた。人は書いているときには人は自分が何をやっているのか本当は分かっていない。なぜならそれは人がどう読むかにかかっているからだ。人びとの欲求や興味を知ることはありふれた道を辿る助けにはなる。そしてそれを知らなかったことによって存在すら気がつかなかった欲求や関心に導かれることもよくある。時には読む者自身も知らなかったようなものへ。仏教では菩薩の務めを「衆生済度」（生きとし生けるものを分け隔てなく救済し解放すること）という。私はフェミニズムはその一部だと思っている。

4

作家の声はその人だけのものとされている。他の誰とも違うその人だと分かるようなもの。文体とも少し違うし、語り口や内容だけではないもの。書き手の人柄とか主義のような、ユーモアや真面目さの素になり、信じるもの、書く理由、自分が何者で何について書くのか、そして誰のために書くのかにつながっているもの。けれど、「説教したがる男たち」以降に私の書くものの大きな部分を占めるようになったフェミニズムというテーマは、サバイバルについて語る私以外の女性たちの声のためのものであり、彼女たちの声についてのものであり、多くはその声とともにあるものだ。

私の書くものは合唱のような声を取り込んだり、その輪に加わったりした。クリエイティブな仕事では不滅という理想が掲げられがちだ。その人のものだと分かり、作者の名を永遠に目指すべきだとされる。たしかに言葉に命が宿るのは、読まれたり、聞かれたりするときだ。けれども、これまで研究をして文章を書いてきた芸術家や、文化を変えたムーブメントから私が学んだのは、意味のある貢献をする方法は二つあるということだ。一つは人の目にずっと触れつづける作品をつくること。もう一つは、深く浸り込んでいって人びとの目には見えなくなり、ものの見方になってしまうものをつくること。それは人びとの眼前ではなくその内側にあるもの、もはや芸術家が芸術家でなくなり、人びとがただの観衆でなくなるようなものだ。

同時代に影響を与えた芸術作品は、時代がかっていたり陳腐に見えることがある。新鮮で世の中をひっくり返すほど革新だったことも、あたりまえになってしまうからだ。映画の編集技法とか、歴史や自然やセクシュアリティについての考え方とか権利とその侵犯をどう理解するかということも同じだ。そうやって、ひとりかごく少人数のヴィジョンが大勢の人のものの見方になる。彼らの古くささはその成就の証だ。その意味では十九世紀に書かれたフェミニズムのテキストが未だに重要性を失っていないのは、ここに至っても私たちは道半ばだということを物語っている。

不滅性は不毛な理念だと考えることがある。それは一神教の砂漠のような、岩屑や宝物が何千年もそのまま残りつづける場所からやってくる考え方だ。あの「人はみな草なり」という言葉の記されたイザヤ書もまた、ベドウィンの羊飼いが二千二百年前に洞窟に置かれた壺から拾い出した死海文書の中にあった。湿っぽい土地ではすべてが朽ちていき、多くは土に還り、土は新しい生命を養う。何かをつくり出す仕事ができる最良のことは、土の肥やしとなって忘れ去られ、新しい時代のための食物になることではないか。あるいは貪り食われ、消化され、その時代の意識そのものになることではないか。大理石は残る。けれど、土は養うのだ。

　私が生きてきたのは旧来の権威主義に反旗を掲げた革命の時代だった。一九五〇年代末から一九六〇年代初頭の核兵器や農薬がもたらす危機に反応した市井の人びとは軍や化学産業の肩をもつ科学者の権威に疑義を唱えた。生まれつつあった環境保護運動は、人間中心主義、資本主義、消費社会、進歩主義、人間による自然の支配といったものへ大きな問を投げかけていた。人種差別撤廃運動は白人中心主義への、同性愛解放運動は異性愛中心主義への、フェミニズムは父権主義への疑問符を掲げていた（そして運のよいときにはそれらの道が交わった）。そしてそれらはただの問いかけを越えて変化を要求し、権力と価値の再配分を求めていた。

　時間は変化によって測られる。これらの運動は短期の目標とか特定の目的を達成できなかったといわれることも多いが、長期的には物事の基本的な前提を変えたことも少なくない。さまざまな決定や、事実の解釈の前提や、人びとが自他に向ける視線、自分たちの可能性や権利や社会を考えるときの前提、さらには誰が決定し、解釈し、何が見られ聞かれるのか、誰の声やヴィジョンが重視されるのか、その前提を変えてきたのだ。

あのエッセイを書いた二〇〇八年、フェミニズムは凪のような状態だった。フェミニズムの最近の多くのものと同じだ。ゆっくりとした変化と停滞と後退を気まぐれに繰り返しながら、時折、不意に訪れる危機によって人びとの状況や意識が急激に変化するフェミニズムでは、悲劇的なニュースをきっかけにそんな突風がよく巻き起こる。二〇一二年当時、アメリカでは大学内の性暴力への抗議運動がそれまで以上に存在感を増し、成果を上げつつあった。そんな中で起きた二件の犯罪がメディアで大きく報じられた。八月にオハイオ州スチューベンヴィルで起きた抵抗力を奪われた十六歳の被害者に対する集団強姦事件と、十二月にニューデリーの公共バス車内で起きたジョーティ・シンの強姦・内臓破壊殺人事件だ。そして何かが変わった。

あるいは、何かがすでに変わっていた。というのは、これらの事件は異例ともいえるメディアの注目を集めたが、それ自体はおぞましくもありふれた出来事なのだ。何がニュースに値するのかを誰が決め、それが誰の視点で語られるのかということ、きっとそれがすでに変わっていたのだ。これらの事件は私の感覚ではおそらく初めて、蔓延する一つの病の象徴として語られていた。それまでこの種の犯罪は個別の特異な出来事として、その種の暴力の偏在性とかすべての女性に及ぼしている影響といった問題とは無関係に語られることが常だった。長い間不問に付されていたものが不意に見過ごされぬものとなり、それまで聞かれなかった声が聞こえるようになり、その声に耳を傾ける者が初めて現れたのだ。

　そして二〇一三年の初めにダムが決壊した。あふれ出したのは無数の女性たちの物語だった。誰にも声を聞かれず、信じられることもなく、軽視されてきたがゆえに見過ごされてきた夥しい数の性暴力の物語だ。物語の奔流はとどまるところを知らなかった。たとえば二〇一四年にアイラビスタで発生したミソジニーによる大量殺人事件への反響があった。それは自分が性関係を拒まれていると思い込んで女性を憎悪し、罰を与えようとした若い男が起こした事件だった。あるいは、婚約者に暴力を振るったスポーツのスター選手に、つまり著名人の暴力を告発したゆえに疑われ攻撃された女性への反響があった。そして、二〇一七年に映画業界を皮切りに始まった#MeTooのうねりの中で、レストランから農業やＩＴ業界まであらゆる職場で暴露された性的な加害行為への反響もあった。告発の源はアメリカの枠を越え、アイスランドから韓国に至るまで波及していった。ある女性が十五歳で受けた性暴力と心的外傷について語った二〇一八年の最高裁聴聞会にも反響があった。彼女が発言ゆえに殺害の脅迫を受けたことにも反響の声が上がった。

　私たちの前で明らかになることの残酷さと、それを語れること、語る力があることの高揚は不釣り合いな組み合わせだった。口を開く者は語ることの解放を感じつつ、同時にそれぞれの苦痛へふたたび立ち戻ることになった。ダムが破れるたびに夥しい物語があふれ出て、隠れていたものが残らず吐き出されたように思えた。そして次の決壊が起こると、さらに多くの無数の女性たちが初めて自分の物語を語りはじめるのだった。

身体的暴力が桁外れの規模で蔓延する土壌を探していたのは声への暴力だ。世の中の秩序は、その舵を操る権利と能力を与えられた男性に依拠していた。この枠組みを維持するための資本や法や政体やメディアといった具体的なもののみならず、何が真実かということと、その意味、どのストーリーが重要で誰の声が聞かれるのか、それも彼らの決めることだった。そして、目の前の状況の不合理さやその上に安住する者の不当さをまざまざと経験する者が沈黙し、あるいは黙らされていることにも依拠していた。けれど、何か重要なものに変化があった。変化は何かの始まりと思われるものだが、私には長い間ゆっくりと続けられてきたことの一つの到達点に思えた。それはフェミニズムの理念を広め、より多くの女性（および女性を対等で信用できる存在と考える男性）を編集者、プロデューサー、監督、ジャーナリスト、判事、あるいは組織の長や議員などの権力ある地位に就けてきた営みだ。

急成長するソーシャルメディアや、新たに出現した無数のオンラインフォーラムはさらに多くの声のための場所をつくり出した。増幅されたそれぞれの声が、人びとの証言を対話に投げかけ、そしてこの病的な状況を確認し、変化への要求を強めていった。湧き上がる合唱は大きな河となって一人ひとりの声を運んでいった。その中に私の声もあった。やがて世界を変えるまでになった。これは星の数ほどの人びとのプロジェクトだった。

よくこうした営みの原動力は怒りだと思われている。しかし多くの運動に力を与えているのは愛だ。私はアクティヴィストの中で生きるうちにそう確信するようになった。また私的な社会で差し出されるトラウマへの処方箋はたいてい個人的なものだが、一方、誰かのために、あるいは自分を傷つけた状況を変えるために誰かと一緒に行動するときには、トラウマの中心にある孤立感や無力感を乗り越えるような連帯や力を経験することも多い。

これまで書いてきたものの中で、性的な暴力やミソジニーほど簡単に書けるテーマはない。たぶんその理由は、こらえているより動き始める方がよほど簡単な力に背中を押されているからだ。必要なのはおぞましい犯罪にどっぷりと身を浸すことだ。私はもう何年もの間、朝食時には強姦について、ランチでは虐待とストーキングについて、ディナーでは殺人について読むような毎日を延々と繰り返して、その種の物語を数え切れないほど体に取り入れてきた。けれど、それらを照らす光はこれまでとは変わりつつあり、現在の状況を変えて権力の配置に変化をもたらす可能性もいくらかはある。だからこそ、私を衝き動かす力には惨めさや恐怖を乗り越える強さが宿っている。たぶんこの力によって、初めてそんな可能性が生まれたのだ。

ネヴァダ核実験場で学んだのは、最悪の事態に取り組むには正面から向き合うべし、ということだった。背を見せて逃げれば追ってくるし、無視を決め込んでもいずれ不意打ちの餌食となる。正面から向き合う中でこそ味方や力や勝利の可能性を見つけることができるのだ。私は文章の中で幾度もジェンダー間の暴力に向き合い、名指そうとしてきた。すると、同じようにして長い間待ちつづけていたものと出会った。それが性暴力と対峙し、必要な対話を始めようとする女性たちの世界を巻き込んだうねりだった。

　ストーリーを語ることが私たちの大事な道具だった。いかに一つ覚えのような言い回しや決り文句や言い逃れが使われ、同じような憶測が生み出され、いつも一方の側の人間が守られて信じられ、別の側の人間が疑われ罰せられているか、それを私たちは示した。パターンを明るみに出し、主張を譲らないことによって聞き飽きた釈明や犠牲者への攻撃や話の矮小化を否定した。たとえばレイプの原因はレイプ犯であり、アルコールや衣服や女性が出歩いて社交することではないと強調することもその一つだ。そしてようやくストーキングやハラスメントや暴力やレイプや家庭内暴力や女殺しが、同じミソジニーの異なる様態として語られるようになった。性的な虐待がどのようにして起こり、なぜ被害者の多くが口をつぐみ、時には嘘をつき、声を上げても信じられることが少なく、加害者の罪が認められることがほとんどないのか。フェミニズムをめぐる対話はそうしたことについて知識を広め、深めていった。人種とジェンダーの交差性も、その中で新たな光が当たったものの一つだった。同じように犠牲者を貶め、疑い、批難し、あるいは無視することで譴責を免れてきた人種的暴力とのアナロジーに、人びとは新しい目を向けるようになったのだ。

5

「説教したがる男たち」を書いたあの朝から十年余り、フェミニズムについて何十もの文章を書いてきてふと気がついたことがある。それは、相変わらず女性への暴力について読みつづけていた一方で、自分が語ったり書いたりするものは必ずしもそうではなかったということだ。私が書いてきたのは声を持てないことの意味、声という不可欠な力を再分配することへの訴えだった。「説教したがる男たち」の肝は「信じてもらえることは基本的なサバイバルツールだ」という一文だった。しかし、それを道具というのは間違いだった。道具ならば手に持って自分で使うことができるし、その使い道は自分次第ということになる。

あなたの信用は、社会があなたのような人をどのように捉えているかということにも由来する。私たちが何度も何度も目撃してきたように、証拠や証言、および十分に根拠のあるパターンなどからすれば「客観的」に信用できる女性であっても、男性とその特権の擁護者は信じようとしない。父権主義下の女性はそもそも定義からして不平等を正当化する立場に置かれていて、そこには信用の不平等も含まれているのだ。

父権主義は分別や理性は自分たちの側にあると主張することも多い。けれどもその信奉者は女性が語る立証可能で極めて一貫したありふれたストーリーを軽んじ、その一方で男性の語る絵空事を何でも受け容れてしまう。性暴力は滅多に起こらないとか、いわれのない訴えが蔓延しているなどととぼけてみせるのだ。そして、なぜわざわざ声を上げて罰や不名誉の上塗りをするのか？とか、どうせ無視されるからまるで意味がないのでは？という風に先回りして口封じする。

声をもつ、ということはただ動物として音声を発する能力をもつことではない。それはあなたの社会、あなたと他者の関係、そしてあなた自身の人生を左右する対話に加わるための完全な力を手にすることだ。声をもつことには三つの鍵となる要素がある。それは声が聞かれること、信じてもらえること、そして重んじられることだ。

聞かれることとは、声が聞き届けられること。沈黙に押し込められず、話したり書いたりする場から締め出されることがないということだ（場からの締め出しには教育の機会を奪うことも含まれるし、ソーシャルメディアの時代には嫌がらせや脅迫によってプラットフォームから追い出すというよくある事例も含まれる）。

信じてもらえることとは、そうした場に入ったときに、人びとがあなたを信じるということ。これは女性が常に真実を語るという意味ではなく、語られたことがそれ自体の内容と文脈で判断されるという意味だ。そもそも女性は語る資格を持たないとか、理性よりも感情に支配されているとか、復讐心に狂っていて、一貫性がなくて、妄想しがちで、印象操作に長けていて、耳を傾けるに値しない……というような父権主義の言い方に左右されないということ。この種の野次は、女性が何か異議を唱えようと口を開くたびによく聞かれるものだ（殺害の脅迫もその方便だが、とりわけ虐待者から逃れた女性に対しては実行される場合もある。言葉で黙らせる場合もあれば、殺して口封じをする場合もあるというわけだ）。

　重んじられることとは、つまり重要な存在になるということだ。あなたが重要であればあなたは自分の権利のために言葉を使うことができる。言葉は証言する力、合意する力、境界線を引く力になる。あなたが重んじられる存在であれば、その言葉には自分の身に起きたことや起きなかったことを明確にする権威がある。これは平等な自己決定の一部としての同意の根拠にもなる力だ。

　法的な扱いにおいてすら、女性の言葉は重んじられてこなかった。二十世紀より前に女性が投票できたのは世界中でほんの数か所に過ぎない。わずか数十年前には女性が弁護士や判事になることは稀だった。私は母がその地域初の女性判事だったというテキサスの女性に会ったことがあるし、アメリカ最高裁で初めて女性判事が任命されたときにはもう大人になっていた。二、三十年前まではアメリカを含め世界のほとんどで妻には契約や経済的な判断をする権利がなかったし、自分の身体すら夫の管轄下にあった。世界にはまだ妻が法的には所有物とされ、夫を選ぶこともできない場所がある。重要でない人間とされ、言葉に何の力もないという状況は途方にくれるほどに酷い。幽霊か動物にでもなったように、言葉は口の中で死に、声はどこにも届かないのだ。口に出したことに重みがないということは、ほとんど口をつぐむよりも悲惨だ。

　女性はこの三つの前線すべてで傷ついてきた。有色人種の男性もそうだった。非白人の女性は二重にそうだった。発言を許されないこと。発言によって罰せられること。そして決定の行なわれる場、すなわち裁判所、大学、立法府、ニューススタジオなどから排除されること。発言する場を見つけられても、そこで笑いものにされ、疑われ、脅されること。そもそも女は嘘つきで、悪意があって、妄想癖があって、混乱しているものだとか、端的に発言する資格がないのだといつまでも退けられること。あるいは声をあげても黙っていても何も変わらないこと。話をしても何も起こらなかったのは発言者の権利とか証言能力が重んじられず、声がただの音のように風に紛れて消えてしまったからだ。

　ジェンダー間の暴力を可能にしたのはこの開かれること、信じてもらえること、重んじられることの欠落だった。私たちは巨大な矛盾の中で生きている。この社会は法や小綺麗な自尊心によってその種の暴力に反対を唱える一方、数え切れないほどの策略によってその暴力を生きながらえさせ、看過しつづけてきた。たとえば加害者に被害者よりも手厚い保護の手を差し延べることがはるかに多かった。職場のハラスメントであれ、大学内のレイプであれ、家庭内暴力であれ、声をあげた被害者にはいつも処罰や侮辱や脅迫を与えてきた。その結果、犯罪は見えなくなり、犠牲者たちは声を聞かれることのない顧みられることもない存在へと押しやられた。

性暴力の土壌となっている女性の声の軽視は、その後の場面で軽視されることとも地続きだ。女性は警察や大学当局や自分の家族や教会や裁判所へ訴えても、レイプキットを求めて病院へ行っても、無視され、不信を買い、非難され、辱められ、疑われる。そのどちらも社会の成員としてひとりの人間が備えている人間性や資格を蔑ろにする攻撃だ。そして後者の場面で軽視されることは前者の前提をつくり出す。聞かれること、信じてもらえること、重んじられることの不平等性こそが性的な加害行為の蔓延を許している。このことは猛威を振るうジェンダー間の暴力にとって、他のどんな格差よりもはるかに大きな前提となっている。

欠けることのない、力強い声を持つのは誰なのか。それを変えてもすべてが解決されることはない。しかしそれによって変わるルールがある。何が語られて聞き届けられ、誰が判断するのかということだ。この変化は、たとえば何年も前ならば無視されるか信じてもらえず、却下されたり加害者の有利に判断されたりしていた事例の多くが、今では別の結論にたどりついていることに現れている。その理由は女性や子どもの証言が以前よりも聞き届けられ、信用され、結果を生む重みを持つようになっているからだ。ルールが変わることで未然に防がれるすべての犯罪を思えば、この画期的な変化がもつインパクトの大きさは見当もつかない。

この変化の背後で起こっているのは、誰の権利が重視され、誰の声が聞き届けられ、誰が判断するかということの再編成だ。その声をより大きくより力強いものへ変え、変化をさらに先へと進めること、それが作家としての声に私が託してきた仕事の一つだった。私が書いたものや他の人びとが語ったことが世の中の変革に手を添えているという実感は、書く者、そして生き延びた者である私に何重もの喜びを与えてくれるものだった。

あとがき　生命線

Afterword: Lifelines

二〇一三年の暮れに近いある日、ニューオーリンズでのことだった。私は机を前に、狭い会場で長い列になっている人びとに自著のサインをしていた。隣りには共編者でニューオーリンズ出身のレベッカ・スネデカーがいた。ひとりの女性が両手で受けるように私の手を取って手相を読み始めたのはそのときだった。サインしていた本は私たちがつくったこの街の地図帳《アトラス》で、私の十五冊目か十六冊目か十七冊目の本だった（数え方による）。私はハリケーン・カトリーナから六か月後、二〇〇六年の復活祭の週末にこの街に来て、嵐の渦中やその後に起こった語られざるストーリーに引き込まれていった。人種間の犯罪を告発する動きに関わり、調査報道の必要性を訴えた。自分でも災害とその瓦礫の中に起ち上がる驚くべき共同体について書いた二〇〇九年の『災害ユートピア』という本にそのことを取り上げた。

ニューオーリンズにやってきたのはこの街のもっとも醜い部分を見るためだった。つまりこの街の貧困とレイシズム、そしてそのために洪水に襲われた街の中で死んでいった千五百を超える人びとの死にざまを知るためだった。彼らはまず見捨てられ、そして攻撃され、避難することも援助を受けることも許されず、悪人か人でなしのように扱われながら死んでいった。街に来た私は、ニューオーリンズのもっとも美しいものに心を奪われた。この街の人びとが今という瞬間を生きる巧みさもその一つだった。人びとは自分たちのいる場所をよく知っていて、人前に出て街頭で祝祭を繰り広げ、つながりの輪をつくることに長けていた。過去を現在につながるものとして記憶できる人びとだった。生産性や効率というものはお互いをすれ違わせ、日々の思いやりとか喜びを忘れさせてしまうものだ。この街の人びとにはそんな哀れな美徳とは別種の価値を重んじる才覚があった。

　女性が堂々と列を待たせて私の手相を読んでいたのも、そんな人びととの気長さが理由だったのかも知れない。ニューオーリンズの人びとは多少の遅れにせかせかしないと知っていた私は、列を進める義務感をおさえて彼女に手をあずけたままにした。私は手相を含めて占いの類いは信じていない。けれども、どんな形であれ私のもとへやってくる物語は信じている。そして、見知らぬ人もまた自分の新しい可能性を見せてくれるメッセンジャーや鏡になることができると信じている。去り際に私の手を放しながら彼女が口にしたのは、「なにはともあれ、あなたはなるべきものになったのね」という言葉だった。私はその言葉を御守りのように大切にしている。

「なにはともあれ」と彼女は言った。私はそれを数え切れない人生があたりまえのように経験する障壁や傷のことだと受け止めた。私は根本的に物事が良い方向へ変化していることとは知っている。その一方で、ジェンダーの歪んだ鏡によって自意識を損なわれ、あるいは生き延びるための権利や能力や条件を蔑ろにされて、どれほど多くの人がなるべき存在になれないままでいるかということも知っている。どこも損なわれていない人間などというものは思い描くことができないし、そんな想像が役に立つとも思わない。それでも、私と同じジェンダーが負ってきた傷がいくらかでも軽く、許されないものになるという想像には何のためらいも感じない。そのプロセスはすでに始まっているとも思うし、あなたは安全と自由と平等に値する存在です、と言われるだけでも人は力づけられると思っている。私が希望を抱くフェミニストであるとすれば、それは私が生まれて以来、多くの場所のいろいろな面で女性の権利と地位が根本的に変化してきたことを知っているからだ。

　十九歳のシルヴィア・プラスは悲嘆に暮れていた。「わたしはみんなと話がしたいのです。わたしができるいちばん深い話を。空の下で眠りについてみたいのです。西部に旅に行きたいのです。夜、気ままに歩いてみたいのです」。彼女はジェンダーのためにそれができないと感じた。その三十年後に生まれた私を含めて、私たちはそれよりも恵まれていた。私は西部を気ままに旅して、野原や砂漠や谷底で眠り、南西部や北極圏の大河の岸辺でも眠った。広大な土地をひとりで自動車で移動し、夜の街々や辺鄙な場所を自由にさまよっていた。叛徒と徒党を組み、街路を封鎖し、英雄に出会い、本を書き、活動家を励まし、若い頃に憧れてやまなかった友情や対話を自分のものにした。時には信じるもののために起ち上がったり、物事が変わってゆく軌跡をなぞれるほどの時間をどこかでじっと過ごしていることもあった。気候変動のような恐ろしい変化もあれば、文化をめぐる政治のように昂揚を誘う変化もあった。そんなことと同じように、私もまた損なわれた存在であり、私の社会は私たちすべてを損ない、とりわけ女性に特有のダメージを与えつづける社会だということもまたはっきり言える。

ダメージについての物語は無数にある。私が最近読んだ、環境破壊を主題にした写真についての文章もその一つだった。カーソン・トレンドと呼ばれる帯状の金鉱をとらえた写真だった。ダン姉妹の牧場を含む西ショショーニの土地を横切って伸びるこの金鉱はネヴァダ州が一つの国ならば世界で四番目か五番目の金産出国になっていたといわれるものだ。私は採掘現場に足を運んだことがあった。町をいくつも呑み込んでしまいそうな広大な露天掘りの穴が並び、ポンプで水を排出しながら更なる深みへ向けて巨大な掘削機械を動かしているようすが傷口の列のように見えた。重金属を放出しながら山並みがまるごと粉砕され、金を抽出するためにシアン化合物を含んだ水を塵芥に散布していた。その金が外国の企業を潤し、どこか遠方の人びとの体を飾っているのだ。砂漠の貴重な水は垂れ流され、毒水にされて人造湖に捨てられ、降りてきた鳥を殺していた。そんな鉱山を知って金を憎むようになった。

そんな一群の写真にそえられていた文章には、南極で八シーズン仕事をした別の著者の文章が引かれていた。ジェイソン・C・アンソニーが歴史上の船乗りや極地探検家を苦しめてきた栄養不足について書いたものだ。「ビタミンCなしには私たちはコラーゲンを作れない。コラーゲンは骨や軟骨や腱その他の結合組織に欠かせない物質だ。傷口を閉じるのもコラーゲンだが、傷口を結合する組織は生きている間ずっと更新されつづける。そのため、ビタミンCが欠乏して壊血病が進行すると、昔に治っていたはずの傷口が痛みとともに魔法のようにふたたび姿を現すのだ」。

　この話は、私たちはいかなるものも終わったことにはできないという戒めとして受け止めることはできる。しかしそれより、ダメージは必ずしも未来永劫には続かないが、その治癒もまた永遠ではないという教訓の方が有益かも知れない。勝ち取られたもの、変化したもの、是正されたものも維持し護らなければ失われてしまうのだ。前に進んだものは後ろにも進みうる。効率性を重んじる者にいわせれば悲嘆にもたどるべきロードマップがあり、物事は終わらねばならない。そして傷口についても精神についても使われる語「閉じること《クロージャー》」が訪れる。しかし時間や痛みはもっと流動的で思いもよらぬ振る舞いをするものだ。伸びたり縮んだり、閉じたり開いたり、変わりつづけるのだ。

　あなたは自分を傷つけたものへ近づくこともあれば、遠ざかることもあり、周りをぐるぐると回っていることもある。何かに、あるいは誰かに連れ戻されることもある。そんな出口へ駆け上がった階段が不意に滝に変わってしまうような時間の惑乱がトラウマの混乱であり、トラウマの時間の感覚だ。しかし人は自ら過去を再訪することもある。ちょうど私がこの本で試みたように、歩んできた道程をたどるためだ。そこには閉じられるものもあれば再び開くものもある。何かがふたたび開かれるのは、あなたが何か新しいものを持ち込めるからであり、新しい見方で理解して、新しいやり方で修復することができるからだ。新しい章を加えればお話の始まりもまた別の意味をもっていたことになる。

　ダメージはそれまでとは別の運命を人に与える。しかし自分の人生を生き、意味のある仕事をすることが妨げられるわけではない。時として、何か悪いことが起きたにもかかわらずではなくそれゆえにあるべき存在になり、すべき仕事に踏み出すことがある。私は彼女の「なるべきもの」という言葉を、ダメージがなかったみたいに、という意味ではなく、ダメージは私が今ここにいる姿になることを妨げなかった、という意味で受け止めた。私の仕事の一部はそんな、私たちのあまりに多くに訪れるダメージについてのものだった。公正や権利のための仕事を果たした人びとのことを思うとき、もし彼らが不正義のない、すべての権利が充足された世界に生きていたら何になっていただろうか、と思うことがある。マーティン・ルーサー・キング・ジュニアは人種差別のない社会にいたらどんな人物になっていただろうか？　レイチェル・カーソンが環境汚染のないアメリカに生きたとしたら？　痛みも害悪もない世界でもない限り、きっと彼らは別の傷を見つけて、それを癒そうと試みたことだろう。よく天国は何もすることがなく、人びとに何も求めない場所として描かれる。私は、私たちに何も求めない天国は望まない。私にとって天国とは到着するべき目的地ではなく、方角を知るための北極星のようなものだ。

手相を見たのは、女性だった。たぶん女性に珍しくないこと、私にはよくあることだが、彼女が望んだのはただ気分のよくなるものを私に贈ることだった。思いやりの通じる一瞬という、あのささやかなユートピアをつくり出すこと。とはいえ、見ず知らずの人が私に何かを贈ろうと思ったのは重大なことだ。何年か前、野菜の直売市場で、男性が私を追いかけてきて、彼の売り場から持ってきた小さな六角形のビンに入った蜂蜜をくれたことがあった。会ったことはなかったけれど彼は私が誰か分かったのだ。見ず知らずの人が私から何かを受けとったと感じて、そのお返しをしてくれること。そんな人間に自分がなっているということには目がまわるほどびっくりする。屋外のブースで本のサイン会をやっていたとき、私に気づいた通りがかりの若い女性が思わず小踊りを始めたこともあった。そのとき何かのはずみに誰かが一瞬輝くきっかけになれたことが、たぶん私のキャリアの頂点だ。私たちは目を合わせて会ったことはなかったけれど、本の担う仕事とはまさにそんな風に書き手を越えて遠くへ手を伸ばすことなのだ。

傷と修復ということについては、最近思いを巡らせている別の話もある。それは日本の金継ぎ、つまり金によって修復するわざのことだ。壊れた陶磁器の器を、漆に金粉を混ぜた接着剤でつぎあわせる。金継ぎを施されると、亀裂は金の流れる水脈や河のような継ぎ目に変わり、器が壊れていたことを隠すのではなく、むしろ目立たせる。そうやって以前とは違うやり方でその器をかけがえのないものにする。物事は決して元通りにはならないが別種の美しさや価値をたたえた違う存在にはなれる、ということを受け容れるのだ。金の脈が、神秘的な傷痕や謎めいた文様のように、あるいは地図や象形文字のように走っている歪や器はこの上なく精妙なものだ。また金を愛さずにはいられなくなる。

私の友人のジョアン・ハリファクス老師はフェミニストの仏教の師であると同時に、旅をする人類学者でもあり、何回か日本を訪れて金継ぎで修復された器に触れてきた。数年前に彼女はそれをメタファーとして考察している。「世の中には通過儀礼として、人格を陶冶し心を開くための危難を求める文化があるが、私は強さを得るために破壊を求めるべきとは思わない」と彼女は書いている。「むしろ道徳的な苦しみを与えるような失墜からくる傷や痛みがあの「金継ぎ」のもとになれば、風に吹かれても撓まないような廉直さを失わずにいられるのではないか」。私に書き物机をくれた友人は、彼女について私の書いたことを認める手紙をウィリアム・スタフォードの引用で結んでいた。「私はあらゆる壊れたものから落下傘を織り上げた」。

人がもともとなるべきものは本当にはない。なぜなら私たちは造られたのではなく生まれたのであり、そこにいくらかの傾向が付随しているだけだからだ。その後の出来事や出会いが人を造形し、折り曲げ、熱し、後押しする。「なにはともあれ」は、人の歩みを押し留めたり、その人の本性や目的を変えようとするさまざまな力の存在を示唆している。そして「なるべきものになった」とは、そんな力のはたらきがすべて成就したわけではないことを意味している。見知らぬ人が授けてくれたのはそんな素敵な占いだった。私はその占いと一緒に、私がいったい誰になるべきだったかということを確認した気がする。それはある物語を打ち砕き、別の物語をつくり出す者だ。亀裂を辿り、時には繕う女。そして時には運び手となり、あるいは受け止める器となってあなたが身に帯びるもっとも貴い荷を負う。その荷は語られることを待つ幾多の物語であり、私たちを解き放つ物語だ。

謝辞

振り返ってみると、この本は立ちはだかるものや敵意についての本になった。ただし橋を渡してくれる者や、さまざまな思いやりも登場する。後者にはいくら感謝しても足りない。それなくしては私は生き延びられなかった。私が今あるのは、脆い者を護り、はみ出し者を力づけ、物知らずに教えを説いてくれた数多くの力のお陰だ。

私の部屋と友情をありがとう、ミスター・ジェームズ・V・ヤング（一九二〇―一九八九）。

都市についての教えをありがとう、ウェスタン・アディション。

書き物机をありがとう、＊＊＊＊。

ありがとう、私の二十代の三人のデヴィッド。

ありがとう、ゲイの男たち、ありがとう、クィア・カルチャー。ありがとう、隠れ家になってくれた街。あの頃家賃は安く、この街の掲げる信念は気高かった。ありがとう、サンフランシスコ市の家賃統制。それなしには私の進路は不可能だった。

ありがとう、クィアの町でストレートの若者を無料診療してくれたライオン＝

マーチン・クリニック。

ありがとう、オーシャンビーチ。ありがとう、太平洋。ありがとう、霧笛とカモメたち。ありがとう、サンフランシスコをとり囲む広大なグリーンベルトを護ってきた人たち。私は半世紀もその中をさまよい歩いてきた。

　サンフランシスコ公立図書館とＵＣバークレーのいくつもの図書館には、そこで過ごした時間と手を伸ばした本や資料のすべて、そして掲げられた理想をありがとう。独立系書店たち、とりわけモーズ書店、グリーンアップル書店、グリーンアーケード書店、そして過ぎ去った古書店たちにもありがとう。

　転学生を受け入れ、アルバイトと両立する日程を許可してくれたサンフランシスコ州立大学、ありがとう。励ましをくれ、『サンフランシスコマガジン』の校閲インターンという初めてのメディアの仕事を紹介してくれた、シェイクスピア専門のノエル・ウィルソン教授、ありがとう。

　サンフランシスコ近代美術館と研究・収蔵部門のスタッフ、そして司書のジェニー・キャンダウ、ありがとう。三十五年一緒に歩み、ともに変わってきたシエラクラブ、ありがとう。ＵＣバークレージャーナリズム大学院、とりわけバーナード・テーパー、デヴィッド・リトルジョン、ベン・バグディキアン、ありがとう。

　作家の役割に気づかせてくれた芸術家のみんな、リンダ・コナー、アン・ハミルトン、リチャード・ミズラック、ルイス・デソト、メリデル・ルビンシュタイン、ありがとう。

シティライツ書店のゲント・スタージョン、レックス・レイ、そしてポール・ヤマザキ、ありがとう。

駆け出しの頃に担当してくれた『フランク』誌のレベッカ・ビッグスとスティーヴ・ローゼンバーグとロブ・ランゲンブラナー、『マキシマムロックンロール』誌のティム・ヨハノン、『ミュージックカレンダー』誌のフローラ、『アートウィーク』誌のセシル・マッキャン、『アートイシューズ』誌のゲイリー・コーンブラウ、ありがとう。

二十代に励ましてくれたビル・バークソン、マイケル・マクルー、バーバラ・スタウファッハー、そして三十代に出会って力をくれたマイク・デイヴィス、ルーシー・リパード、ありがとう。

一九九一年湾岸戦争と、二〇〇二～三年イラク戦争で反戦と連帯に集ってくれた〈ベイエリア直接行動秘密結社ＢＡＤＡＳＳ〉、ありがとう。

一九九一年十月の朝、ロサンゼルス北の州間高速道路五号線沿いのデニーズで私の話に耳を貸し、アニタ・ヒルは真実を語っていると納得してくれたハンサムなバイカーたち、ありがとう。

ありがとう、ネヴァダのボブ・ファルカーソン、キャリー＆メアリー・ダン、コービン・ハーニー、レイモンド・ヤウェル部族長、バニース・ラロ、グレース・ポトーティ、ヴァージニア／ディーディー・サンチェス、ジョー・アン・

ギャレット、マーラ・ペインター、ケイトリン・バックルンド、そして〈西ショショーニ防衛プロジェクト〉の立ち上げに力をくれた人たち。

ありがとう、一九八〇年代の不介入的環境運動と、ボランティアに参加した〈レインフォレスト・アクション・ネットワーク〉（そこで中央アメリカ環境プロジェクトEPOCAのブラッド・エリクソンに出会い、彼を通じてグイッチン族とマサイ族の長老たちから当時の環境正義運動について多くを学んだ）。ありがとう、一九九〇年代の反核運動とネヴァダ核実験場で活動していた友人たち。ありがとう気候変動に関わる二十一世紀の運動家たち、中でも友人にして仲間のビル、メイ、アンナ、ジョー、スティーヴ、マイク・B、アントニア、レッド。

ありがとう、クレーヴ・ジョーンズ。二〇一八年にステファニー・シジュコ作のバナーを持って現れた私を大通りのゲイパレードの先頭に立ててくれたのは、サンフランシスコ人として最高の瞬間だった。ステファニー、民主主義のためのバナーをありがとう。

ありがとう、ガーネット・カドガン、エレナ・アセヴェド、そしてジェイム・コルテス。友情と、この本の草稿への洞察あふれるコメントに。

ありがとう、ヴァイキングのポール・スロヴァク。一九九七年に『ウォークス』の企画を持ち込んでから六冊にわたって担当として励ましてくれた。ありがとう、ペンギン。私を育てたのは山のようなペンギンの廉価版ペーパーバックだった。そして、ヴァイキングから出したハードカバーがあのペンギンのロゴの入ったオレンジの背のペーパーバックになるという栄誉をくれた。ありがとう、グランタのベラ・レイシーとプル・ローランドソン。

ありがとう、この本の最初の読者であり、激励してくれたエージェントのフランシス・コーディ。

そしてありがとう、たくさんの友人たち。マリーナ、アストラ、サム、リー、ティナ、アナ・テレサ、キャサリン、とりわけこの本を書いている間ずっと傍らを歩き、お茶でも何でもつきあってくれたチャールズ。

ありがとう、物語は世界を変えられると証明し、強いられた際限のない沈黙に支配された時代遅れの物語を変えてくれた、すべての女性たち。ありがとう、ソーシャルメディアで、人前で、会話で、ニュースで、本の中で、そして法廷で口を開いた無数のストーリーテラーたち。沈黙を破る彼女たちの声がつくり出した場所のおかげで、聞き届けられる声も生まれた。その中には残酷な物語を抱えたサヴァイヴァーになる運命から救われた者もきっといる。

ありがとう、フェミニズム。ありがとう、インターセクショナリティ。

生きとし生けるものの解放に、乾杯。

訳者あとがき

本書は Rebecca Solnit, *Recollections of My Non-Existence*, Granta Books, 2020 の全訳である。

原書の刊行ペースには及ばないものの、レベッカ・ソルニットの翻訳は本邦でも続々と刊行されており、彼女の書き手としての顔はある程度知られつつあるのではないだろうか。そうした事情に甘えて、多様な主題について旺盛に書きつづけている作家であり、すでに二十を超える本を書いていて、最近はフェミニズムの論客として知られるようになり……という紹介はここでは控える。

まず本書の内容を中心に、他の著作などからも補いつつソルニットの歩みを辿っておく。レベッカ・ソルニットは一九六一年にコネチカット州で生まれ、一九六六年に両親とともにサンフランシスコ郊外の新興住宅地ノヴァトに移った。その間ニューメキシコに住んだ時期もあるようだが、一人で冒険していたと思い出しているのはノヴァト周辺のことだろう。ＧＥＤ（高等学校卒業程度認定）を取得してコミュニティカレッジへ入り、十七歳でサンフランシスコ州立大学へ転学している。その後、パリでの一時滞在などを経て、一九八〇年、十九歳のときにサンフランシスコに自分の部屋を借り、経済的にも独立した。以来、彼女はサンフランシスコの人である。本書ではこのあたりからの出来事が主に語られている。

一九八〇年代になると本格的に知的・政治的な実践への道に出会ってゆく。まず州立大学を卒業してUCバークレーのジャーナリズム大学院へ進学する。そしてサンフランシスコ近代美術館でアルバイトをはじめ、ライターとして音楽誌や美術誌に書き始めるなど、その後のキャリアにつながるさまざまな経験をする。芸術家との交流がはじまり、アメリカ西部の歴史や環境保護に関心を寄せてゆく一方で、街を襲ったエイズ禍の惨状も目の当たりにしている。一九八八年には弟の誘いで初めてネヴァダ核実験場の反核運動に参加した。その圧倒的な風景や人びととの交流から強い印象を受け、主著としては第一作といえる『野蛮な夢』（*Savage Dreams* 未訳）にもつながっている。

一九九〇年代初頭にはまず六名の芸術家についての最初の著作『知られざる展覧会』（*Secret Exhibition* 未訳）がいくつかの難事を乗り越えて刊行された。そして第二作『野蛮な夢』の出版契約のアドバンスを得て、車中泊装備つきのピックアップトラックを手に入れている。機動力を得たソルニットはその後、西部先住民の土地闘争を支援して政府との紛争に立ち会うなど、アメリカの西部、とりわけその環境の歴史や、そこへ住む人びととの関わりをさらに深めてゆく。

一九九四年に刊行された『野蛮な夢』は、一部からの反応について本書に述べられている通り、ある意味でシリアスな著作家と認められるきっかけになる作品になったようだ。そしてそのときの経験は芸術、歴史、環境問題、政治的アクティヴィズムに知的にも身体的にも身を投じてきたソルニットに、希望の擁護というおそらく作家としての根底的な課題を自覚させることになったのではないかと思われる。この出来事をきっかけに「暗闇のなかの希望」というエッセイが書かれ、これは同名の書籍にもつながっている。

一九九七年にはアイルランドへの旅を契機とする紀行と思索『渡りの本』（*A Book of Migrations* 未訳）が刊行された。その後、二〇〇〇年代以降は『ウォークス』、『影の河』（*River of Shadows* 未訳、エドワード・マイブリッジ評伝）、『災害ユートピア』などの重厚な著作をコンスタントに発表しつつ、『迷うことについて』等の私的な色彩の濃いエッセイや、都市のオルタナティヴな地図をモチーフにした『無限の街　サンフランシスコ』（*Infinite City* 未訳、共著）など、新しい試みやコラボレーションを次々に行なっている。

二〇〇三年のイラク戦争反戦デモへの参加と、世界的な盛り上がりと裏腹なその「失敗」の経験はしばしばソルニットが振り返る出来事である。インターネット上でも世相に反応して多くの文章を書き、そうした中、一連の「ありふれた」出来事をきっかけに二〇〇八年に発表したエッセイ「説教したがる男たち」が社会現象的に注目を集め、フェミニズムの論客としても知られてゆく。

二〇一〇年代に入ると、メディアで大きく取り上げられる女性への暴力事件や、盛り上がりをみせる新しいフェミニズムの波に呼応するように、既訳書だけでも『説教したがる男たち』『わたしたちが沈黙させられるいくつかの問い』『それを、真の名で呼ぶならば』『シンデレラ　自由をよぶひと』などジェンダーやフェミニズムの論点を主題とする著作が続いた。

そして二〇二〇年には回想録として本書が発表され、次作『オーウェルのバラ』（*Orwell's Roses*）は二〇二一年内の刊行が予告されている。これはジョージ・オーウェルの植物や自然との関わりを通じて、その文学や思想を跡付ける評伝とのことである。

*

ソルニットは、一見すると無関係な事実の配置の間に隠された連関を見出す作家である。回想として書かれた本書にもまた、源流から滲み出して幾筋もの不定形な経路を辿って流れてゆくような、いくつかの主題のようなものが見え隠れする。

まずソルニットが、自らの性ゆえに存在を軽視され、存在を消しているように迫られ、場から排斥され、沈黙したままいるように仕向けられてきたこと。つまり「私の非存在の回想」という原題にもある自らの非在性をめぐる物語として。「自分ひとりの部屋」を手にいれた場面から本格的な話を始めて、やがて作家として地歩を築く道程を述べるソルニットの回想は、彼女が少しずつ自分へ向けられる否定性に抵抗する術を身につけてゆく過程でもある。つまりこれは一面ではソルニットが自分の存在を回復し、確認していった物語である。

　ただし、それは単に彼女の人生における克服の物語にはならなかった。ありがちな回想は個人的な課題が個人的に克服される物語だ、とソルニットはいう。けれど彼女の課題は個人的に解決されることではなかったのだ、と。だから、むしろソルニットはフェミニズムについて書くことでその課題を社会の病として告発し、後に続く者たちへの礎として差し出そうとした。つまり彼女はジェンダーを巡る言論の場に立ち続け、あるいは自分の半生をそのような物語として差し出してみせることで、自らの非在性という課題をさらに広い文脈で引き受け続けることを選択した。本書はその営みの一部である。

　そうした意味で、これは極めて私的な文章であると同時に、はっきりとした宛先のあるメッセージでもある。女性が強いられる非在性がソルニットにおいて根底的で現在的な問題であり続けているからこそ、何らかの形で乗り越えられることという課題は希望とともに次世代へ手渡されなければならない。ひとまずはそれが、ここにギフトとして私たちの手の中に置かれているものである。

その点でいえば、本書はソルニットが都市の黒人やクィアのコミュニティ、主流文化から距離をおいた芸術家たち、そして西部の先住民といった、マイノリティやマージナルな存在とされる者と結んできた関係を辿っていることが特徴的といえるかも知れない。フェミニズムはあらゆるものの解放の一部であるといい、謝辞の末尾にもフェミニズムとインターセクショナリティが並んでいる通り、おそらくそれはフェミニズムに対するソルニットの姿勢の表明だろう。

そして、これは声の物語でもある。ソルニットは声に希望を託している。沈黙は死であり、死とは沈黙のことだ。声にこそ生と連帯の希望がある。そのことは、彼女が今も使っているという書き物机の血塗られた来歴にも刻まれている。声は個に沈黙を乗り越えさせると同時に、個と個を、あるいは個と社会をつなぎ、世界に変化をもたらす。世界を変え、権力の布置を変え、空間の配分を改める声とは政治そのものである。だからこそソルニットは街頭に立つアクティヴィストでありながら、同時に書斎において、とりわけ歴史について書く作家でありつづける。本書はその意味で、やはりこれまでのソルニットの営みの一部である。声は見知らぬ他人のように訪れる、とソルニットはいう。そして、書くことは常に遅れてやってくる。ソルニットの声もまた、彼女の人生にゆっくりと追いついてきたものだった。

これまでのソルニットの仕事はおおまかには西洋、とりわけアメリカ西部を軸にして近現代の文化史に関心を向けた厚めの書物と、事物や旅などをきっかけにして思索を紡いでゆくエッセイと、そしてフェミニズムや政治を中心に、時事的な話題に敏感に反応する論評的なテキストという三つのタイプに分けることはできるだろう（分類しづらいものも多いのではあるが）。ただ、書く対象や場に応じてさまざまな散文を書き分ける一方で枠組みに拘泥しない書き手でもあり、どの文章にもいろいろな要素が重なりあっていることが多い。

　その文章には合流と枝分かれを繰り返してゆくイメージや事物の連鎖を、刈り込んだり撓めたりすることなくほとんどそのまま紙面に定着していくような印象がある。これはどんな文章でも大なり小なり通底していて、常にある種の自由さがあり、時として単なる量とは別種の過剰さがある。たとえばオーソドックスな研究者の文章に慣れている読者がソルニットの著作を読むと、なぜこの人はこれほど融通無碍に書き、しかもこれほどに書き過ぎるのかと思うこともあるかも知れない。

　本書はある意味で、そうしたソルニットの関心や問題意識と、言葉の選び方や書き方や文体の結びつきがどこからやってきたのかを語ってくれる本にもなっている。回想を通じて読者に見えてくるのは、そのすべてがほとんど最初から書き手としてのアイデンティティ（という陳腐な表現を使うならば）の根底に刻まれているということだ。もっといえば、それは彼女の生と不可分であり、社会が彼女の性に強いてきたものとも不可分である。そして、ソルニットはこの回想を編むことで、そのような書き手としての姿を再確認しているように思える。その意味で本書はいわば、鏡の中で消えゆく自我を見つめていたソルニットが、その姿をもう一度映し出すために自らの半生の前に差し出した一枚の鏡である。

既刊でいえば『迷うことについて』や『渡りの本』、『近くて遠い場所』（*The Faraway Nearby* 未訳）などの、私的な出来事から思惟を紡いでゆく一連の著作は、ある意味で本書に近く、互いに重なるエピソードが登場することも珍しくない。あるいは『ウォークス』などの主題が先立つ書き物でも、執筆中や調査の合間に起こった出来事が生々しく言及され、それが思考をつなげてゆく原動力になっていたりする。そしてフェミニズムを語る著作では幾度でも個人的な経験に立ち戻り、出来事の布置が示しているものを明らかにしてゆく。そんなソルニットの著作には、見え隠れする書き手の佇まいが少しずつ形をつくっていくような印象がある。既にソルニットが何者かご存知の読者には、本書は書き手の生という物語を辿る一本の、あるいは何本かの糸をくれるものにもなるかも知れない。

もう一つソルニットらしい文章の特徴を挙げておくならば、身をおいてきた場所のそれぞれにソルニットが向けるつぶさな視線は本書でもやはり印象的だ。とりわけ彼女の一九八〇年代は、サンフランシスコという街との出会いの時代だったと思われる。サンフランシスコは彼女にとって芸術、文学、サブカルチャー、友人、政治、そして性自認・指向の多様なコミュニティをはじめとする社会のあらゆる場所へ通じる扉であり、その中に分け入りながら自由に歩く喜びを語るソルニットの筆致にはほかのどんな文章よりも愛惜に満ちている（と訳者には感じられた）。

ただし付言しておくと、ソルニットがこの街に向けてきた視線は私的であると同時に社会的・歴史的なものでもあった。ソルニットは、二十世紀初頭の地震と大火による街の変容を跡付ける『廃墟の後で』（*After the Ruins, 1906 and 2006* 未訳）や、ジェントリフィケーションによる文化的空洞化を主題とした『虚ろな街』（*Hollow City* 未訳）、あるいはセクシュアリティや人種をはじめとするさまざまな文化・歴史的レイヤーを地図に重ねる都市地図帳のシリーズ（"Atlas" シリーズ、未訳）など、研究者やアーティストらとの協働によるさまざまなプロジェクトを通じてこの街の重層的な歴史について書き続けている。ソルニットの筆致が単なる感傷を越えて街の変容と社会の変化の多角的な証言になり得ているのは、そんな裏付けにもよるものだ。

声とその政治性がひとつの主題ともいえる本書の翻訳作業は、訳者にとって翻訳という務めについてさまざまな意味で考えさせるものでもあった。たとえばこの間にはアマンダ・ゴーマンの翻訳を巡る議論などもあった。誰が声を発することができるのか。誰の声が聞かれ、信じられ、重んじられるのか。そこにはソルニットの文章が誰にどのように翻訳され、誰にどのように届けられるのかということももちろん含まれている。訳者としては、本書がより多くの、そして多様な読者を得ることを願ってやまない。これは文字通りの意味であらゆる人に読まれるべき本だからである。

最後に、本書で引用されている文学作品等については、既訳のあるものは適宜参考にしつつ、基本的に訳者の責任で訳出した。形式上必ずしも引用元の文献と一致しない部分もあり、これも適宜文脈に応じて対応している。それから章題にトーキング・ヘッズやシルヴィア・プラスやアドリエンヌ・リッチが借りられていることをはじめとして、ポップカルチャーから文学作品まで参照の多い文章につき、翻訳を経てこぼれてしまったさまざまな部分については御容赦を願う次第である。

そして『ウォークス』『迷うことについて』に続いてお世話になった株式会社左右社の東辻浩太郎さんに御礼を申し上げる。

二〇二一年九月　東辻賢治郎